KB000609

새
들
의

집

현이랑
장편소설

새들의 집

황금가지

동네 약도

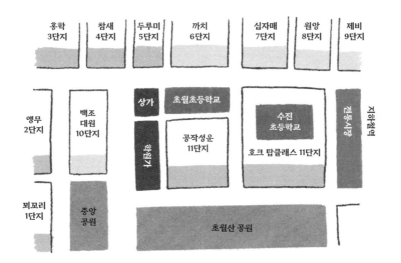

홍학 3단지
참새 4단지
두루미 5단지
까치 6단지
십자매 7단지
원앙 8단지
제비 9단지

앵무 2단지
백조 대원 10단지
상가
초월초등학교
공작성운 11단지
수진 초등학교
호크 탑클래스 11단지
학원가
경동시장
지하철역

꾀꼬리 1단지
중앙 공원
초월산 공원

차례

1 · 공포 영화　　　　　　　　　　　··· 9

2 · 길 하나 사이에 두고　　　　　··· 63

3 · 좁은 집　　　　　　　　　　　　··· 95

4 · 손님들　　　　　　　　　　　··· 127

5 · 끝집여자　　　　　　　　　　··· 159

6 · 발 없는 새　　　　　　　　　··· 195

7 · 비비추 사이에서　　　　　　··· 225

8 · 새가 될 것 같아서　　　　　··· 257

9 · 색연필　　　　　　　　　　　··· 283

10 · 뭐든 해도 괜찮다면서요　　··· 329

11 · 그 남자는 누가 죽인 거래?　··· 343

1

공포 영화

은주 씨가 처음 공작성운아파트에 온 날은 마치 공포 영화의 한 장면 같았다. 그날은 6월의 여름날이었고, 이른 장마였다. 장마가 아니라 우기라고 불러야 마땅한 것이 아닐까 할 정도로 폭우가 쏟아졌고 설상가상 천둥 번개가 요란하게 내리치고 있었다.

　거의 막차로 초월시 기차역에 도착하자 이미 늦은 밤이었다. 딸 지안이와 함께 택시에 올라탈 때까지만 해도 날씨가 부담스럽지는 않았다. 오히려 택시 차창에 물길을 이루며 따라 내려가는 빗줄기와 맺힌 물방울에 번지는 도시의 불빛을 내다보았을 때는 낭만적이라고 생각했고 흘러간 옛날 노래가 생각날 만큼 운치가 있다고 생각했다.

지안이도 처음 보는 불빛들이 신기한지 자리에 앉을 생각을 하지 않고 좌석 위에 무릎을 세우고 창가에 매달려 엄마 이것 좀 봐 하며 별 같은 도시의 불빛들을 가리켰다. 이따금 눈앞이 번쩍대는 광경과 귀를 찢는 천둥소리가 연극적이라는 생각이 들 만큼 여유로웠다.

택시에서 내릴 때까지는.

"고맙습니다."

불 꺼진 아파트 단지에 몇 안 되는 가로등 아래서 내린 은주 씨는 한 손에는 우산을 들고, 한 손에는 트렁크 손잡이를 쥔 채 후진으로 빠져나가는 택시 기사에게 인사를 전했다. 희미한 가로등 불빛 아래 굵은 빗방울이 뿌옇게 번지는 것 외에는 앞이 보이지 않았다.

비가 오는 것을 알고 제법 큰 골프 우산을 챙겼지만 그런 은주 씨를 비웃듯이 우산에 내리꽂히는 빗줄기는 얇은 방수천을 찢어 버릴 듯 사나웠다. 순간 다시 번개가 번쩍이며 주변을 비추었다.

지은 지 막 30년이 되어 가는 낡은 아파트와 그와 더불어 나이를 먹은 거대한 나무들이 파랗게 질린 얼굴을 드러내며 은주 씨와 지안이를 내려다보고 있었다. 아파트 외벽에 그려진 공작 그림이 세월에 흐려져 한때는 풍성했을 꽁지깃이 군데군데 닳아 없어진 것이 으스스한 분위기를 더했다. 번개에 맞는 것보다 귀를 찢는 천둥소리가 더 무서운 은주 씨는 차가 오는지 빠르게 살핀 후 길을 건넜다.

노란 우비를 챙겨 입은 지안이가 재빨리 엄마를 따라 단지 내 도로를 건넜다. 어차피 이삿짐이 내일 들어올 예정이었기 때문에 지안이와 둘이 덮을 이불과 간단한 살림살이만 챙긴 여행 가방인데도 지안이 손을 잡아 주지 못한다는 생각이 들자 부담스럽게 느껴졌다. 그렇다고 우산이나 여행 가방 둘 중 하나를 놓고 올 수도 없는 일이었다.

태어난 후 기억이 생길 무렵부터 시골에서 자란 지안이는 이런 폭풍우 몰아치는 밤을 무서워하지 않았다. 아이가 원래 담대한 것인지, 아니면 지안이가 자연에서 자라 자연스럽게 호연지기가 길러진 것인지 은주 씨는 가끔 헷갈렸다.

"9동⋯⋯ 9동 1404호⋯⋯."

은주 씨가 새 집주소를 주문처럼 되뇌었다. 공작성운아파트에 온 것은 이번이 세 번째였다. 첫 번째는 집을 보러 온 것이고 두 번째는 월세 계약을 하러 왔다. 이제부터 내 집이 되겠지만 아직은 낯설기만 한 동네였다.

"9동⋯⋯. 9동 1404호⋯⋯. 아, 여긴 8동이구나."

순간 길을 헷갈려 9동이 아니라 8동으로 갈 뻔했던 은주 씨가 공동 현관 위의 숫자를 보고 발걸음을 돌렸다. 공동 현관 앞에서 희미한 빛을 내뿜는 둥그런 가로등이 없었다면 그대로 지나쳤을지 모른다.

"엄마, 내가 눌러도 돼?"

엘리베이터 앞에 선 지안이가 모자를 벗고 동그란 회색 버튼을 가리켰다. 엘리베이터는 이미 내려오는 중이었다. 은주 씨가 고개를 끄덕였다.

"응. 눌러도 돼. 근데 누가 내릴지도 모르니까 비켜서 있자."

1층의 경비실은 비어 있었다. 하지만 빛으로 가득한 실내 공간에 있는 것만으로도 안심이 되었다. 택시에서 내려 걸어오는 내내 뭔가에 쫓기는 듯한 기분에 걸음을 재촉했던 은주 씨는 엘리베이터를 기다리는 동안 공동 현관 밖을 내다보았다. 가로등 불빛에 비가 쏟아지는 것만 보일 뿐 어둠 속에는 아무것도 없었다.

"엄마, 엘리베이터 왔다."

지안이가 은주 씨를 보고 천진난만하게 웃었다.

"내가 누를래. 몇 층이야?"

"14층. 1404호."

초등학교 3학년인 지안이는 아직도 엘리베이터 버튼을 제 손으로 누르는 것을 좋아했다. 도시 애들은 안 그럴 텐데. 애들이야 다 비슷하다는 걸 알면서도 오랜만에 대도시에 살게 되어 주눅이 든 은주 씨였다.

단독 주택에 살아 집 안에서 엘리베이터를 볼 일이 없는 환경에서 자란 지안이는 크고 무거운 철제 박스가 제 손가락 움직임 하나에 올라오고 내려간다는 사실을 좋아했다. 어쩌면 버튼을 누를 때의 손끝에 톡톡거리는 감각이 좋은 모양이었다.

1층에 도착한 엘리베이터 문이 열리자 담배를 피우러 나온 듯 한 손에 담뱃갑을 쥐고 다른 손에는 마른 우산을 든 남자가 슬리퍼를 찍찍 끌고 나오며 은주 씨와 지안이를 흘깃 쳐다보았다. 재빨리 엘리베이터에 올라탄 은주 씨가 닫힘 버튼을 눌렀다. 저 사람이 무슨 짓을 한 것도 아닌데 왜 불안한 마음이 드는지 모를 일이었다.

문이 거의 닫히자 안심한 은주 씨가 지안이를 엘리베이터 버튼 박스 앞으로 데려다주었다. 금세 싱글벙글해진 지안이가 빨간 불이 들어오는 숫자 버튼을 꼭 눌렀다.

과민 반응이야. 사람들이 하도 눌러 대 은색 코팅이 벗겨지기 시작한 버튼을 내려다보면서 은주 씨가 속으로 중얼거렸다. 불이 들어온 숫자판이 자신을 노려보는 붉은 눈동자처럼 느껴졌다.

낯선 동네에, 그것도 이런 폭풍우 치는 밤에 남편도 없이 왔기 때문일 것이다. 그래. 그런 거야. 아직 시골집에 있을 호석을 생각하며 은주 씨는 입술을 깨물었다. 그래도 지안이가 함께 있어 다행이었다.

턱.

그때 막 약간의 틈을 남기고 닫히려는 엘리베이터 문 사이로 검은 라텍스 장갑이 쑥 들어왔다.

"엄마야!"

자신도 모르게 꽥 고함을 지른 은주 씨가 지안이를 품에 안았다. 검은 우비를 푹 눌러쓴 남자는 아랑곳하지 않고 물을 뚝뚝 흘리며 엘리베이터 안으로 걸어 들어왔다.

얼굴을 가리고 있어 정확하게 알 수는 없었지만 키나 골격은 분명 성인 남자의 것이었다. 남자는 마치 장승처럼 은주 씨와 지안이 쪽을 향해 서 있었다.

나가야 돼. 그러나 그사이 엘리베이터는 허공에 붕 뜨는 느낌과 함께 미리 눌러 둔 14층으로 올라가고 있었다.

아니야, 저 사람도 집에 가는 길이겠지. 눈앞에 닥친 상황이 너무나 두려워 은주 씨는 애써 마음을 다독였다.

그러나 은주 씨의 간절한 바람과는 반대로 검은 우비는 아무런 버튼도 누르지 않았다. 은주 씨는 공포감에 질려 거의 질식할 지경이었다.

그래, 14층에 사는 사람인가 보지. 이웃인 거야. 숨이 짧아지자 뇌에 산소가 공급되지 않아 정신이 혼미해지는 것 같았다. 의식적으로 숨을 쉬어 보려 했지만 잘되지 않았다.

"14층입니다."

안내 음성과 함께 문이 열렸다. 그렇다면 남은 선택지는 단 하나뿐이었다. 최대한 빨리 집에 들어가는 것. 은주 씨는 지안이를 들쳐 업다시피 하고 캐리어를 발로 차며 엘리베이터에서 내렸다.

90년대 초반에 지어진 복도식 소형 아파트에는 똑같이 생긴 여덟 개의 문이 일렬로 늘어서 있었다. 엘리베이터에서 빠져나온 은주 씨는 왼쪽으로 꺾어 돌며 걸음을 빨리했다.

다행인지 불행인지 검은 우비는 따라 내리지 않았다. 갈 곳이 따로 있으면서도 층수 버튼을 누르지 않은 것인가, 아니면 여기서 내려야 하는데도 내리지 않은 것인가. 어느 쪽이든 찜찜했다.

창문도 없는 아파트 복도는 들이친 비로 현관문까지 흠뻑 젖어 있었다.

아까도 우산이 소용없다는 생각이 들기는 했지만 이 정도로 아파트 복도에 홍수가 나 있으리라고 생각하지 못했던 은주 씨가 걸음을 재촉했다. 검은 우비가 아직 자신을 지켜보고 있는 것 같아서였다.

현관문 앞에 멈춰 선 은주 씨가 재빨리 핸드폰을 꺼내 부동산에서 오늘 아침 보내 준 문자를 열어 보았다. 새집의 비밀번호가 든 문자였다. 783446*.

"어, 이게 왜 안 되지?"

분명 부동산에서 알려 준 대로 비밀번호를 눌렀는데 문이 열리지 않았다. 문자를 확인하며 도어 록과 핸드폰 화면을 번갈아 노려보며 숫자를 꾹꾹 눌렀지만 숫자판만 삑삑대며 반짝일 뿐이었다. 빨리, 빨리 들어가야 하는데. 금방이라도 누군가 나타날 것 같아 은주 씨의 시선이 복도를 향했다.

"엄마, 잘 안 돼?"

빗소리에 천둥소리까지 겹쳐서 말이 잘 들리지 않자 지안이가 거의 악을 썼다. 들이치는 비 때문에 지안이는 다시 우비 모자를 올려 쓴 상태였다. 은주 씨도 비에 홀딱 젖어 얼른 집 안으로 들어가고 싶은 마음이 간절했다. 부동산에 전화를 걸었다. 희미하게 들리는 통화 연결음에 자신의 목소리가 상대에게 닿지 않을까 봐 은주 씨가 수화기를 손으로 감싸 쥐었다. 여전히 시선은 엘리베이터 쪽을 향한 상태였다.

늦은 밤이라 그런지 상대는 대답이 없었다. 설마 이대로 집에도 못 들어가는 건가. 당장의 위협과 내일에 대한 걱정으로 머리가 아파 오는데 문득 엘리베이터로 향하는 모퉁이 끝에 누군가 서 있는 것이 보였다.

번쩍하는 빛과 함께 복도 끝에 서 있는 사람의 실루엣이 비쳤다.

검은 우비였다.

빨리 받아라, 빨리 받아. 은주 씨가 본능적으로 지안이를 품 안에 끌어안았다.

자기 집을 찾아가는 중이겠지. 우리 옆집이나 옆옆집인 거야. 복도가 좁아서 저기 서 있는 거겠지? 그럼 왜 우리 내릴 때 같이 안 내리고 문이 닫힐 때까지 기다린 거야? 우리가 짐이 많아서 그런 건가. 비명을 지르고 싶은 것을 꾹 참고 자신을 다스리려 했지만 신경이 바짝바짝 타들어 갔다.

마치 자석이 달라붙듯 검은 우비에게서 눈을 뗄 수 없었다. 잠시라도 시선을 돌리면 저 남자가 눈 깜짝할 새에 코앞에 다가와 있을 것 같았다.

아니야, 저놈은 미친놈이야! 은주 씨의 본능이 째지는 목소리로 그녀에게 소리쳤다.

— 여보세요?

"아, 안녕하세요. 사장님. 저 내일 공작성운 9동 14층 이사 오는 사람인데요."

달칵 하는 소리와 함께 상대가 전화를 받자 그야말로 눈물이 날 듯 기뻤다. 최대한 아무렇지 않은 척했지만 반가움에 말끝이 올라가는 건 숨길 수 없었다.

— 아아, 애기엄마. 근데 왜요? 무슨 일 있어요?

"다름이 아니라 알려 주신 번호대로 눌러 봤는데 문이 안 열려서요."

이 와중에도 예의를 차리느라 말을 덧붙이는 자신이 한심하게 느껴졌다.

—그래요? 내가 한번 찾아볼게요.

핸드폰에 있는 기록을 뒤지는지 상대의 소리가 멀어졌다. 통화하는 새에 남자는 서서히 은주 씨와 지안이 쪽으로 다가오고 있었다. 지안이도 뭔가 이상함을 눈치챘는지 눈을 동그랗게 뜨고 남자가 다가오는 것을 바라보고 있었다.

얼굴이 하얗게 질린 은주 씨가 지안이의 어깨를 꽉 끌어안았다. 아니야, 저 사람은 자기 집에 가는 길이지 우리한테 오고 있는 게 아냐.

그러나 남자는 그들을 향해 정면으로 천천히 걸어오고 있었다.

— 아이고, 찾았다. 783445에 별표. 아니에요?

남자는 이미 모퉁이를 지나쳐 계단 비상구를 향해 다가오고 있었다. 계단 비상구를 지나면 바로 은주 씨의 집이었다. 은주 씨는 부동산 사장의 대답을 듣자마자 재빨리 도어 록 키패드를 눌렀다.

쾅.

— 애기엄마, 애기엄마. 무슨 일 있어요?

마치 진공청소기로 빨아들이듯 지안이와 여행 가방, 우산까지 한꺼번에 몰아넣고 철문을 닫고 나서야 등을 기대고 숨을 내쉬었다. 사람들이 살다 간 흔적이 덕지덕지 붙어 있는 낡은 철문이 이렇게 든든하게 느껴지기는 처음이었다.

오래된 아파트라 문틀도 휜 듯 잘 열리지 않았지만 초인적인 힘으로 열고 닫았다.

하지만 아직 안심하기에는 일렀다.

"비밀번호 끝자리를 잘못 주신 것 같아요. 문이 안 열리더라고요."

지안이에게 어서 안으로 들어가라 손짓하며 은주 씨가 허리께에 달린 현관문 외시경을 들여다보았다. 대체 90년대에 무슨 일이 있었기에 현관문 외시경은 이런 말도 안 되는 높이에 달린 것인가. 은주 씨가 속으로 투덜댔다.

어두워서인지 아니면 검은 우비를 입은 남자가 문 앞에 있어서인지 아무것도 보이지 않았다. 밖이 내다보이는 인터폰이라도 달려 있으면 알 수 있었겠지만 지은 지 30년이 다 된 아파트 월세 집에 그런 게 붙어 있을 리 만무했다. 문에 귀를 대 보았지만 아무 소리도 들리지 않았다.

그래요? 미안해요. 어쩌나 비도 많이 오는데 고생했겠네…… 사장님의 안타까워하는 목소리가 들렸지만 그런 것은 귀에 들어오지 않았다. 네네 하고 대충 대답한 뒤 전화를 끊었다. 자신이 무슨 말을 했는지도 기억나지 않았다. 그저 밖에서 함부로 침범할 수 없는 콘크리트 박스 안으로 들어온 것만이 다행스럽게 느껴졌다.

"여기가 원래는 신도시였는데 이제는 헌 도시가 다 됐네 그
래. 허허."

낮은 카트에 박스를 싣고 이삿짐을 옮기던 아저씨가 내려
오는 엘리베이터를 기다리며 객쩍은 농담을 했다. 은주 씨가
예에…… 하며 대충 맞장구치며 웃었다. 초월 신도시가 지어
진 지 30년이 되었으니 이제는 헌 도시라 부를 만도 했다.

바깥은 언제 폭우가 내렸냐는 듯 맑게 개었다. 이삿날이라
더 이상 비가 오지 않는 게 다행이었다. 지난밤의 일 때문에
도 더 그랬다. 아파트 화단에 빽빽이 심긴 보랏빛 비비추의
잎끝에 매달린 이슬방울만 어제의 흔적을 간직하고 있었다.

"휴. 겨우 끝났네."

흰 봉투에 넣은 돈을 주어 이삿짐센터 사람들을 보내고 베
란다 창문을 활짝 열어 둔 은주 씨가 허리에 손을 짚고 하늘
을 내다보았다. 앞 동에 가려 고개를 빳빳이 들어야 겨우 조
금 보이는 하늘이었지만 흰 구름이 떠가는 게 꽤 볼만했다.

지안이 생각이 났지만 학교에 보낸 게 후회되지는 않았다.
조금이라도 신경 쓸 거리가 줄어야 편한 것도 사실이었고 하
루라도 일찍 지안이를 학교에 보내야 친구를 좀 더 사귀기 편

할 거라는 생각에서였다.

집주인에게 양해를 구하고 이사 전에 전입 신고를 먼저 하길 잘했다. 뿌듯함에 은주 씨가 몽실몽실 뭉친 구름을 보며 미소 지었다.

남편 호석은 아직 직장과 차로 20분 거리에 있는 명주시 집에서 지내고 있었다. 이번에 지안이와 먼저 이사를 준비하면서 은주 씨가 가구 정리를 많이 해 둔 상태였다. 텅 빈 집에 혼자 있을 호석을 생각하면 안쓰러웠지만 이 상태가 그리 오래가지는 않을 것이다. 호석이 서울로 발령을 받기만 하면 다시 합칠 수 있었다.

초월시는 낯선 동네였다. 은주 씨는 서울 토박이였고 시멘트 회사의 사내 커플이었던 호석과 결혼해 아이가 갓난쟁이였을 때까지는 서울에 살았다. 그러던 중 호석이 지방으로 전근을 가게 되고 은주 씨도 임신을 해 회사를 그만둔 뒤로 호석의 근무처인 명주시로 거처를 옮겼다. 8년 정도를 명주시 단독 주택에 살았으니 꽤 오래 산 셈이었다.

원래는 명주시에서 이사 갈 생각이 없었다. 명주시의 단독 주택이 아이 키우기에 좋기도 했고 사람들이 빽빽하게 모여 살아 답답한 서울보다는 명주시에서의 삶이 더 여유롭기도 해서였다. 2층짜리 단독 주택에는 너른 마당까지 딸려 있어서 은주 씨는 가족들이 먹을 채소를 심어 길렀다. 떠나온 지 얼마 안 되었지만 은주 씨는 벌써 마당에 심어 둔 방울토마토가 그리워지고 있었다.

하지만 호석이 다시 서울로 발령받을 것 같다는 말을 꺼내자 은주 씨는 마치 꿈에서 깨어난 기분이었다.

서울에 살아야 한다. 지안이도 서울에 살아야 한다. 서울 아이들은 공부를 열심히 한다. 여기서는 산으로 들로 쏘다니며 자유롭게 자라던 지안이도 결국 다른 아이들처럼 학원에 다니든 과외를 하든 본격적으로 공부를 하기는 해야 할 것이다.

사람이 적어 지금까지는 편안하게 살았지만 옆에서 아이 키우는 사람들이 어떻게 가르치는지 뻔히 보일 텐데 자신은 안 휩쓸릴 수 있나. 이 모든 생각이 마치 해일처럼 은주 씨를 덮쳐 왔다.

지금까지는 따로 공부를 시켜 본 적은 없었다. 학원 대신 학교에 집중하게 했고 방과 후에는 운동을 하거나 도서관에서 주로 지내게 했지 아이에게 한 번도 공부하라는 말을 한 적이 없었다. 여유가 그리 많지 않기도 했지만 아이가 아직 어린데 굳이 책상 앞에 강제로 앉혀야 하나 하는 생각도 있어서였다.

다행히 지안이는 똑똑하고 씩씩한 아이라 학교에서 좋은 성과를 보여 왔고 또래보다 뛰어난 아이라는 칭찬을 달고 다녔다. 아이를 향한 칭찬에 엄마인 은주 씨의 어깨가 올라가는 것은 당연한 일이었다.

하지만 서울에서도 그게 통할까? 마치 눈앞에 거대한 벽이 세워져 있는 것 같은 기분에 은주 씨는 아득해졌다.

서울, 서울 하며 겁을 냈지만 사실 서울로 가기에는 돈이 턱없이 부족했다. 서울에서 떠나 있는 몇 년 동안 집값은 많이 올랐고 옛날에 살던 동네는 더 이상 알던 그 동네가 아니었다. 그제야 은주 씨와 호석은 신혼 때 무리해서라도 서울 아파트를 샀어야 했다고 후회했다. 하지만 지나 버린 일을 어쩔 수는 없는 노릇이었다.

"일단 지안이 초등학교 졸업할 때까지만 버텨 보자."

그렇게 선택한 동네가 초월시였다. 개인적으로 은주 씨는 여기가 서울 직장인이 출퇴근할 수 있는 마지노선이라고 생각했다. 편도 1시간 이상은 호석이 너무 힘들어할 것이 뻔했고 서울 집값이 오르면 주변 위성 도시들도 덩달아 집값이 오르기 마련이었지만 초월시는 그래도 오름세가 덜한 편이었다. 수도권이기는 하지만 규모가 작고 개발이 잘 되지 않아 청약 혜택도 상대적으로 낮은 동네였다. 덕분에 아이 키우는 사람이 많아 실거주하기는 좋다고, 부동산 사장은 입에 침이 마르도록 초월시를 칭찬했다. 집값이 싸니까. 어쩔 수 없는 선택이었다.

공작성운아파트는 그렇게 떠밀리듯이 선택한 아파트였지만 정말 살기에 나쁘다는 생각은 들지 않았다. 지하철역까지의 거리는 애매했지만 평지였고 대형 마트도, 지안이와 자주 가는 도서관도 아파트 가까이 있었다.

　이삿짐을 대충 정리해 놓고 배고픔에 못 이긴 은주 씨는 김밥을 사러 나갔다. 40평 단독 주택에서 13평 아파트로 들어오느라 가구를 거의 다 버리다시피 했기에 정리할 것이 많지 않다고 생각했는데 풀어 놓고 보니 한 짐이었다. 너무 작은 집에 들어왔나 싶기도 했지만 명주시 집이 팔리지 않은 상황에서 당장 구할 수 있는 집을 찾다 보니 어쩔 수 없는 선택이었다. 앞으로 호석의 직장에 조금이라도 가까운 집을 구하려면 허리를 더 졸라매야 했다.

　그래도 내내 마음 졸였던 이사를 마치고 나니 홀가분함에 콧노래가 절로 나왔다. 이제 이사도 했으니 호석이 집을 정리하고 곧 발령을 받아 들어올 일만 기다리면 되는 것이었다.

　여유를 좀 가지게 되니 아파트의 면면이 눈에 들어왔다. 단지 내 보행로는 세월에 닳고 닳아 시멘트가 벗겨져 그 안의 자갈들이 드러나 마치 지압을 위한 건강 보행로처럼 보였다. 오래되어 울창한 화단의 나무들 아래에는 두꺼운 이끼가 끼어 있었다. 미끄럼틀과 그네만 있는 휑한 모래 놀이터에는 아이들 대신 담배를 피우는 아저씨들만 있어 을씨년스러운 분위기를 풍겼다.

은주 씨는 새로운 동네와 집을 어떻게 받아들여야 할지 아직 혼란스러웠다. 지안이를 키우기에 완벽한 환경은 아니었지만 최선을 다하자 다짐했다. 잘만 한다면 앞으로 더 나아질 수도 있을 것이다.

중요한 것은 지안이에게 죄책감을 내보여서는 안 된다는 것이다. 똑똑한 지안이가 부모가 속상해하는 걸 눈치채면 우울해할 게 분명했다.

아까까지만 해도 은주 씨의 이삿짐을 옮겨 주던 사다리차가 서 있던 잔디밭에는 어느새 할머니들이 개를 한 마리씩 안고 나와 관리사무소 지붕 아래 그늘에서 햇볕을 쬐며 수다를 떨고 있었다.

관리사무소 처마 아래 웬 모양도 크기도 제각각인 의자들이 엎어져 있나 했는데 모두 해바라기 할머니들의 것인 모양이었다. 아마 의자가 중구난방인 건 남들이 버린 의자를 주워다 놔서 그런 거겠지.

할머니들이 앉은 의자는 제각각이었지만 품에 안은 강아지들은 서로 비슷했다. 통통하거나 마른 몰티즈, 늙거나 어린 포메라니안, 털색이 하얗거나 갈색인 푸들 정도였다.

은주 씨가 눈이 마주친 할머니들에게 살짝 고개를 숙여 보였다. 할머니들은 은주 씨를 멀리서 바라보기만 할 뿐 인사에

답을 해 주지는 않았다. 할머니들의 품에 안긴 강아지들도 은주 씨를 멀뚱히 쳐다보았다.

계약했던 부동산의 간판이 보이자 어제의 통화가 생각나 혹시나 부동산 사장이 말을 걸까 싶어 민망해진 은주 씨는 샛길로 돌아 9동으로 다가갔다.

"안녕하세요."

마침 경비원이 9동 공동 현관에서 나와 옆을 지나쳐 가기에 인사를 했는데 중년의 경비원 아저씨는 그런 은주 씨를 본 척만척 부루퉁한 얼굴로 쌩하니 지나쳐 갔다. 자신을 보고도 그냥 지나쳐 가자 뭔가 잘못했나 싶어 은주 씨는 뒤를 돌아보았다. 다른 사람들보다 젊어 보이는 경비원 아저씨였다. 아파트 경비원은 주로 노인들이 많았기에 더 눈에 띄었다.

명주시에서는 늘 이웃들과 인사하며 지냈다. 속속들이 알면서 지내는 것까지는 아니라도 마주치면 적어도 인사는 하는 정도였는데. 단순히 인사를 되돌려받지 못한 것뿐인데도 은주 씨는 적의라도 느껴지는 듯해서 부르르 어깨를 떨었다.

"저기요!"

문득 어제의 일이 생각난 그녀가 뒤돌아 경비 아저씨를 불렀다. 비 오는 날 낯선 곳에서 느낀 공포라 자신이 과대망상했을 수도 있었지만 지안이의 안전을 위해서라도 가만히 있을 수는 없었다.

"네?"

은주 씨가 쫓아가 어깨를 두드리자 경비 아저씨가 고개를 획 돌려 쳐다보았다. 귀찮은 기색이 역력한 얼굴이었다. 아마 은주 씨가 다가가 어깨를 두드리며 말을 걸지 않았으면 못 들은 척 지나갔을 게 분명했다. 그가 돌아보자 은주 씨가 어제 검은 우비를 본 일에 대해 빠르게 설명했다.

"……그래서 엄청 무서웠거든요."

어제 있었던 일을 생각하자 절로 말이 빨라지고 숨이 차고 얼굴이 빨개졌다. 은주 씨가 열을 내며 설명하는데도 경비 아저씨는 뚱한 표정으로 귓등으로도 안 듣는 눈치였다.

"그래서 뭘 해 드리면 되나요?"

"아…… 혹시 엘리베이터 CCTV를 좀 볼 수 있나요?"

그제야 본론을 말하지 않았다는 생각이 들었다. 그러나 그녀의 요청을 들은 경비 아저씨가 재빨리 고개를 저었다.

"요즘 비가 많이 와서 고장 났습니다. 며칠 내로 복구하긴 할 건데 지난주부터 고장 나 있던 거라서 어제 건 없을 거예요."

"여기 복도 CCTV는 없나요?"

"복도 CCTV요?"

은주 씨의 물음에 아주 재미있는 얘길 들었다는 듯 그가 코웃음을 쳤다. 바닥이 갈라져도 제대로 보수도 안 하는 오래된 아파트에 그런 게 있겠냐는 듯한 비웃음이었다. 부적절한 질문을 했다는 생각에 은주 씨는 혼나는 학생처럼 잔뜩 움츠러 들었다.

"그럼 혹시 이 근처에서 검은색 우비 입고 다니는 사람 못 보셨어요?"

아직 말이 끝나지도 않았는데 벌써 자리를 뜨는 그를 향해 은주 씨는 악을 지르듯 등 뒤에 대고 소리치며 물었다.

"남자들 우비야 거의 검은색이죠. 여기 경비원들 다 검은색 입고 다닙니다."

경비 아저씨가 은주 씨를 돌아보지도 않은 채 걸어 나가며 대답했다.

"무슨 경비원이 저래."

멀어져 가는 그의 뒷모습을 보며 은주 씨가 씩씩대며 공동 현관으로 돌아와 엘리베이터 버튼을 엄지손가락으로 찍듯이 눌렀다. 남 듣는 데서 욕은 안 하는 은주 씨였지만 이번만큼 은 상대가 듣는대도 상관없었다. 아마 듣지도 않았겠지만.

그럼 어제의 그 검은 우비는 경비원이었던 걸까? 새로운 입주민이 와서 뭔가를 물어보려고 했었나? 아무리 좋게 생각 하려 해도 일련의 일이 이해가 되지 않았다. 오히려 경비원의 미온적인 대응이 의심을 불러와 머리만 더 복잡하게 만들 뿐 이었다.

엘리베이터가 빠른 속도로 내려와 1층에 멈춰 섰다. 그나마 사람들이 별로 오가지 않는 시간이라 혼자 탈 수 있어서 다행이었다. 두 사람만 타도 비좁게 느껴지는 엘리베이터는 네 명이 올라타면 숫제 통조림에 갇힌 꽁치가 된 기분이 들곤 했다.

명주시랑 여기는 달라. 은주 씨가 엘리베이터 버튼을 누르고 올라가기 시작하는 숫자를 바라보며 생각했다.

어두운 집 안으로 들어오자 은주 씨는 숨이 턱 막히는 것을 느꼈다. 계약할 때도 이전 집보다 훨씬 좁은 집이라 실망스러웠지만 짐이 들어오고 나니 정말이지 숨이 안 쉬어지는 느낌이었다.

새들이 우는 소리가 오후의 아파트 단지를 채웠다. 김밥으로 점심을 대충 때운 뒤 관리사무소에 입주 등록까지 하고 나니 어느새 지안이를 데리러 갈 시간이었다. 급한 짐만 꺼내 놨을 뿐 짐 정리를 아직 제대로 하지도 못했는데. 시간이 어떻게 지나가는지도 모를 지경이었다.

"엄마!"

학교 정문에서 기다리고 있으려니 지안이가 어느새 뛰어나오며 은주 씨에게 안겼다. 첫날이라 걱정했는데 얼굴이 밝아서 다행이었다.

"학교는 재미있었어?"

은주 씨가 웃는 낯으로 아이의 어깨를 끌어안으며 함께 걸어갔다.

"응. 재미있었어. 애들도 좋고 선생님 수업도 재미있었어."

집으로 걸어가는 동안 지안이는 재잘대며 오늘은 급식에 뭐가 나왔고, 새로 사귄 친구 누구가 무슨 얘길 했고, 선생님이 수업 시간에 무슨 말로 애들을 웃겼다든지 하며 엄마에게 오늘 하루의 일을 늘어놓았다. 지안이가 웃는 모습을 보니 은주 씨도 마음이 놓였다.

"엄마, 고양이."

"어. 그러네."

시골에서나 도시에서나 고양이만 보면 사족을 못 쓰는 지안이가 분리수거장의 얼룩 고양이를 가리켰다. 비쩍 곯은 어미 고양이가 컨테이너 박스 아래서 통통한 새끼 고양이를 데리고 나와 바닥에 고인 물을 마시게 하고 있었다. 그나마 어제 비가 와 물이라도 마실 수 있는 모양이었다. 근처에 사람이 서 있는 것이 불안한지 어미 고양이는 두리번거리며 연신 주위를 살피고 있었다.

"고양이가 무서운가 봐. 얼른 가자."

은주 씨가 지안이의 손을 잡아끌고 분리수거장을 벗어났다.

"엄마. 우리 편지 왔다."

어느새 이사 온 집 동호수를 외웠는지 엘리베이터를 기다리며 주위를 둘러보던 지안이 우편함의 편지를 가리켰다. 엘리베이터 맞은편의 벽을 꽉 메운 낡은 철제 우편함은 대단지 아파트의 축소판이었다. 아파트를 짓고 나서 한 번도 바꾸지 않았을 것 같은 우편함은 스티커를 뗐다 붙였다 한 얼룩으로 더러워 외국의 빈민가 공동 주택을 연상시켰다.

엘리베이터가 도착하자 지안이가 재빨리 편지를 뽑아 와 올라탔다.

"그거 편지 아니야."

지안이를 말리려는데 지안이가 먼저 받는 사람 이름이 쓰여 있지도 않고 봉해지지도 않은 봉투를 열었다.

"우와, 엄마. 집이야."

지안이가 접힌 종이를 꺼내 펼치자 그 속에는 곱게 컬러 인쇄를 한 신축 오피스텔 조감도가 들어 있었다. 지안이가 손에 쥔 다른 봉투도 받아 들어 열어 보니 주택 담보 대출을 권하는 광고지가 들어 있었다.

"그것도 편지 아니야?"

"응. 사람들한테 돈 빌리라고 광고하는 거야. 못 갚으면 집을 달라고 하고."

"돈을 왜 빌려?"

"글쎄. 다들 이유가 있겠지? 돈을 빌려서 다른 집을 사고 싶을 수도 있고. 차를 사고 싶을 수도 있고…… 여행을 가고 싶을 수도 있고?"

"그럼 못 갚은 사람들은 집을 주면 어디서 살아?"

"글쎄…… 다른 사람 집을 빌려서 살지 않을까?"

"우리처럼?"

갑자기 훅 들어온 지안이의 질문에 화살에 찔린 듯 놀랐지만 은주 씨는 애써 침착함을 유지했다. 아이도 알 건 다 아는 것이다. 엘리베이터 문이 열리고 천천히 내렸다.

"우리도 남의 집을 빌려서 살고는 있지만 우리가 주택 담보 대출을 받아서 그런 건 아니야. 우리는 아빠 직장 때문에 여기로 이사 오게 된 거고 지금은 원래 살던 집이 안 팔려서 잠깐 사는 거야. 나중에 돈을 좀 더 모으면 서울로 갈 거야."

"그렇구나."

은주 씨가 설명하자 지안이 고개를 끄덕였다. 아이들은 어떤 문제에 있어서는 미친 듯이 말꼬리를 잡으며 늘어지다가도 어떤 부분에서는 어이없을 정도로 쉽게 수긍하고는 했다. 은주 씨는 몰래 한숨을 내쉬며 가슴을 쓸어내렸다.

저녁에도 역시 음식을 할 엄두가 나지 않아 치킨을 시켜 먹었다. 치킨을 좋아하는 지안이는 눈이 휘둥그레져서 금방 닭을 먹어 치웠다. 명주시에 살 때는 가게가 멀다는 핑계로 자주 먹지 못했는데 초월시에서는 거리가 가까워져 자주 먹을 수 있을 것 같았다. 이렇게나 좋아하는데 대체 치킨 따위가 뭐라고 그동안 많이 사 주지도 못한 걸까. 은주 씨는 아이에게 미안하다는 생각이 들면서도 이번 달 생활비가 얼마 남았는지 머릿속으로 계산하는 자신이 싫었다.

지안이에게 이불을 덮어 준 은주 씨도 잠시 잠든 딸의 얼굴을 들여다보다가 어둑해진 천장을 보고 누웠다. 배달 오토바이가 지나가는지 이따금 베란다 쪽에서 헤드라이트 불빛이 어슴푸레하게 비쳐 들어왔다.

피곤한 은주 씨도 이제 막 잠이 들락 말락 하는데 눈을 감자 문득 어제의 그 검은 우비가 생각이 났다. 그래. 자려고 눈 감으면 악몽을 꿀 때 보이는 그런 검은색의 우비였다.

그가 왜 거기 서 있었는지, 왜 그들을 향해 다가왔던 것인지, 그는 대체 누구인지 깊게 생각해 보고 싶었지만 금세 잠에 곯아떨어졌다.

그날 은주 씨는 검은 우비 꿈을 꾸었다. 자기 전에 하던 생각이 꿈으로 이어진 모양이었다. 다만 꿈을 꿀 당시에는 그런 생각을 하지 못해 모든 것이 실제처럼 생생하게 느껴졌다.

허공에서 칼이 번득이고 있었다. 꼭 어제처럼 어둡고 비가 많이 오는 꿈이었다. 다만 번개만 이따금 칠 뿐 천둥소리는 들려오지 않았다. 덕분에 은주 씨는 모든 것을 생생하게 볼 수 있었다.

칼을 든 그가 얼굴을 비춰 보려는 듯 발밑의 물웅덩이 쪽으로 천천히 몸을 숙였다. 조마조마하게 느껴졌다. 어느새 검은 우비 옆으로 다가가 그가 보는 것을 자신도 정신없이 보고 있었다.

우비를 입은 남자가 천천히 손을 뻗어 쓰고 있던 모자를 끌어 내렸다. 그 순간 다시 번갯불이 번쩍였다.

물웅덩이 속에는 자신의 얼굴이 있었다.

"아!"

자신이 잠꼬대를 하며 지르는 소리에 놀라 깨어난 은주 씨가 자리에서 몸을 일으켰다. 등이 식은땀으로 축축했다. 여기가 어디지? 낯선 천장이 눈에 들어오자 자신이 어디에 있는지 기억이 나지 않아 당황한 은주 씨가 주위를 둘러보았다.

맞아. 이사했지. 아는 공간이라는 생각이 들자 금세 마음이 가라앉았다. 아마 더워서 악몽을 꾼 것 같았다. 어둠 속에서 더듬거리며 리모컨을 찾은 은주 씨가 에어컨을 켰다. 초저녁에 조금 선선하다고 해서 방심한 게 잘못이었다. 스탠드 에어컨의 가림막이 소리 없이 덮개 안쪽으로 빨려 들어갔다.

이제 새로운 집에서의 생활도 슬슬 익숙해져 갈 무렵이었다.

"남의 관리비는 왜 훔쳐봅니까?"

우편함마다 흰 비둘기 같은 봉투들이 하나씩 꽂혀 있었다. 관리비 고지서가 나오는 날이었다. 지안이를 데리러 가기 전에 이번 달 관리비는 얼마나 나왔나 싶어 보는데 별안간 벼락 같은 소리가 덮쳐 왔다.

순간 자신에게 하는 말인 줄 알고 어안이 벙벙해진 은주 씨가 떨리는 손으로 고지서를 확인했지만 분명 은주 씨의 것이었다. 고개를 돌리니 중년 남자가 벌게진 얼굴로 검은색 후드 티를 입은 남자에게 화를 내고 있었다.

"저는…… 실수로……."

젊은 남자가 더듬거리며 변명했지만 중년 남자는 거친 손으로 우편함을 뒤적거렸다.

"당신 1304호지? 당신 건 여기 있는데 엉뚱한 거 펼쳐 보고서 웬 딴소리야?"

1304호라면 은주 씨네 바로 아랫집이었다. 어떤 불똥이 튈지 몰라 은주 씨가 재빨리 자리를 피했다.

"남의 관리비 고지서 막 뒤져 본다고 사람들이 동대표한테 얼마나 뭐라고 하는지 알기나 해?"

등 뒤로 동대표가 지르는 소리가 아파트를 쩌렁쩌렁 울렸다. 그 소리가 마치 천둥소리 같아 은주 씨는 귀를 막고 얼른 아파트 공동 현관 밖으로 걸음을 옮겼다.

아직 지안이가 학교에서 나오려면 시간이 좀 남아 있었다. 지리도 익힐 겸 산책이나 하자 싶어 은주 씨가 학교로 향하던 발길을 돌렸다.

공작성운 동쪽 출입구로 나오자 2차선 도로 건너에 신축 아파트인 호크톱클래스가 서 있는 것이 보였다. 같은 11단지 이기는 하지만 24층의 신축 아파트와 15층의 구축 아파트는 겉으로 보기에도 많은 차이가 났다.

단지 울타리를 따라 걷다가 서쪽으로 방향을 튼 은주 씨가 학원가를 향해 걸었다. 아파트 단지 근처를 걸을 땐 조용하다가 4차선 도로에 가까워지기 시작하니 소음이 커졌다. 신호 등이 켜지고 길 건너의 중앙공원을 향해 횡단보도를 건너는 사람들이 보였다.

"야, 뛰지 마, 뛰지 마!"

다섯 살 정도 되어 보이는 남자아이가 엄마의 손을 뿌리치고 마구 달음박질치자 장바구니를 든 엄마가 허둥지둥 아이 뒤를 따랐다.

4차선 도로 너머로 중앙공원을 앞에 둔 백조대원 10단지의 모습이 보였다. 공원과 2차선 도로 하나만을 사이에 두고 있어 평소에 운동하러 가기 좋겠다 싶었다. 학원가를 따라 북쪽 으로 쭉 올라가자 언덕 위에 서 있던 까치평안6단지 아파트가 은주 씨를 내려다보았다.

중앙공원부터 호크톱클래스 옆의 초월 전통시장까지 1에서 9단지가 10단지, 11단지를 감싸 안고 있는 형태였다. 아파트가 있는 블록을 크게 돌고 나니 얼추 시간이 맞는 것 같아 은주 씨가 대로변에서 학교 쪽으로 방향을 틀었다.

벌써 방학식이었다. 학교 밖으로 쏟아져 나오는 아이들의 얼굴에는 해방감이 가득했다. 한가로운 평일 오전 특유의 분위기가 여유로워 좋았지만 아이들을 기다리는 엄마들의 얼굴에는 수심이 가득했다.

아이들이 방학하면 엄마는 개학이니까. 은주 씨도 삼시세끼 아이 식사를 챙겨 주어야 하는 일이 쉽지는 않았지만 지안이가 딱히 손이 많이 가는 아이는 아니었기에 방학이 그리 부담스럽지는 않았다.

"엄마, 나 상 받았어!"

집에 돌아오자 지안이가 손을 씻고 나서 책가방 안에서 빳빳한 상장을 꺼내 왔다. 교내 영어 말하기 대회 은상이었다. 지안이의 웃는 얼굴을 보는 것도 좋았지만 아이를 잘 키웠다는 뿌듯함이 목구멍까지 가득 찼다. 따로 사교육을 시키지 않아도 척척 상을 받아 오는 지안이가 자랑스러웠다.

사실 정말로 아무것도 안 시킨 것은 아니었다. 전에 다니던 학교에서 배운 방과 후 수업이 지안이가 이 상을 받아 오는 데 지대한 공헌을 한 것을 은주 씨도 모르지 않았다. 그래도 방과 후 수업은 아이가 듣고 싶어 해서 듣게 한 것이고 학원에 가고 싶어 하지도 않는데 보내는 것은 전혀 다른 얘기니까. 은주 씨는 더욱 가슴을 폈다.

"잘했어. 고생했네. 지안이 뭐 갖고 싶은 거 있어? 엄마가 사 줄게."

"음……."

지안이는 원하는 걸 말하기 쑥스러워할 때면 늘 윗입술을 아랫입술 안쪽으로 말아 넣고 아랫니로 윗입술을 잘근잘근 씹어 댔다. 평소 같으면 금방 뭘 먹고 싶다거나 갖고 싶다거나 했을 텐데 망설이는 것을 보니 어지간히 큰 걸 요구할 모양이었다. 은주 씨는 순간 남아 있는 통장 잔고를 떠올렸다.

"왜, 뭔데? 말해 봐."

은주 씨가 지안이를 끌어안고 재촉했다. 지안이가 우물쭈물거리며 엄마 눈치를 살짝 보더니 새 부리 같은 입술을 움직였다.

"엄마. 나 학원 가도 돼?"

"학원? 무슨 학원?"

그동안 지안이가 학원에 가고 싶다고 한 적은 거의 없었기에 은주 씨는 귀를 의심하며 되물어 보았다. 엄마의 의아해하는 표정에 지안이는 여전히 눈치를 살피며 조잘조잘 엄마를 설득하기 시작했다.

"학교 앞에 종합 학원 있는데 윤아도 거기 다닌다 그래서……."

은주 씨는 윤아가 누군지도 알고 있었고 지안이가 얘기하는 학원이 어딘지도 알고 있었다. 요즘 아이들은 학원에 다니는 것도 하나의 사회생활이라고 하더니 그 말이 맞는 모양이었다. 가끔 수영을 배우고 싶다거나 그림을 그려 보고 싶다거나 하면 배우게 해 주는 편이었지만 공부를 위한 학원을 보낸 적은 없는 은주 씨였다.

지안이는 여전히 손끝으로 반소매 티셔츠 끝자락을 구기며 은주 씨의 대답을 기다리고 있었다.

은주 씨도 알고 있었다. 학교 근처에서 마주치는 엄마들이 아이를 학원에 보내지 않는 자신을 별종으로 본다는 걸. 안 그래도 초월초 엄마들 사이에서 고고한 척한다는 험담까지 듣고 있는 터였다. 하지만 여기서 물러서면 어쩐지 지는 것 같아 분했다.

"지안아. 학원은 네가 공부하는 데 필요해서 가는 거야. 네가 공부하는 데 그 학원이 정말 필요한 거야?"

"그건……."

엄마의 질문에 뜨끔한 지안이가 말끝을 흐렸다. 아이 자신도 답을 알고 있는 것이다. 은주 씨가 미소를 지었다.

"공부가 하고 싶은 거면 보내 줄게. 그런 거 아니면 남는 시간에 애들이랑 따로 만나서 놀고 엄마랑 도서관 다니자. 알았지?"

"응. 알았어."

떼 한번 안 쓰고 엄마 말에 순하게 고개를 끄덕이는 착한 아이를 안아 주었다. 일단은 지안이의 요구를 물리치기는 했지만 학원에 다니고 싶다는 애를 못 다니게 하는 마음도 좋지는 않았다. 남의 애들은 학원에 가라고 가라고 해도 안 간다는데, 우리 애는 간다고 해도 보내 주질 못하니 원. 은주 씨가 속으로 혀를 찼다.

무슨 신념이 있는 것처럼 아이에게는 그런 생각으로 학원에 가서는 안 된다고 얘기했지만 사실은 생활비 걱정이 컸다. 호석이 주는 생활비만으로는 모든 걸 감당하기가 여의치 않았다.

아직도 돈이 묶여 있는 명주시 집은 팔리지 않고 있는 상태였고 양쪽 부모님 용돈을 대는 것도 벅찼다. 그런 사정을 알고 있는 은주 씨는 요즘 결혼 전 주식에 넣어 두었던 돈을 곶감 빼 먹듯 야금야금 빼 쓰고 있는 상태였다. 빨리 집이 팔려야 할 텐데 큰일이었다.

혜경이 승주를 데리고 은주 씨네 집에 찾아온 것은 그즈음이었다. 서울에 사는 혜경은 같은 회사 동료였다. 은주 씨와 비슷한 시기에 결혼하고 임신에 출산까지 하고 나니 경력 단절이 된 것도 비슷했다. 회사에 다닐 땐 그리 친하지 않았지만 비슷한 시기에 큰일을 겪은 동병상련의 심정으로 가까워졌던 것이다. 은주 씨네 가족들이 명주시에 살 때도 혜경과 그 가족들이 자주 찾아왔다.

그때는 집이 넓어 괜찮았는데 성인 두 명만 있어도 비좁게 느껴지는 지금 집에는 누군가 찾아오는 일이 부담스럽게 느껴졌다.

그들이 온다는 소식에 은주 씨는 지안이를 데리고 엘리베이터에 올라탔다. 손님을 집 안으로 들이지 않고 애들은 놀이터에서 놀게 하고 벤치에 앉아 얘기나 하다가 올 생각이었다. 혜경도 굳이 들어올 생각을 하지는 않겠지만. 은주 씨는 문득 이 오래된 아파트가 싫다는 생각을 했다.

"잠깐만요."

엘리베이터 문이 막 닫히려는데 서로 다른 쪽에서 달려온 여자 두 명이 문을 다시 열었다. 순간 검은 우비의 기억을 떠올린 은주 씨가 헉 하고 숨을 몰아쉬었다.

"죄송합니다."

이내 먼저 올라탄 젊은 여자가 사과를 하고 뒤따라 들어선 아주머니는 은주 씨와 지안이를 한번 힐끔거리고는 아무 일 없었다는 듯 닫힘 버튼을 연신 눌러 댔다. 그래, 검은 우비는 아니야. 은주 씨가 스스로를 진정시키기 위해 가슴을 쓸어내렸다.

좁은 엘리베이터는 그야말로 만원이었다. 은주 씨네 바로 옆집 아줌마와 반대편 복도 끝집의 젊은 여자였다. 같은 층에 사는 사람이면 좋든 싫든 엘리베이터나 복도에서 마주치게 되어 있어서 인사는 나누지 않아도 누가 사는지 정도는 알 수 있었다.

"안녕하세요."

"응. 안녕."

끝집의 신혼부부 여자가 지안이의 씩씩한 인사에 웃으며 손을 흔들었다. 늘 어딜 가든 어른들에게 인사하는 것이 습관이 되어 있는 지안이였다. 그런 지안이의 인사는 본척만척하던 옆집 아줌마가 갑자기 은주 씨에게 고개를 휙 돌렸다.

"저기…… 혹시 자가예요, 전세예요?"

"네?"

생각지도 못한 질문에 은주 씨가 되물었다. 상대는 대답을 기다리는 듯 은주 씨의 얼굴을 쳐다볼 뿐 말이 없었다. 은주 씨가 얼떨결에 대답했다.

"월센데요."

"아……."

은주 씨의 대답을 듣자 옆집 아줌마는 탄식 비슷한 소리를 내고는 더 이상 말을 걸지 않았다. 왜 저러지 싶어 옆얼굴을 쳐다보는데 아줌마는 1층에 도착하자마자 가장 빠르게 내려 쏜살같이 어디론가 사라졌다.

"소유주 단톡방 때문에 저러는 거예요. 저한테도 전에 물어보더라고요."

지안이와 은주 씨가 엘리베이터에서 내리자 뒤따라 내린 끝집여자가 말했다.

"소유주 단톡방이요? 그런 것도 있어요?"

"요즘은 아파트마다 다 있으니까요. 서로 집값 단속도 하고 관리사무소에 요구할 게 있으면 얘기하기도 하고 동대표나 그런 거 뽑는 이야기도 하고요."

"아…… 거기 가입되어 있나 봐요?"

"아뇨. 저도 세 들어 사는 처지인데요, 뭐."

끝집여자는 멋쩍은 듯 웃어 보이고 떠났다. 지안이에게 안녕 하고 인사해 주는 것도 잊지 않았다. 요즘 보기 드물게 친절한 사람이라는 생각이 들었다.

"응. 왔어."

7동 놀이터로 나가 보니 승주와 혜경이 기다리고 있었다. 벤치에 앉아 있던 혜경이 손을 흔들었다.

"내가 커피 미리 사 왔는데, 아이스 아메리카노 괜찮지?"

"커피까지 사 왔어? 아이고, 미안해서 어째."

"괜찮아. 여기 동네 고즈넉하니 참 좋다."

언제 봐도 넉살이 좋고 사람을 잘 챙기는 혜경이었다. 몇 초간 벤치에 얌전히 앉아 요구르트를 빨아 먹는가 했던 아이들은 입안의 단맛이 끊기자 총알처럼 놀이터 한가운데로 뛰어가 강아지들처럼 놀기 시작했다.

"저놈 저거 또 저러다 무릎 깨지려고……. 지난번에 애들 킥보드 쫓아가다 넘어져서 무릎 다 갈아 먹었잖아."

승주가 지안이를 쫓아가다가 아슬아슬하게 미끄럼틀에 걸려 넘어질 뻔하자 지켜보던 혜경이 혀를 쯧쯧 찼다. 아이들은 뭐가 그렇게도 재미있는지 숨이 넘어가게 웃으며 모래밭을 달리고 있었다.

빨대로 갈색 액체를 쭉쭉 빨아올린 혜경이 벤치에 등을 기대고 커허 하고 깊은 한숨을 내뱉었다. 마치 조폭 두목 같은 자세에 은주 씨가 웃었다.

"남자애들 다 그렇지 뭐. 씩씩해서 좋구먼."

"저놈 때문에 하여간 머리 아파 죽겠어."

"그 정도도 안 하면 앤가 뭐. 너무 걱정하지 마."

"지안이는 안 그렇지? 나도 딸 낳을걸. 부러워 죽겠다."

한참이나 커피를 빨아올리던 빨대에서 겨우 입을 뗀 혜경이 팔자 눈썹을 했다. 원래 남이 그의 자식 험담을 하면 어느 정도 자기 자식 욕을 하며 맞장구를 쳐 줘야 하는 법이다.

"쟤가 여기 와서 갑자기 얌전해서 그런 거지 뭐. 쟤도 명주 살았을 땐 산으로 들로 쏘다니니까 여기저기 상처가 얼마나 많았다구. 나뭇가지에 쓸려 가지고. 어느 날은 벌에 쏘여 오고, 어느 날은 뱀에 물릴 뻔하고. 맘을 놓을 수가 없더라니까."

"그래도 자기 사는 거 보니까 애들은 역시 자연에서 살아야 겠더라. 지안이는 애가 호연지기가 있더라니까. 어린애답지 않게 의젓하구. 승주 저거는 언제 크나 몰라."

엄마들이 늘 하는 비슷비슷한 푸념이었다. 가끔은 이런 시간이 필요했다. 나 혼자만 이 전쟁에 참여하는 것은 아니구나 하는 일종의 동질감. 혜경이 다시 빨대에 입술을 갖다 댔다. 큰 컵으로 샀는데도 벌써 반 이상이 줄어 있었다.

"승주도 엄마 생각 많이 하더구먼. 저번에 보니까 엄마 하라고 학교에서 목걸이 같은 것도 만들어 오고."

"아휴, 그런 거 100개 1000개 가져오면 뭘 해. 상장이나 좀 들고 오지. 월에 저 앞으로 기백씩 들어가는데 그깟 500원짜리 플라스틱 목걸이 하나 갖다주면 가성비 너무 떨어지는 거 아냐?"

혜경의 말에 은주 씨는 그만 웃음을 터뜨리고 말았다. 혜경도 자신의 말이 웃긴지 같이 낄낄대며 웃었다.

"지안이 이번에 또 상장 받았지? 뭐 받았어?"

지안이가 매 학기 학교에서 상을 한 개 이상씩은 받아온다는 걸 알고 있는 혜경이 물었다. 먼저 말을 꺼내지도 않았는데 너무 자랑하는 것 같아 이럴 때면 은주 씨는 쑥스러운 기분이 되곤 했다.

　"으응, 교내 영어 말하기 했다고 뭐 받아 오더라구."

　구체적으로 말하지도 않으며 은주 씨는 말끝을 흐렸다. 그러지 않아도 혜경은 이미 부러워 미치겠다는 표정이었다.

　"어머. 애가 어쩜 그래? 나 진짜 부러워 죽어, 지안 엄마."

　혜경이 우는 시늉을 해 보였다.

　"지가 좋아서 하니까 그렇지 뭐. 내가 뭘 하는 것도 아니고……."

　별로 대수롭지 않다는 걸 말하고 싶었는데 도리어 더 자랑하는 것 같아 민망해졌다.

　"학원 따로 안 다니지? 어쩜 학원도 한번 안 가고 그렇게 하냐 글쎄……."

　"안 그래도 얼마 전에 학원 보내 주면 안 되냐고 하더라구."

　커피를 빨아올리던 혜경의 동작이 멈췄다. 아직 어린 지안이가 스스로 그런 말을 했다니 의외이긴 할 것이다. 혜경은 학원에 가지 않으려는 아들과 매일 씨름하고 있었다.

　"그래?"

　"애들이 요즘은 다 놀이터가 아니라 학원에 가 있으니까 여기 와서 심심한가 봐."

"그건 그렇지. 학원 안 가면 애들 사이에 못 끼니까. 나도 그래서 왕따 당하지 말라고 학원 보내는 것도 있어. 쟤 성적을 보면 별 효과 없긴 한데."

혜경이 물던 빨대를 내려놓고 슬쩍 승주 쪽을 넘겨다보았다. 술래잡기를 하는 듯하던 아이들은 어느새 핸드폰을 꺼내고 게임을 하는 모양이었다. 목을 꺾고 조그만 화면에 열중한 아이들이 동상처럼 우뚝 서 있었다.

"학원 보내. 나는 가라고 가라고 애걸복걸해도 갈까 말까인데."

"나도 보내면야 좋지……."

은주 씨에게서 평소와 다른 기운을 감지한 듯 혜경이 물었다.

"학원 좀 보내면 어때. 혹시 뭐 애들한테 나쁜 물 물들까 봐 그러는 거야?"

지안이가 워낙 착하고 똑 부러지다 보니 그런 걱정을 할 만도 하다고 생각하는 것 같았다. 은주 씨가 손사래를 쳤다.

"아아니, 돈이 없어 그러지."

목이 타서 커피가 끝도 없이 들어갔다. 이젠 혜경의 것과 거의 비슷하게 줄어 있었다. 혜경이 눈을 동그랗게 떴다.

"왜 돈이 없어? 명주시 집 괜찮더구먼."

혜경의 말에 은주 씨가 피식 웃었다.

"거기서나 괜찮았지. 단독 주택은 팔려면 똥값이야. 잘 팔리지도 않고."

혜경이 은주 씨 쪽으로 기울였던 몸을 고쳐 앉으며 피식 바람 빠지는 소리를 냈다.

"하긴. 그건 그래. 빨리 잘 팔고 싶으면 아파트가 답이긴 해. 환금성 좋고 사기만 하면 오르니까."

"진짜 신혼 때 빚내서라도 아파트 하나 샀어야 됐어. 눈물 난다니까."

은주 씨의 말에 잠시 말이 없던 혜경이 다시 입을 열었다. 아까와는 다르게 조금 가라앉은 목소리였다.

"여윳돈 있으면 자기도 부동산 좀 알아보든가."

혜경의 볼륨을 줄인 진지한 목소리에 은주 씨가 어깨를 작게 떨었다. 혜경의 눈빛이 조금 달라져 있었다. 그녀의 눈동자가 영리한 까마귀처럼 검은빛을 내며 반짝였다.

"부동산? 난 그런 거 잘 몰라. 그거 잘못하면 패가망신하는 거 아니야?"

"자기는 주식도 한다면서 이런 건 겁이 많더라."

은주 씨의 끝을 살짝 떠는 목소리에 혜경이 피식 웃었다.

"물론 잘못하면 패가망신하는 거 맞지. 뭔들 안 그래. 근데 지안이 생각하면 돈 벌어야 될 거 아냐. 우리 같은 경단녀들

밖에 나가 봐야 어디 돈푼이나 만져 볼 수 있어? 끽해야 200도 안 되는 월급 받자고 낑낑대다가 골병 들기밖에 더해."

안 그래도 지안이의 학원 얘기에 마트 캐셔 자리를 알아보고 있던 은주 씨가 뜨끔해 입을 다물었다.

"이 나라에서 돈 벌자면 부동산밖에 답 없어. 그중에서도 아파트고."

그 말을 내뱉자 한 짐을 던 사람처럼 혜경이 다시 벤치에 등을 기대고 등받이에 팔을 걸쳤다.

"그럼 승주 엄마도 뭐 하는 거야?"

이번엔 은주 씨가 혜경 쪽으로 몸을 기울였다.

"나도 돈이 별로 없으니까. 난 1주택 갈아타기 했지 뭐."

"그게 뭐야? 그런 건 어떻게 하는 건데?"

"갈아타기 몰라? 일단 아파트 하나 대출 끼고 사서 갚으면서 살다가 집값 오르면 팔고 더 좋은 아파트로 옮겨 가는 거야. 그런 식으로 아파트를 갈아타고 갈아타고 하는 거지."

"그래?"

"나 그걸로 이번에 내 명의 오피스텔 하나 샀잖아. 보여 줄까?"

민안시 푸른숲버드힐시티. 혜경이 핸드폰을 켜 아파트 이름을 검색하더니 지도를 보여 주었다.

"세상에."

수도권 끝자락이었지만 꽤 이름 있는 브랜드의 오피스텔

이었다. 15평이라 크기도 그리 작지 않았다.

"주변에 공단이 있어서 이게 월세 받는 재미가 꽤 쏠쏠해."

은주 씨의 입이 떡 벌어졌다. 앞으로 지안이에게 들어갈 돈과 부부의 노후 자금을 생각하면 생활비 한 푼이라도 아쉬운 형편인데 월세가 나오는 부동산이라니. 혜경은 대체 어떻게 이런 능력을 갖추게 된 걸까. 은주 씨가 혜경의 팔을 붙잡으며 재촉하듯 물었다.

"그런 건 어디서 배웠어?"

은주 씨의 질문에 혜경이 마치 범죄 모의를 하는 것처럼 주변을 돌아보며 목소리를 낮추었다.

"민정 언니 알지? 우리 회사에 있던."

"응. 알지."

민정이라면 은주 씨의 입사 동기이자 나이가 세 살 정도 많은 언니였다. 딱히 공통 관심사도 없고 늘 겉도는 것처럼 보였기에 친해질 기회가 없었던 사람이었다.

"그 언니가 작년까지 버티다가 퇴사했거든? 근데 그 언니가 진짜 알짜 부자였던 거야."

"뭐?"

민정은 아직도 결혼을 하지 않은 걸로 알고 있었다. 은주 씨도 퇴사하고 남편도 지방으로 발령 났기에 그쪽 소식은 거의 모르고 살았는데 민정이 그런 사람이었다니. 은주 씨는 놀랐다.

"꼬박꼬박 월급 타러 다니다가 부동산도 잘 되고 회사에서 나가라고 압박 주니까 겸사겸사 나온 거지."

"그래?"

은주 씨가 생각이 많은 얼굴이 되자 혜경이 속삭이며 은주 씨의 옆구리를 팔꿈치로 살짝 찔렀다.

"자기도 그 언니 한번 찾아가 봐."

혜경의 똘똘한 1주택 갈아타기에도 다 비결이 있었던 모양이다. 은주 씨는 지나가는 차 바퀴 밑에 호두를 놓아두고 단단한 껍데기가 부서지면 알맹이만 쏙 주워 먹는 까마귀처럼 민정을 이용했을 혜경을 떠올렸다. 인간관계도 좁고 소심한 자신과는 달리 혜경은 붙임성이 있으니 그런 콩고물도 주워 먹을 만했다.

"그런데…… 그런 거 다 투기 아니야?"

부동산에 대해 잘 모르는 은주 씨가 주눅 든 표정으로 말하자 잠시 멍한 얼굴로 은주 씨를 바라보던 혜경이 느닷없이 웃음을 터뜨렸다. 무척 폭발적인 웃음이었다.

"자기는 사회가 줄 세워 놓고 착한 사람 순서대로 부자 만들어 주는 줄 알아? 자기야. 도덕적 당위랑 현실은 달라."

제 입으로 말해 놓고도 너무 날카롭다 느꼈는지 혜경이 큼 큼 헛기침을 하며 목을 가다듬었다.

"우리 어릴 때 하던 부루마블 게임 알지? 그것도 봐. 땅 먼저 따먹고 건물 먼저 짓는 놈이 이기는 거야. 세상이 그거랑 크게 다를 것 같아?"

은주 씨가 말을 잇지 못하자 혜경이 토닥토닥 그녀의 어깨를 두드렸다. 평소와 같이 다정한 손길이었지만 어쩐지 어색하게 느껴졌다.

일단 알았다고 한 뒤 은주 씨와 혜경은 시답잖은 일상 얘기를 몇 개 주고받다가 헤어졌다. 지안이는 문제집을 뭘 푸니, 무슨 책을 읽니 하고 물어 와도 귀에 잘 들어오지 않아 대충 대답을 해 주고 말았다.

마트에서 장을 보고 오는 길에도 은주 씨는 약간 멍해 있었다. 잘 모를 때에는 승주의 학원비며 혜경의 좋은 집이 그녀의 남편이나 시가에서 나오는 재력인 줄만 알았는데 혜경이 한 부동산 투자 덕분이었다니. 뭔가에 머리를 세게 맞은 듯한 기분이었다.

"안녕하세요."

지안이가 인사하는 소리에 겨우 정신을 차린 은주 씨는 한 손에 종량제봉투를 든 채 엘리베이터 앞에 서 있었다.

"안녕. 또 보네."

아까 만났던 끝집여자였다. 집에 오는 시간이 우연히 맞았던 모양이다. 끝집여자의 한 손에도 아까 못 보던 묵직한 가방이 들려 있었다.

"안녕하세요."

아까 제대로 인사를 못 한 것 같아 고개를 꾸벅이자 여자도 웃으며 고개를 숙였다. 은주 씨보다 대여섯 살은 어려 보이는 외모였다. 좋구나. 자기보다 젊은 사람을 보고 좋다는 생각을 하다니 자신도 다 늙었다는 생각이 들어 어딘가 씁쓸했다.

"애기가 인사도 잘하고 예쁘네요. 사탕 하나 줘도 될까요?"

"네. 그러세요."

명주시에서 자랄 때부터 항상 어른들을 보면 먼저 인사하라고 교육했기 때문에 지안이는 자신을 귀여워하는 어른들에게 간식거리를 종종 얻어먹곤 했다. 끝집여자가 지안이에게 딸기 맛 막대사탕을 건네주자 지안이가 고맙습니다 하며 꾸벅 인사를 했다.

"엄마, 아까 고양이 봤어?"

마침 내려온 엘리베이터에 셋이 함께 올라타는데 지안이가 고양이 이야기를 꺼냈다. '5동 고양이'를 말하는 모양이었다. 공작성운아파트에 사는 고양이들 중 하나인데 몸이 가늘고 동작이 빠른 녀석이었다. 5동 화단 앞에서 처음 발견해서 지안이는 '5동 고양이'라는 이름을 붙여 주었다.

"아니. 엄마가 딴생각하느라고 못 봤네."

"그래? 아까 우리 앞에 걸어갔는데……."

5동 고양이를 유난히 좋아하는 지안이가 금세 시무룩해져서는 입술을 쭉 내밀었다. 평소에는 같이 고양이를 보며 얘기를 했을 텐데 아까 혜경을 만나고 나서는 지안이가 무슨 얘기를 해도 귀에 들어오지 않았다.

이러면 안 돼. 정신 차려야지 하는데 엘리베이터 거울 속에 끝집여자의 얼굴이 보였다. 문득 그녀의 긴 생머리 위에 검은 우비의 모습이 겹쳤다.

"회색 고등어무늬 고양이 말하는 거야?"

아이의 말을 들은 끝집여자가 거울 속에서 웃으며 지안이에게 말을 걸었다. 혹시 검은 우비를 아냐고, 본 적 있냐고 물으려다가 은주 씨는 입을 다물었다. 어쩌면 자기가 본 것이 환영일 수도 있지 않을까 해서였다. 그날은 비가 많이 왔고 천둥 번개도 쳤다. 아이와 함께 혼자 낯선 도시에 온 날이었고 다음 날 이사를 해야 해서 스트레스가 심했다. 그랬다면 충분히 그럴 수 있지 않은가.

"네. 맞아요. 그 고양이 아세요?"

끝집여자의 물음에 지안이의 얼굴이 확 밝아졌다.

"그럼. 난 그 고양이 새끼 때부터 봤는걸."

끝집여자도 고양이를 좋아하는지 그 고양이의 역사를 알

고 있었다. 여자가 핸드폰을 열어 어릴 적 사진을 보여 주자 지안이는 선물을 받은 것처럼 좋아했다.

집에 돌아와서도 은주 씨는 계속 혜경과의 대화를 생각했다.

'애들 뒷바라지하는 데 돈이 좀 들어? 애들 미래까지 일일이 책임져 줄 수야 없지만 지들 배우고 싶다는 건 배우게 해 줘야 할 거 아냐.'

그건 은주 씨도 동감하는 바였다. 은주 씨의 빈 곳을 공략하는 듯 이어 혜경의 말이 귀에 되살아났다.

'밖에 나가 돈 벌어 봐야 남자들 버는 거에 비하면 쥐꼬리지. 안 그래도 지안이 공부 잘하는데 나중에 유학이라도 가겠다고 해 봐.'

그것도 그렇지. 은주 씨도 학교 다닐 때 남들이 하는 과외 한번 받아 보고 싶었고 대학 졸업할 땐 취직 대신 대학원에 가서 공부를 더 하고 싶은 마음도 있었다. 하지만 여유 없이 사는 부모님 밑에서는 그런 어리광을 부릴 수는 없었다. 지금까지 키워 주셔서 감사하다는 마음은 늘 갖고 있었지만 그것과는 별개로 어른이 되었는데도 아직 그런 것들이 마음에 한이 되어 남아 있었다.

솔직히 말하자면 지안이를 낳고 육아를 위해 퇴사하게 되면서 여러 사람 원망을 했던 것도 사실이었다.

결혼은 둘이 하고 임신도 둘이 합이 맞아 하는 것인데 출산은 은주 씨 혼자의 몫이었고 은주 씨가 호석보다 더 벌지 못하니 퇴사와 육아도 은주 씨의 몫이었다.

지금은 그런 생각을 하지 않지만 밤잠도 자지 못하고 귀가 찢어져라 울어 대는 신생아를 돌보기 위해 뜬눈으로 깨어 있었을 때는 회식 후 술에 취해 들어온 호석을 원망하며 출산과 육아가 마치 자신에게 내려진 형벌 같다 느꼈다.

대체 어디부터 잘못되었던 걸까. 잠을 제대로 자지 못해 몽롱한 정신 속에서 아기의 등을 기계적으로 두드리며 자신이 가지 못했던 길에 대한 상상을 끝없이 하곤 했다. 졸업 후 바로 적당한 회사에 칼취업을 하는 대신 공무원이 되거나 좀 더 준비해 나은 회사에 갈 수 있었더라면, 외국에 교환 학생을 갈 수 있었더라면, 좋은 학원에 다녀서 좀 더 좋은 대학에 다녔더라면……. 그러다 보면 부모님에 대한 원망에까지 생각이 닿았다.

부모님은 은주 씨를 최선을 다해 키워 주었지만 그것이 최상의 환경은 아니었다. 일용직을 전전하며 딸을 변변한 학원에 보낼 돈도 없었던 그들은 고등학교를 졸업시키는 것을 자신들의 최선의 의무로 여겼다. 지금은 몸이 아파 그마저도 하지 못하고 남들처럼 딸의 육아를 돕지도 못하면서 매달 용돈만 받는 처지였다.

부모님이 조금 무리를 해서라도 자신에게 투자를 했다면 이렇게 살지는 않을 텐데 하는 생각이 들었다. 그동안 모든 것은 자신의 선택이고 자신의 인생이라고 생각하며 살아왔는데도 그랬다.

'부모가 가난하면 똑똑한 자식이 무서운 거야.'

혜경의 말이 쐐기처럼 가슴속에 박혔다. 설거지를 마친 은주 씨가 물줄기가 시원스럽게 뿜어져 나오던 수도꼭지를 눌러 껐다. 더운 방 안에서 더운물로 설거지를 하고 나니 금세 인중에 땀이 맺혔다.

— 안녕하세요. 민정 언니. 저 백은주예요. 회사 같이 다녔던. 혹시 기억하세요?

— 혜경이한테 연락받았어. 주소 찍어 줄 테니 내일 그리로 와.

백번 망설이다가 늦은 밤에 겨우 써 보낸 문자인데도 민정은 시원스럽게 대답했다. 더도 덜도 않은 군더더기 없는 태도에 은주 씨는 내심 안심했다. 염치 불고하고 문자를 보내길 잘했다는 생각이 들었다.

— 덕원피닉스메트로아트파크5단지 6동 702호야. 덕원역에서 내려서 2번 출구로 나오면 바로 보여.

이어 민정이 긴 이름의 아파트 주소를 적어 보내 주자 은주 씨가 고맙다고 대답했다. 그걸로 문자는 끝이었다.

잠시 민정의 아파트 이름을 바라보던 은주 씨가 문자 앱을 끄고 핸드폰 바탕화면의 보라색 파도 모양 아이콘을 눌렀다. '아후보라'였다. 아파트 후기 보라.

아파트 시세와 임장 후기, 세입자들이 살아 보면서 느낀 솔직한 단점 같은 것들을 보려고 깔아 둔 앱이었다. 여러 사람들이 가감 없이 자기 의견을 올리는 곳이었기에 지금 살고 있는 집의 월세 계약을 하기 전에도 들어가 봤던 곳이었다.

— 신축이라 역시 좋아요 애들도 이사 와서 좋다고 하네요. 놀이시설이랑 커뮤니티도 잘 되어 있어요.

— 피닉스가 이 지역 대장이죠~ 앞으로도 이끌어 갈 겁니다.

— 역시 품격 있는 아파트라 그런지 이웃들도 친절하고 좋네요. 잘 부탁드립니다.

좋은 말들 일색이었다. 주민들이 직접 올린 아파트 사진만 해도 웅장해 보였다. 사진을 넘기다 보니 너무 부러워져서 은주 씨는 앱을 끄고 잠자리에 누웠다.

민정은 언제 이렇게 좋은 집에 살게 된 걸까. 나도 이런 집에 살고 싶다는 생각에 가슴이 메었다. 민정에게 뭘 물어보면 좋을까 생각하다 긴 하루에 지친 은주 씨는 어느새 잠이 들었다.

톡.

볼에 뭔가 가벼우면서도 납작한 촉감이 와 닿았다. 감은 눈 위로 햇살이 비치는 느낌에 일어나 보니 어느새 아침이었다. 손만 뻗어 핸드폰을 들어 보니 알람을 맞춰 놓은 시간이 다 되어 있었다.

부스스 몸을 일으키자 흰 물체가 허벅지 위로 툭 떨어졌다. 종이비행기였다. 아까 얼굴 위로 날아든 것이 종이비행기인 모양이었다.

"엄마, 일어났어?"

비행기가 어디서 날아온 건가 했더니 지안이가 식탁 의자 위에 서서 이면지를 접어 날리고 있었다. 일찍 일어났는데 엄마가 피곤해 보이니 깨우지 않고 혼자 놀고 있었던 것 같았다.

"지안이, 잘 잤어?"

아이를 향해 양팔을 벌리자 금세 지안이가 품 안으로 쏙 안겨 들어왔다. 보드랍고 따듯한 것을 꼭 껴안고 볼에 입 맞추자 간지러운지 지안이가 까르르 웃음을 터뜨렸다. 그 소리를 듣자 은주 씨도 절로 웃음이 났다.

곧 울린 알람을 끄고 창문을 열었다. 날씨가 꾸물꾸물한 것이 오늘은 아무래도 비가 올 것 같았다. 우산도 챙겨야겠네. 길게 기지개를 켜고 아침 식사를 준비하기 위해 부엌으로 갔다.

간단히 시리얼을 먹기로 한 은주 씨가 우유와 시리얼을 꺼내고 그릇을 가져다 놓는데 지안이는 아직 종이비행기 날리기에 여념이 없었다.

의자에 위태위태하게 서 있는 꼴이 아무래도 불안해 보여 말렸다.

"지안아. 이제 그만하고 숟가락 가져와 밥 먹자."

엄마의 말에 싫다거나 말대꾸하는 법이 없는 지안이가 의자 등받이를 잡고 내려오려 했다. 그때였다.

활짝 열어 놓은 베란다 창문 밖으로 뭔가가 휙 지나가는가 싶더니 이내 펑 하는 소리가 들려왔다.

자동차가 전속력으로 뭔가를 들이받았을 때 나는 것 같은 소리였다. 창문 앞으로 뭔가가 지나가는 모습을 보지 못했다면 은주 씨는 지상 주차장에서 교통사고가 난 줄 알았을 것이다.

흐린 여름 아침 길고 긴 비명 소리가 아파트 단지에 울려 퍼졌다.

2

길 하나 사이에 두고

"엄마. 이거 봐."

방금 주문한 것인데도 갈색 쟁반 위에 올라온 패스트푸드점의 어린이용 메뉴는 싸늘하게 식어 있었다. 지안이가 핸드폰 화면을 은주 씨에게 들이대며 말했다. 지안이가 보여 준 것은 포털 사이트의 어린이 뉴스 기사였다.

지안이는 어린이 사이트에서 발견한 이런저런 기사를 엄마에게 읽어 주는 것을 좋아했다. 하지만 지금은 어딘가 부자연스러웠다. 방금 일어난 일을 애써 무시하려고 하는 기색이 역력했다. 그것은 엄마인 은주 씨도 마찬가지였다.

"뭔데?"

은주 씨가 애써 관심 있는 척 지안이의 핸드폰을 들여다보았다. 평온을 가장하기 위해서였다. 지안이가 그것을 눈치채지 못하길 바랐다.

화면 속에서는 형광색의 화려한 깃털을 가진 열대의 새가 진흙과 깃털, 나뭇가지 등으로 정성스레 꾸민 둥지 앞에 색색의 예쁜 돌들을 늘어놓고 암컷의 선택을 기다리는 모습이 있었다.

"요즘엔 환경 오염이 심해져서 돌이 아니라 플라스틱 병뚜껑으로 꾸미는 새들도 많대."

엄마가 사진을 본 것을 확인한 지안이가 핸드폰을 거둬들이며 기사를 읽어 주었다.

"그렇구나. 얼른 먹어."

"응."

포장지를 벗겨 건네자 순하게 대답한 아이가 식은 버거를 크게 베어 물었다.

자기 몫으로 시킨 감자튀김을 집어 들려던 은주 씨가 이내 다시 내려놓고는 냅킨에 기름기를 닦았다. 아무래도 입안이 까끌거려 넘어갈 것 같지가 않았다. 대신 김이 피어오르는 드립 커피를 홀짝이며 조금 전 지나온 상황들을 떠올렸다.

생각 같아서는 창문을 꼭꼭 닫고 집 밖으로 나오지 않고 싶었지만 민정과의 약속 때문에 그럴 수도 없었다. 일단 역 근처로 가서 아침을 해결해야겠다는 생각에 걸음을 서둘렀다.

최대한 소란스러운 상황을 피하려고 빨리 준비한답시고 대충 옷만 챙겨 입고 나왔는데 1층에 내려오자 어느새 경찰차며 구급차가 요란했다. 빨갛고 파란 경광등 불빛이 번쩍이고 사람이 떨어진 화단 주위에 몰려든 사람들로 인산인해였다.

사고 직후 은주 씨도 무슨 일이 일어났는지 보려고 잠깐 내다보기는 했으나 멀리서 보기에도 상황이 끔찍해 얼른 베란다 문을 닫고 온 상태였다.

비위들도 좋지. 저걸 어떻게 본다는 거야. 경찰들이 사람들을 뒤로 물러서게 하려고 쩔쩔매고 있었다. 사람들은 마치 불길한 소식을 찾아 헤매는 까마귀처럼 몰려들어 주위를 둘러싸고 무슨 말들인가를 수군대고 있었다.

'엄마, 저 아저씨도 새가 되고 싶었나 봐. 그치?'

엄마 손을 잡은 지안이가 은주 씨를 올려다보며 말했다.

'넌 저런 거 보지 마.'

은주 씨가 애써 지안이의 눈과 귀를 가리며 사고 현장을 뒤로 하고 종종걸음쳤다. 정작 지안이는 무슨 일이 일어났는지 아는 듯 모르는 듯 태평한 얼굴이었다.

역 근처의 패스트푸드점에서 모닝 세트로 대충 아침을 때운 은주 씨는 지안이와 함께 지하철을 탔다. 서울에 있는 민정의 집으로 가려면 1시간 정도 가야 했다. 아침에 놀란 탓인지 아니면 어색한 사이의 민정을 만나 뭔가를 부탁해야 해서인지는 알 수 없었지만 밀가루 범벅의 아침 식사가 속에서 계속 부대꼈다. 속이 좋지 않은 것만큼이나 날씨도 여전히 우중충했다.

민정이 말한 지하철역에서 빠져나오자마자 눈앞에 아파트 단지가 서 있었다. 3분 정도만 걸으면 아파트 입구까지 닿을 거리였다. 대단지 아파트였다. 피닉스메트로아트파크라…… 피닉스는 브랜드 이름일 테고 메트로는 역세권이라 붙인 이름일 것이다. 아트파크…… 맞아. 여기 근처에 예술 공원이 있었지. 마치 암호 같은 이름에 처음에는 웃음이 나왔지만 정작 매끈한 콘크리트 위에 아이보리색 페인트로 마감한 흠 하나 없는 외벽에 황금색으로 빛나는 불사조가 힘껏 날아오르는 장식물을 보고 있자니 기가 죽었다. 어제 아후보라 앱으로 본 것보다 훨씬 좋아 보였다. 사진이 아파트의 위용을 다 담지 못한다는 생각마저 들 정도였다. 검색한 바로는 저녁에는 불사조에 불이 들어온다는 것도 같았다.

좋다, 는 소리가 절로 나올 만큼 번듯한 신축 아파트였다. 입구를 지나 민정이 사는 동으로 가는 동안 유치원 등하원 시키는 엄마들을 위한 대기실, 커뮤니티 센터 같은 것들이 보였다. 단지 한가운데에는 초등학교까지 있었다. 지금 사는 집도 길 하나만 건너면 초등학교지만 그래도 초등학교를 단지 내에 품은 아파트가 더 좋아 보이는 건 어쩔 수 없었다.

고개를 들자 초등학교를 둘러싸고 다닥다닥 붙은 창문들이 올려다보였다.

이 집들은 차마 쳐다도 볼 수 없는 가격이 아니던가. 이런 으리으리한 집을 볼 때마다 다른 사람들이 이런 집을 살 때 자신은 대체 뭘 한 것인지 자괴감이 들었다. 도시로 올라온 이후 은주 씨는 계속 바보가 된 것 같은 기분이 들었다.

현무암을 쌓아 올린 인공 폭포를 지나고 공작성운과는 비교도 안 될 만큼 화려한 놀이터를 지나고 나자 드디어 민정이 사는 동 앞까지 왔다.

공동 현관에 도착해 인터폰에 민정이 사는 호수 번호를 누르는 동안 긴장한 은주 씨가 주위를 돌아보았다. 누가 뭐라는 사람도 없는데 괜히 도둑 취급당하면 어떡하나, 경비 아저씨라도 달려와서 여긴 왜 왔냐고 하면 어떡하나 하는 쓸데없는 걱정이 머릿속에 가득 찼다.

— 누구세요?

"언니, 저예요."

민정의 목소리에 은주 씨가 까맣게 빛나는 카메라 렌즈에 대고 최대한 살갑게 웃는 표정을 지어 보였다. 대답 없는 까만 눈앞에서 얼굴에 웃음을 걸고 기다리는 몇 초가 영겁같이 느껴졌다.

잠시 후 다행히 문이 열리고 엘리베이터에 올라탈 수 있었다. 민정이 사는 7층에 내리자 현관은 이미 열려 있었다. 인터폰 앞에서 억지 미소를 한 번 더 짓지 않아도 되는 것에 감사하면서 은주 씨는 지안이를 앞세워 들어갔다.

"오는데 힘들지 않았어? 고생했네."

용건만 간단히 하던 문자 속 말투와는 다르게 민정은 은주 씨 모녀를 다정히 맞아들였다. 지안이를 보고도 싫은 기색은 커녕 몇 년 전에 애기 낳았다는 말은 들었는데 걔가 벌써 이렇게 컸냐며 놀라워하기까지 했다.

"이거 별건 아닌데 드세요."

은주 씨가 오는 길에 단지 내 편의점에서 산 주스 세트를 내밀었다. 급하게 집에서 나오느라 민정에게 줄 선물은 까맣게 잊고 있다가 구색을 맞추느라고 사 온 물건이었다.

"뭘 이런 걸 사 왔어. 무겁게."

"빈손으로 오기가 민망해서……."

은주 씨가 머쓱하게 웃어 보였다. 민정이 다과를 내올 준비를 하는 동안 은주 씨는 고개를 돌려 재빨리 집 안을 둘러보았다.

30평대로 보이는 민정의 집은 의외로 검소했다. 집이 넓어 그래 보이는 것 같기도 했지만 평소에도 집을 화려하게 꾸미고 사는 스타일은 아닌 듯했다. 아마 분양받았을 때 거의 그대로인 것 같아 보였다.

"집이 참 좋아요. 그런데 짐이 별로 없네요?"

민정이 소파 앞 탁자에 과일과 커피를 내오자 은주 씨가 자연스럽게 내려와 앉으며 물었다. 시골집에서 거의 몸만 빠져나오다시피 했는데도 짐이 꽉꽉 들어찬 자신의 좁은 집과 확연히 비교되었다. 비교하기 싫은데도 처음부터 끝까지 모든 게 달라서 자꾸만 비교하게 되었다.

"하도 이사를 많이 다니니까."

지안에게는 따로 과자와 우유를 내어 준 민정이 웃었다.

"사람들이 모델 하우스 같다 그러더라고. 처음엔 짐 줄이는 게 힘들었는데 이것도 자꾸 하다 보니 적응이 되네."

과자를 먹는가 싶던 지안이는 어느새 가져온 컬러링북에 빠져 무아지경으로 색연필을 문지르고 있었다. 얼마 전에 사 준 색연필과 컬러링북이 요즘 지안이의 가장 가까운 친구였다. 누가 훔쳐 가지 못하게 끄트머리를 칼로 깎아 유성 펜으로 써 둔 지안이의 이름이 검은 점으로 보일 만큼 빠르게 움직였다.

은주 씨가 써 준 이름이었다. 지안이는 꼭 ㅇ을 밑에서부터 그리곤 해서 ㄴ과 ㅇ이 기괴하게 합쳐진 것 같이 쓰곤 했다. 글씨체 교정을 시켜 보기도 했지만 그 부분만은 잘 고쳐지지 않았다. 그래서 아버지인 호석의 이름을 쓸 때도 ㅎ이 늘 꼭지 달린 시든 방울토마토처럼 보이곤 했다.

"혜경이한테 얘기는 대충 전해 들었어."

멍하니 지안이가 노는 모습을 보고 있던 은주 씨가 불에 덴 것처럼 놀라 민정에게로 고개를 돌렸다. 어떻게 이야기를 꺼내야 하나 싶어 망설이고 있는데 마침 민정이 말을 꺼내 주어서 다행이었다.

"자기는 종잣돈이 얼마나 있어?"

말문이 턱 막혔다.

남 앞에서 자기가 가진 돈 얘기를 하는 것은 거의 발가벗는 것이나 다름없었다.

하지만 여기서 솔직해지지 않는다면 더 이상 앞으로 나아갈 수 없다는 것을 알았기에 은주 씨는 창피함을 무릅쓰고 가용할 수 있는 예산에 대해 얘기했다.

은주 씨가 주식에 넣어 둔 예치금과 얼마 되지 않는 예금, 그리고 곧 명주시 집을 살 사람이 잔금을 치르면 생길 돈에 대해 이야기하자 민정은 턱을 괴고 뭔가 생각하는 듯 말이 없었다.

"아주 어렵지도 않은데 그렇다고 쉽지는 않아."

민정의 대답은 인터넷에 떠도는 사주팔자 얘기만큼이나 모호했다.

"혜경이한테 투기 아니냐고 했다며?"

"네? 네……."

혜경이 은주 씨가 찾아갈 거라고 연락하면서 지난번에 나누었던 얘기까지 해 준 모양이었다. 의도치 않았지만 자신은 민정이 돈을 번 것이 '투기' 때문이라고 말한 거나 다름없었다. 그 생각을 하자 귀뿌리까지 벌게졌다. 그런 은주 씨를 눈치챈 듯 민정이 씩 웃었다.

"사실 나도 투자인지 투기인지는 몰라. 이것저것 겪어 보면서 내가 내린 결론은 내가 하면 투자고 남이 하면 투기라는 거지."

이어 민정이 어깨를 으쓱하며 말을 이었다.

"근데 난 누가 나보고 투기꾼이라고 손가락질해도 하나도 겁 안 나. 나는 내 욕심껏 돈 벌어."

딱 잘라 말한 민정이 어깨를 으쓱였다.

"뭐. 혜경이한테 무슨 말을 들었는지는 모르지만 큰 기대는 안 하는 게 좋을 거야."

민정은 나름 솔직하게 한답시고 말을 해 준 것일 테지만 은주 씨는 약간 억울한 마음이 들었다. 자신의 약점을 드러내는 수치심을 감당하고서라도 조언을 듣고 싶어 온 것인데 미적

지근한 말을 들으니 배신감마저 들었다.

누가 책임져 달랬나, 그냥 팁 좀 얻자는 건데. 그 말이 목 끝까지 치고 올라왔지만 아직 민정이 자신에게 뭘 줄 수 있는지 몰라 입을 다물었다.

"집 가진 이력이 있어서 청약도 어려울 거고. 사실 요즘 청약이 쉽지 않은 거 알지? 애가 한 여섯이나 있으면 모를까."

"그래요?"

청약이야 예전에는 관심이 없었다. 명주시 집을 사고부터는 이미 내 집이 있다는 생각에 부동산 관련해서 그리 간절하지 않았던 것이다.

"자기 그것도 몰랐어?"

놀라는 은주 씨를 보고 민정이 귀엽다는 듯 깔깔대며 웃었다. 혜경이나 민정이나 자신을 느끼하게 자기, 자기 하며 부르는 것이 마음에 들지는 않았지만 어쩔 수 없었다.

"그래서 요즘 아파트 받으려고 보육원에서 아이 입양했다가 파양하는 사람들도 있잖아."

"아……. 뉴스에서 본 것 같아요."

그 뉴스를 보면서 대체 인간이 어떻게 저럴 수 있나 하는 생각을 했었던 은주 씨였다. 한참 떠들자 목이 마른지 민정이 커피로 목을 축였다.

"그래도 이러나저러나 아파트가 나아."

"요즘엔 빌라도 살기 괜찮다고 하던데……."

"아이고, 자기야."

민정이 아이 달래듯 은주 씨를 불렀다. 은주 씨의 해맑음에 머리가 아프다는 태도였다. 금방이라도 이마를 짚을 듯 손등이 위를 향해 있었다.

"우리가 무슨 변태라서 아파트 좋아하고 집착하는 줄 알아? 자기도 알겠지만 그게 살기가 편해서 그런 거야. 쓰레기, 택배, 방역에다 수목 관리, 방범까지 그거 직접 하면 얼마나 피곤하고 돈 많이 드는데?"

그거야 은주 씨도 단독 주택에 살아 봤으니 어느 정도 짐작할 만했다. 하지만 몇 년 살면서 익숙해지니 그렇게 힘들다는 생각도 못 해 봤던 일이기는 했다.

잠시 정적이 흘렀다. 돈이 부족하니 민정도 섣불리 조언해 주기가 어려운 상황이었다. 그래도 여기까지 온 이상 뭐라도 얻어 가자 싶었던 은주 씨가 민망함을 무릅쓰고 물었다.

"그럼 혹시 괜찮은 아파트 있으면 좀 찍어 주실 수 있어요?"

"아파트? 요즘 뜨는 지역이야 있지만 자기 형편에는 어렵지. 그리고 내가 점쟁이도 아니고. 자기 같은 초보들이 꼭 투기 아니냐고 열 내면서도 아파트 찍어 달랄 땐 제일 많이 오를 것 같은 아파트 찍어 달라고 하더라?"

민정이 자신을 걱정해 주는 것 같으면서도 살살 약을 올리는 것 같아 은주 씨는 슬슬 화가 나기 시작했다. 그런 은주 씨를 알아챘는지 민정이 재빨리 덧붙였다.

"일단 대출은 땡길 수 있는 만큼 땡기는 거야. 전세를 끼고 사든지. 갭 투기*가 위험하네 어쩌네 말들은 많지만 요즘 돈 없는데 집 사려면 갭 투기하는 수밖에 더 있어?"

민정이 뾰로통한 얼굴로 말을 이었다.

"사실 나도 이제 이 짓 그만둔 지 좀 됐어. 세입자가 안 들어와서 좀 아슬아슬했거든. 사실 자기도 시작을 안 하는 게 좋을지 몰라. 모든 건 본인 선택이지만."

알쏭달쏭한 민정의 태도가 자신을 놀리는 건지 아니면 안타까운 마음에 진심으로 경고하는 것인지 아리송한 은주 씨였다. 그러면서도 민정은 끝까지 뭔가를 알려 주려는 듯 말했다.

"부동산 공부라면 한번 해 보는 것도 좋지. 요즘엔 학원도 잘 되어 있으니까. 자기 집 근처에도 부동산 경매 학원 하나쯤은 있을걸?"

잔을 가져가 입가에 대려던 민정이 뭔가 생각났는지 멈칫하고는 입술을 움직였다.

"근데 자기도 참 많이 변했다."

---

* 주택 시장에서는 매매가와 전세액의 차이를 '갭(Gap)'이라고 하는데, 전세를 유지하고 이 갭만큼 만 전 집주인에게 지불하는 식으로 주택을 구입한 뒤 이후의 시세 차익을 노리는 것을 갭 투자라 한다. 여기서 갭 투기는 이를 낮잡아 이르는 말로 사용하였다. 단, 시세 차익을 실현하기 전에 세입자가 전세를 유지하지 않을 경우 목돈인 전세 보증금을 돌려줘야 해서 자금 여력이 없다면 위험할 수 있다.

"네?"

"예전엔 엄청 과감했는데."

민정이 피식 웃자 우아한 곡선을 이루는 커피잔 속에서 물결이 일었다.

"무슨……."

"옛날에 자기가 했던 말 기억나?"

"제가 뭐라고 했었어요?"

과거에 민정에게 잘못했던 일이 있었나 재빨리 머릿속을 더듬어 봤지만 워낙 접점이 없던 터라 얘기를 나눠 본 기억도 별로 없었다.

"왜, 우리 예전에 같은 팀에 있었을 때. 이 팀장이 우리가 점심시간에 투자 얘기하는 거 보고 무슨 여자들이 그렇게 돈, 돈 거리냐면서 탐욕스럽다고 뭐라고 했었잖아."

아아. 입사 초기부터 은주 씨는 주식에 관심이 많았기에 그때도 한창 회사 사람들과 주식 정보를 나누곤 했었다.

"그때 자기가 왜요, 여자가 좀 탐욕스러우면 안 되나요? 하고 눈 동그랗게 뜨고 따지니까 이 팀장이 아무 말 못 하고 갔었지."

그때 생각이 나는지 민정이 킥킥대며 웃었다. 그제야 그 상황이 기억이 났다. 꼬리를 내리고 사라지는 이 팀장의 뒷모습을 보며 남자들은 담배 피우면서 별 얘길 다 하면서 하고 으

르렁대니 그때도 민정이 저 웃음소리를 냈다.

"난 아직도 그 말 기억하는데. 나한테 도움이 많이 됐어."

민정의 홍조 띤 얼굴 위로 산뜻한 미소가 그려졌다.

은주 씨는 일단 민정에게 고맙다고 인사를 한 후 지안이를 데리고 나왔다. 민정과 대화를 길게 끌지 않고 나온 탓에 아직 점심시간이 되려면 멀었다.

그래서 집도 가르쳐 준 거구나. 집으로 향하는 길에 은주 씨는 민정이 한 말을 복기하며 혼자 고개를 끄덕였다. 자신은 별거 아니라 생각해서 기억에서 지워 버렸던 일이었지만 민정에게는 무척 크게 다가왔던 모양이었다. 별로 친하지 않은 사이라 생각했던 민정이 직접 얼굴을 보며 조언해 준 이유를 그제야 납득할 수 있었다.

그때의 자신에 비해 지금은 무척 겁이 많아졌다. 아이를 가지면 다 이렇게 되는 것일까? 비겁한 변명이라는 걸 알면서도 새로운 일을 시작할 엄두가 쉽게 나지 않았다.

집으로 갈 생각을 하니 또다시 오늘 아침의 사건이 떠올라 빨리 가고 싶지가 않아졌다. 그 사람은 어떻게 됐을까? 가족들이 찾아왔으려나. 이제 흔적들은 다 치웠을까? 집 근처 지하철역에서 내린 은주 씨는 평소처럼 버스를 타는 대신 걸어서 가기로 했다.

공작성운으로 향하는 길에는 호크톱클래스가 있었다. 민정의 집과 비슷한 수준으로 잘 되어 있는 신축 대단지 아파트였다.

복사 붙여넣기라도 한 듯한 구조의 초품아* 아파트였지만 오늘따라 그 쾌적함이 이상하게 슬프게 느껴졌다. 공작성운과 2차선 도로 하나를 가운데 두고 이렇게나 다른 세상이 있다니. 평소에는 별생각 없이 지나다니던 길인데도 은주 씨는 뭔가 모르게 억울하고 세상이 자신을 속이고 있는 것 같은 생각이 들었다.

"엄마, 여기 놀이터에서 놀다 가도 돼?"

그런 엄마의 기분을 알 리 없는 지안이가 어린이답게 은주 씨를 잡아끌었다. 평소에도 가끔 지안이는 이 놀이터에서 노는 일이 있었다. 그도 그럴 것이 미끄럼틀도 그네도 모두 새 것에다 바닥은 발이 푹푹 빠지는 모래 대신 말랑한 우레탄 폼 바닥이고 놀이 기구들도 다양하고 쾌적했다.

"너 몇 살이야?"

별수 없이 아이에게 끌려가 그네를 밀어 주는데 지안이 또래의 통통한 남자아이가 다가와 말을 걸었다. 지안이와 같이

---

* '단지 내에 초등학교를 품은 아파트'의 줄임말. 아파트와 학교 사이의 거리가 가깝고 차로가 없는 아파트로 학부모들이 선호한다.

놓고 싶은 것 같았다.

"지안아, 이제 밥 먹으러 가자."

아이가 캐물으면 지안이가 이 동네 아이가 아닌 것이 티가 날까 봐 은주 씨가 그네를 멈추고 지안이의 손을 잡아끌었다.

"엄마, 나 배 별로 안 고픈데……."

입이 댓 발은 튀어나온 지안이가 뒤를 돌아보며 말했다. 생각 같아서는 지안이를 얼마든지 신축 아파트의 놀이터에서 놀게 하고 싶었지만 엄마들 사이에서 들은 이야기가 있었다.

이 아파트에 사는 아이인지 아닌지 일일이 신원을 확인하는 주민자치회장 할아버지가 있다고 했다. 어떤 아이는 도둑놈 소리를 들었다고 했고 어떤 아이는 맞을 뻔했다고 들었다.

은주 씨가 어릴 땐 아이들을 잡아가는 망태 할아버지를 두려워했지만 지안이는 자신을 쫓아내는 아파트 할아버지를 두려워해야 했다.

내 집이 있어야 해. 은주 씨가 지안이의 손을 꽉 잡고 척척 신호등을 향해 걸어 나가자 잡힌 손이 아픈지 지안이가 계속 바르작거렸다.

점심을 먹은 후에도 은주 씨는 여전히 기분이 좋지 않았다. 아직도 혼란스러운 기분이었다. 어떻게 해야 할지 마음이 잘

서지 않았다.

민정의 알쏭달쏭한 말들과 혜경의 꼬드김, 호크톱클래스와 공작성운의 이미지가 마치 암호처럼 어지럽게 뒤섞여 은주 씨의 머릿속을 떠다녔다.

"안녕하세요."

점심시간이 지난 오후 어김없이 해바라기 할머니들이 공터 잔디밭에 나와 있었다. 날씨는 꾸물꾸물했지만 아직 비는 오지 않았다.

평소 같으면 예의 바르게 인사하는 지안이를 보고 아이고, 예쁜 아기가 인사도 예쁘게 잘하네 하며 덕담 한마디씩 건네 줬을 텐데 할머니들은 지안이의 인사를 듣지 못했는지 자기들만의 대화에 여념이 없었다.

"경비한테 들으니까 오늘 옥상 문이 열려 있었다던데."

"아니야. 그 사람은 탑층* 살던 사람이야. 베란다에서 뛰어내렸겠지."

"누가 죽인 거야?"

오늘 아침에 있었던 사건을 이야기하는 것 같았다. 그러고 보니 사건 현장인 화단 주위로 노란색 테이프가 쳐진 것 빼고는 주변은 어느새 깔끔하게 정리되어 있었다. 그래도 뭔가 핏자국 같은 것이 남아 있을까 봐 은주 씨는 지안이를 데리고

* 아파트의 맨 꼭대기 층에 있는 집.

뒷문으로 돌아가야겠다고 생각했다.

"죽이긴 누가 죽여. 그냥 저가 뛰어내린 거지."

"아니야. 그 사람 손등에 발자국이 있었다던데."

"헤엑, 그럼 살려고 매달렸는데 누가 밟아서 떨어뜨린 거야?"

"무슨 소리야? 그럼 손톱이라도 하나 빠졌어야지. 내가 보니 그런 건 없는 것 같더구먼."

할머니들의 심각한 표정과는 반대로 할머니들 품에 제각기 안겨 있는 강아지들은 여름을 맞아 머리통만 남겨 놓은 채 몸통이 파르라니 짧게 깎여 있었다. 마치 분홍빛 속살을 내보이는 햄 같아 은주 씨는 조금 웃었다. 주인이 어찌나 간식과 함께 사랑을 주며 키웠는지 알 것 같았다.

"근데 우리 옆집이 그날 저녁에 저승사자를 봤대."

"저승사자? 그 시커먼 저승사자?"

고개를 끄덕이자 할머니들이 침을 꿀꺽 삼켰다.

"그 남자 집에서 나오는 걸 봤대?"

"아니. 복도에 서 있어서 너무 무서워서 분리수거 하러 나가려다가 그냥 문 닫고 집에 들어앉아 있었다잖어."

순간 은주 씨의 머릿속에서 복도에 서 있던 검은 우비의 영상이 스쳐 지나갔다.

"엘리베이터 CCTV는 아직 안 고쳤대?"

"안 고쳤지. 이제나저제나 재건축만 바라보고 불편해도 참고 사는데 그걸 빨리 고쳐 줄 리가 있겠어?"

"그래도 이번에 사람이 죽었으니 뭔가 바뀌긴 하겠지."

자신이 범인이었다면 엘리베이터를 타는 대신 계단으로 다녔을 것이다. 어쩌면 윗집 남자의 죽음은 아파트 내부의 소행일 수도 있었다.

"그 사람은 뭐 하던 사람이래?"

"내가 보니까 직장 다니는 사람 같지는 않더구먼. 낮이나 밤이나 집에 있던데."

"아니야. 시간이 일정하지 않아서 그렇지 자주 들락날락하던데. 내가 엘리베이터에서 자주 마주쳤어."

역시 아파트에 상주하는 경비원들과 할머니들은 모든 걸 알고 있다. 은주 씨는 과연 이 할머니들이 자신에 대해서는 얼마나 잘 알고 있을까 하는 생각이 들어 순간 몸서리가 쳐졌다.

"돈을 많이 빌린 것 같던데. 종종 빚쟁이가 찾아와서 문 두들기면서 소리치는 걸 들었어."

"에이 무슨. 잘못 들었겠지. 오늘 경찰이 왔다 갔을 때 집 안에 집문서가 한가득이었다는구먼."

"그런 사람이 여길 왜 살아? 꼴도 그리 부자 같아 보이지는 않던데."

"그럼 뭐야? 투기꾼인가?"

"모르지. 하여간 평소에도 얼굴이 밝지는 않았어. 젊은 사람이 구부정해 갖고 맨날 죽상을 하고 다니더구먼."

서로가 가진 퍼즐의 조각들을 아무리 이리저리 맞춰 보아도 진실이 드러날 리는 없었다. 모든 것은 풍문일 뿐이었다.

"안녕하세요."

할머니들이 자신의 인사를 못 들은 것이 확실하다는 것을 깨달은 지안이가 좀 더 크게 인사했다. 지안이의 인사 소리에 누가 곁에 다가와 있는지도 모르고 떠들어 대던 할머니들이 화들짝 놀랐다. 에구 에구 하면서 가슴을 누르는 것도 잠시 애기 안녕, 하면서 평소처럼 인사를 받아 주었지만 지안이와 은주 씨를 빨리 보내고 하던 이야기를 마저 이어 가고 싶은 기색이 역력했다.

"애기엄마 어디 갔다 와?"

"네. 친구 좀 만나고요."

"그래. 얼른 들어가."

은주 씨의 대답을 듣는 척 마는 척 할머니들이 건성으로 대답하고는 고개를 돌렸다. 평소 같으면 한마디라도 더 붙이려고 했을 텐데. 은주 씨가 지안이의 손을 잡고 걸음을 옮겼다.

"제발 나가서 뭐라도 하고 살아, 응? 뭐든지 해도 괜찮으니까."

"앗, 깜짝이야."

순간 쓱 지나가는 물체에 부딪칠 뻔한 은주 씨가 걸음을 멈추었다.

"미안합니다, 미안해요."

정작 은주 씨와 몸을 부딪친 아들은 저만치 걸어가고 있는데 어머니가 연신 고개를 숙여 사과하고는 종종걸음으로 아들을 따라갔다.

"아이구, 엄마가 속 좀 썩겠어."

남자를 보며 몰티즈를 안은 할머니가 안타깝다는 표정으로 중얼거렸다. 검은 후드티를 입은 남자가 들었는지 아닌지는 모르지만 코를 부딪칠 뻔한 은주 씨도 앞 좀 보고 다니라고 한마디 하고 싶은 심정이었다.

저 아줌마를 분명 어디서 봤던 것 같은데 잘 기억나지 않았다.

"아아, 푸른마트."

뒤돌아 아파트 현관으로 향하는데 문득 그 아줌마를 어디서 보았는지 떠올랐다. 마트에서 몇 번 마주친 적이 있는 아줌마였다. 초월시에 대형 마트라고는 푸른마트 하나밖에 없어 은주 씨는 얼굴만 아는 아파트 사람들을 종종 마주치곤 했다.

항상 어딘가 넋이 나간 것 같은 표정이 인상적인 사람이었다. 자기만의 세계에 빠져 있는 것인지 아니면 그저 지쳐서 아무 생각도 안 하는 것인지는 몰라도 장바구니를 든 채 한곳을 멍하니 바라보다가 옆에 누가 오면 화들짝 놀라곤 했다.

혼자 있을 때도 있고 남편과 함께 있을 때도 있었는데 종종 남편이 버럭 소리를 지르는 모습을 볼 수 있었다. 대체 뭐가 마음에 안 드는지 아내를 못 잡아먹어 안달했다. 딱 봐도 고집이 세 보이는 아저씨라 아줌마가 고생깨나 하겠다 싶어 기억하고 있는 사람이었다. 아버지도 별난데 아들까지 만만치 않으니 남의 일이라도 한숨이 절로 나왔다.

"에휴……."

엘리베이터에 올라탄 은주 씨가 마음을 진정시키기 위해 사각 철제 상자 안을 둘러보았지만 요란한 엘리베이터 광고 TV는 눈이 아팠고, 날짜 지난 동대표 선거 후보 안내문 속 얼굴들은 자신을 일제히 노려보고 있는 것 같았다. 거울 속 잔뜩 시무룩한 자신의 얼굴을 보기가 싫어 관리사무소의 직인이 찍힌 인테리어 공사 안내문을 건성으로 읽던 은주 씨가 이내 문이 열리자 14층에 내렸다.

드디어 집에 돌아왔다. 은주 씨는 손을 씻고 자리에 벌렁 드러누워 버렸다. 고작 오전에 잠깐 나갔다 온 것뿐인데도 마치 며칠간 여행을 하고 돌아온 사람처럼 피곤했다. 지안이도 피곤하기는 마찬가지였던지 엄마 옆에 드러누웠다. 아이를 끌어안고 막 잠이 들려는 찰나였다.

쾅, 쿵쿵쿵, 드르르륵, 드르르르륵, 드륵.

갑자기 벽이 쿵 울리더니 이윽고 드릴로 벽에 무언가를 박는 듯 요란한 소리와 망치로 무언가 부수는 듯한 파열음이 들려왔다. 소리가 나는 곳이 하도 가까워 거의 머리에 대고 울리는 것 같았다. 벽이 튀어나올 것 같은 진동에 놀란 은주 씨와 지안이가 황급히 일어나 앉았다.

"엄마. 시끄러워."

공사 소음을 참다못한 지안이가 귀를 틀어막았다. 귀를 막고 싶기는 은주 씨도 마찬가지였다. 갑자기 무슨 일이지 했는데 생각해 보니 옆집이 오늘 인테리어 공사를 한다고 엘리베이터에 안내문을 써 붙여 둔 것이 기억났다.

"옆집이 공사하나 봐."

새시나 화장실 타일 같은 것을 철거하는지 소음이 심했다. 괴로운 지안이와 은주 씨의 사정을 알 리가 없는 인부들이 한참 망치질을 이어 갔다. 집에는 못 있을 것 같은데 어디로 가야 하나. 도서관? 카페? 피곤에 찌든 은주 씨가 멍한 머릿속으로 계산을 하는데 인부들도 이제 좀 쉬려는지 갑자기 소리가 뚝 끊기며 조용해졌다. 아, 다행이다. 소리가 끊기자 아까와 똑같은 집 안인데도 갑자기 공간이 달라 보였다. 조용한 상태가 이렇게나 행복한지 미처 모르고 있었다.

나가지 말까, 나가면 더운데 싫기도 했지만 지금은 잠깐 멈췄어도 곧 또다시 공사를 이어 갈 텐데 집에 앉아 있기는 힘들 것 같았다. 마트에 가서 장이라도 봐 오자 싶어 자리에서 일어나 지안이를 일으키려 했다. 그때였다.

쿵쿵, 쿵, 쿵쿵, 쿵.

누군가 현관문을 두들겼다. 묵직한 타격에 철문이 요란스럽게 떨며 우는 소리를 냈다. 문 너머의 상대방은 어지간히 화가 났는지 강하고도 조급하게 문을 두드렸다.

"엄마."

불안한지 지안이가 일어나 은주 씨 품에 안겼다. 은주 씨도 불안하지만 상대가 영 멈출 기미가 없어 보여 망설이며 현관으로 다가갔다.

"누구세요."

"……"

상대는 정작 대답이 없었다. 문이 부서져라 두들긴 사람답지 않았다.

차라리 없는 척할 걸 그랬나. 하지만 이미 한 번 소리를 낸 이상 늦은 일이었다.

현관문 외시경 렌즈로 밖을 내다보려 했지만 잘되지 않았다. 허리께에 있어 상대방의 얼굴을 알 수 없는 데다 까만 색깔만 보여서 누가 서 있다는 정도만 알 수 있을 뿐이었다. 있으나 마나 한 것을 왜 달아 두었는지 모를 일이었다. 하여간 이상한 아파트였다. 대답을 하지 않는 상대가 꽤씸해서 은주 씨가 조금 더 크게 소리쳤다.

"누구세요."

"⋯⋯아랫집인데요."

한 번 더 묻고 나서야 대답이 돌아왔다. 어딘가 끝이 말려 들어 가는 듯한 낮은 목소리였다. 아까 현관문을 두들기던 예민한 기세와는 다르게 말투가 우울한 것이 살짝 겁을 먹은 것 같았다. 자기가 문을 실컷 두들겨 놓고는 왜 갑자기 겁을 집어먹는지 이해 못 할 노릇이었다.

은주 씨는 걸쇠를 풀지 않은 채 현관문을 열었다. 검은색 후드티를 입은 젊은 남자였다. 아까 1층의 잔디밭에서 마주친 남자다.

"무슨 일이세요?"

좁은 문틈 사이로 빨갛게 충혈된 눈이 보였다. 은주 씨는 순간 놀라 뒤로 물러섰다. 눈동자에 빛이 하나도 없이 어딘가 초점이 나가 있었기 때문이었다.

그것은 본능적인 두려움이었다. 마치 한참을 달리다가 누군가 파 놓은 덫에 걸리기 직전 구덩이를 발견하고 멈춰 선 것 같은 느낌이었다.

"무슨 일이세요?"

은주 씨가 다시 한번 더 물었다. 기분이 좋지 않아 은주 씨는 얼른 현관문을 닫고만 싶었다.

"너무 시끄러워서요."

아마 옆집의 공사 소리 때문에 화가 나 찾아온 모양이었다.

"죄송하지만 저희 집 아니에요."

그런 문제라면 해결이다. 적당한 대답을 해 줬다고 생각한 은주 씨가 문을 닫으려는데 남자가 현관문을 닫지 못하도록 문 사이로 손을 뻗어 왔다.

"위에서 다 들리는데 무슨 소리예요. 이 집이 아니라니. 거짓말하지 말고 나와 봐요."

"옆집이 인테리어 공사를 해서……."

아무리 아니라고 얘기를 해 봐도 남자는 막무가내였다. 감정이 격해진 은주 씨가 소리를 높이려는 찰나 남자 뒤에 누군가 다가오는 것이 보였다.

"얘, 얼른 들어가자. 우리가 오해를 했네요. 미안합니다."

남자의 어머니인 듯한 여자가 남자를 뒤에서 끌어안고 말리기 시작했다. 자세히 보니 아까 은주 씨의 어깨를 치고 간 그 모자였다.

"아, 엄마, 이거 봐 봐."

"밖에서 이러면 안 돼. 미안합니다. 미안합니다."

어머니가 허둥지둥하며 말리자 남자의 몸짓이 더욱 커졌다. 은주 씨가 한 손에 쥔 핸드폰을 들여다보았다. 경찰을 불러야 하나 말아야 하나 싶어서였다.

"죄송합니다. 들어가세요."

아들을 데리러 온 것인데도 아줌마의 얼굴은 공포에 질려 있었다. 남자와 아줌마가 사라지는 것을 확인하고서야 현관문을 닫은 은주 씨가 겨우 숨을 내쉬었다.

"엄마, 괜찮아?"

뒤에서 불안한 얼굴로 상황을 지켜보고 있던 지안이가 물었다.

"응. 별거 아니야. 조금만 있다가 도서관 가자. 반납할 책 챙겨."

아무래도 집 밖으로 나가야 할 것 같았다. 일단 사라지기는 했지만 언제 또 그 남자가 쳐들어올지 모른다. 옆집 인테리어 공사도 해가 질 때까지는 계속될 게 분명했다. 아이가 고개를 끄덕이고 가방을 챙기러 들어갔다. 힘이 빠진 은주 씨가 현관에 주저앉았다.

"엄마, 나 다 챙겼어."

"그래. 가자."

도서관 갈 생각에 신이 난 지안이가 가방을 챙겨 달려 나오자 은주 씨도 몸을 일으켰다. 그와 동시에 다시 드릴로 벽을 뚫는 소리가 들려왔다.

"안녕하세요."

"안녕. 안녕하세요."

엘리베이터 문이 열리자 위층에서 내려오는 중이었던 아파트 상가 세탁소 아저씨가 먼저 타고 있었다. 넉살 좋은 아저씨가 은주 씨에게도 인사를 건넸다.

엘리베이터 벽면에 붙은 거울로 흘깃 곁눈질하자 아저씨가 한쪽 어깨에 메고 있는 빨간 부직포 가방이 눈에 들어왔다. 구겨지고 올 빠진 부직포 가방에서 세월의 흔적이 느껴졌다. 옛날에 있다 없어진 마트인 듯 '에버린마트 초월시점'이라는 글자가 눈에 들어왔다. 세탁물을 배달하는 중인 것 같았다.

가방만큼이나 아저씨도 살아 있는 역사였다. 벗어진 머리에다 목 뒤에 난 팥죽색 점 위에 돋아난 한 가닥 털을 보고 있자니 가방이랑 주인이 많이 닮았다는 생각이 들었다. 가방도 낡고 사람도 낡았다는 생각을 하는데 문득 거울 속에서 아저씨와 시선이 마주쳤다.

"배달하고 가시는 길인가 봐요?"

남을 훔쳐보다 걸려 멋쩍어진 은주 씨가 어색함을 없애려고 재빨리 말을 걸었다.

"네. 막 끝내고 오는 길이에요. 어디 가세요?"

"아이랑 같이 장 좀 봐 오려고요."

그래요 하는 맥없는 대답을 끝으로 또 대화가 끊겼다. 아파트만큼은 아니라도 낡은 엘리베이터라 그런지 내려가는 것도 시간이 오래 걸렸다. 아저씨는 정적이 싫었는지 은주 씨에게 말을 걸었다.

"오다가 부동산 앞에 보니 집값이 또 올랐던데요."

부러워하는 듯한 말투를 보니 아마 은주 씨가 자가에 살고 있다고 생각하는 것 같았다. 은주 씨도 굳이 나서서 자가가 아니라고는 하지 않았다.

"여기도 예전에 비하면 많이 올랐죠?"

집값 얘기를 하기 시작하자 아저씨가 줄줄 말을 쏟아 놓기 시작했다.

"그럼요. 내가 여기 아파트 처음 지었을 때부터 시작했는데 이렇게 오를 줄 알았으면 여길 살 걸 그랬지. 이젠 시작할 돈이 없어서 못해요."

아저씨가 허탈한 표정으로 너털웃음을 터뜨렸다.

순간 은주 씨의 머릿속에 번개 같은 생각이 스쳤다. 지금 자신의 앞에 선택할 수 있는 두 개의 길이 있었다. 지금 뛰어들지 않는다면 자신도 세탁소 아저씨같이 그때 살 걸 그랬다며 내내 후회하며 늙어 버릴지도 모른다. 오늘 만나고 온 민정의 원래 나이보다 열 살은 젊어 보이는 외모와 넓고 깨끗한 집이 자연스럽게 머릿속에서 비교되었다.

그날 저녁 은주 씨는 주식을 정리하고 한 통장에 돈을 몰았다. 더 이상 가지 못한 길에 대해 후회하고 싶지 않았다.

3

좁은 집

— 집을 산다고?

의심스러워하는 호석의 목소리가 수화기를 넘어 귓가에 꽂혔다.

"그래."

— 무슨 돈으로?

못마땅해하는 남편의 목소리에 은주 씨는 호석에게 괜히 말했다는 생각이 들었다. 이래서 먼저 결혼한 사람들이 몰래 딴 주머니를 차야 한다고 은밀하게 속삭였던 것일까. 아무래도 호석이 은주 씨의 뜻을 이해할 것 같지 않았다.

"내가 어떻게든 융통할 거야. 전세가율 높은 데 찾아서 전세 끼고 살면 돼."

— 야, 은주야. 아서라, 아서. 괜히 그런 거 했다가 집안 말 아먹는 거 아니냐?

세상 물정 모르는 소리에 은주 씨는 가슴이 답답해졌다.

"내가 알아서 할 거니까 당신은 방해나 하지 마. 끊어."

은주 씨가 지안이의 눈치를 보며 낮은 목소리로 이를 갈았다. 결혼 전이나 후나 재테크에는 영 관심이 없는 호석이었다. 어떻게 아파트의 재료가 되는 시멘트 회사에 그렇게 오래 다녔으면서 아파트 값에는 관심이 없을 수가 있을까. 자신도 회사에 다닐 때 집값이나 아파트에 대한 것은 전혀 몰랐으니 할 말은 없는 부분이었지만. 연애만 할 때는 그런 호석이 고고하고 세상 일에 초연한 학 같아 좋았지만 이렇게 필요할 때는 미련 곰탱이 같아 답답스러웠다.

아이가 부모의 부정적인 대화를 듣고 불안해할까 봐 수화기를 손으로 감싸고 한 걸음 떨어져 걷던 은주 씨가 다시 지안이 곁에 붙었다.

엄마가 그러거나 말거나 지안이는 수영장에 갈 생각에 수영 가방을 한 손으로 빙빙 돌리며 콩콩 뛰듯이 걷고 있었다.

"있다가 보자."

"응."

아이에게 손을 흔들어 주고 지하에 있는 수영장으로 향하는 계단을 내려가는 걸 본 후에야 은주 씨가 걸음을 옮겼다. 길가에 선 가로수 위에 올라앉은 새들이 시끄럽게 지저귀며 저마다 다른 소리로 서로에게 신호를 보내고 있었다.

수업 시작까지 시간이 얼마 남지 않았다. 걸음을 재촉하던 은주 씨는 문득 서로 다른 종류의 새들이 상대의 울음소리를 알아들을 수 있는지 궁금해졌다. 아냐, 쓸데없는 생각하지 말자. 나무 위를 쳐다보던 은주 씨가 앞을 보며 고개를 흔들었다. 그보다는 자신이 오늘 있을 수업을 잘 알아듣는 게 훨씬 중요했다.

"여기 자리 있나요?"

강의실에 들어와 빈자리를 가리키며 문자 옆자리에 앉아 있던 은주 씨 또래의 여자가 핸드백을 치워 주었다. 자리에 앉은 은주 씨가 메모지와 볼펜을 꺼내고 엄지손가락으로 두 눈을 꾹 눌렀다. 잠깐 시원해지기는 했지만 영 피로가 풀리지 않았다.

간밤에 놀이터에서 소리를 지르며 떠드는 녀석들 때문에 잠을 제대로 못 잤던 것이다. 아파트의 낡은 놀이터는 어린아이들 대신 밤이 늦도록 집에 돌아가지 않는 불량 청소년들의 놀이터가 되곤 했다.

동대표 아들이 그 불량 청소년 무리에 끼어 있다는 걸 은주 씨도 알고 있었다. 아파트 일에 그렇게 적극적인 그가 왜 아들 일은 내버려 두는 것인지 알 수 없었다. 포기한 걸까.

아니다. 남의 집안일에 신경 끄고 내 일이나 잘해야지. 은주 씨가 입술을 꾹 깨물고 강의실 앞에서 가져온 유인물을 책상 위에 올려놓았다.

지안이를 복지관에서 운영하는 수영 교실에 보낸 틈을 타 은주 씨는 부동산 경매 학원에서 하는 특강을 들어 보기로 했다. 원래는 민정의 추천에 따라 정규 강의를 들어 보려 했지만 일단 돈이 부족했다. 게다가 정해진 시간에 꾸준히 뭔가를 하기엔 아파트 임장 다니랴, 지안이 체험 학습을 따라 다니랴 이런저런 변수들가 많은 게 사실이었다.

한번 듣고 마는 특강에 가서 잘 배울 수 있을까, 나이가 어려 다른 사람들 눈에 튀어 보이면 어떡하지 하고 걱정을 했으나 정작 가 보니 괜한 걱정이었다.

일단 사람이 많았고 은주 씨보다 젊은 사람들도 심심치 않게 보였다. 20대 초중반쯤 되어 보이는 앳된 얼굴을 한 사람들을 보며 자신은 이제야 이곳을 찾아왔는데 저들은 어떻게 이런 곳을 알았을까 신기하면서도 무서웠다.

'내 인생의 동아줄, 부자 되는 부동산!'

칠판 위에 띄워진 프레젠테이션 제목이었다. 이번 강의의 제목이기도 했다. 눈에 확 띄지만 어딘가 부담스럽다는 생각이 들었다.

"안녕하세요. 반갑습니다."

수업 시작 시간이 한참 지나서야 등장한 강사는 배가 나온 양복쟁이였다. 길을 걷다 보면 3분에 한 번씩은 마주칠 것 같은 평범한 인상이었지만 사과 한마디 없이 원래 지금이 수업 시간 시작이라는 듯 뻔뻔하게 굴어 어딘가 미덥지가 않았다.

"첫 수업이시죠? 일단 하나만 먼저 말씀드리겠습니다. 저는 일해서 돈 버는 사람들 다 바보라고 생각합니다."

그의 과격한 발언에 자리에 앉은 사람들이 술렁거렸다. 여기 앉은 대부분은 자신이 일해서 번 돈을 모으고 모아 온 사람들일 텐데 그걸 대놓고 무시하는 말이었으니까. 그러나 자리를 박차고 일어나거나 대놓고 불만을 표하는 사람은 없었다. 어느 정도 맞는 말이라고 생각하기에 이 자리에 모인 사람들이었다.

"제가 가진 집문서들을 보여 드리겠습니다."

남자가 강단 옆에 쌓여 있던 L자 파일 더미들을 앞자리 사람들에게 나누어 주고 돌려 보게 했다. 자신이 가진 권리증의 복사본이었다. 자신의 차례로 넘어온 꽤 두꺼운 파일을 훑어본 은주 씨가 입을 벌렸다. 빌라들이 대체 몇 개인지 세기가 힘들 정도였다.

은주 씨가 파일을 뒤로 넘기고 다시 강사의 얼굴을 쳐다보았다. 굵은 눈썹에다 볼에 박힌 큰 점, 약간 맹해 보이는 인상이었지만 단춧구멍 같은 눈만은 이글거렸다. 그의 얼굴에 흐르는 기름기를 보아하니 이 모든 것들이 거짓말 같지는 않았다.

그런 은주 씨를 꿰뚫은 듯 남자가 마치 선거철의 정치인처럼 자신감 있게 소리쳤다.

"여러분도 할 수 있습니다. 여기 왔다는 것만으로도 이미 남들보다 한발 앞서 나간 거예요."

저런 태도로 말하는 사람을 TV 속 어떤 프로그램에서 본 것 같기도 했다. 웃어야 할지 울어야 할지 몰라 말없이 자신을 쳐다보는 수강생들을 보고는 남자가 호탕하게 웃었다.

"여러분. 이제부터 사람들 앞에서 그런 얼굴 하시면 무주택자 인증하시는 겁니다. 알겠어요?"

남자의 말에 사람들이 억지 미소를 지어 보였다. 개중에는 열심히 고개를 끄덕이는 사람도 있었다. 그의 자극적인 발언에 교실 내에 살짝 과열된 열기가 감돌았다.

"물론 부동산에 대해 쥐뿔도 모르는 사람들이 우리가 하는 일들을 보고 집값 올리는 투기꾼들이라고, 집값이 오를지 내릴지도 모르는데 함부로 도박한다고 하기는 하죠."

강사의 말에 은주 씨의 눈빛이 빛났다. 그래, 도박판이면 뭐 어때. 100명 중 99명이 먹고 나가는 판이라면 1명이 손해를 본대도 그 정도는 감수할 수 있는 거 아니야? 내가 99명이 되면 되는 거잖아. 은주 씨가 혜경과 민정의 얼굴을 떠올렸다. 투자를 시작하기만 하면 그들처럼 못 될 거 없다는 생각이 들었다. 내가 뭐가 부족해서. 나도 시작하면 얼마든지 될 수 있어. 이유 없는 자신감에 가슴이 부풀었다.

"그런데 그런 소리쯤 들으면 어떻습니까? 그런 사람들 말 듣고 가만히 있으면 하늘에서 집이 떨어집니까? 누가 땅 파서 돈 가져다주나요? 우리 다 잘 살고 싶어서 온 사람들 아닙니까? 저는 여러분들 욕 안 먹는 법 가르치러 온 게 아닙니다. 집 가지는 법을 알려 드릴 거예요."

그의 일장연설에 강의실 내부가 고요해졌다. 그러나 은주 씨는 그 아래에 깔린 사람들의 마음이 일렁이는 것을 느낄 수 있었다.

"여기 앞에 계신 분, 여기 왜 왔어요?"

강사가 자기 앞에 앉은 머리 하얀 중년 남성을 지목해 물었다. 잠시 당황한 아저씨가 이내 입을 열어 대답했다.

"저, 저는 은퇴하고 투자처가 없나 해서……."

"그렇습니다! 우리 다 이렇게 온 사람들이에요."

아저씨의 말을 끝까지 듣지도 않고 남자가 말을 끊고 이야기를 시작했다.

"다들 적당한 투자처를 못 찾아서, 한국에서 믿을 건 그래도 부동산밖에 없으니까, 내 아이는 나처럼 안 살게 하려고,

나는 부모님처럼 힘들게 살기 싫어서 다들 돈 내고 이 자리에
앉은 겁니다."

남자가 적당한 자리에 앉은 적당한 사람들을 손가락으로
가리켜 가며 말했다. 그게 그 사람들의 진짜 사연인지는 알
수 없었지만 꽤 그럴듯하게 들렸다.

"하나만 기억하세요."

"……."

연이은 웅변에 얼굴이 빨개진 남자가 숨을 몰아쉬었다.

"우린 나쁜 놈들이 아닙니다. 아시겠어요?"

네! 하고 사람들이 대답했다. 은주 씨도 마찬가지였다.

다들 그런 식으로 수업하는 걸까? 아닐 거라는 생각이 들
었지만 은주 씨가 들을 수 있는 수업은 그것뿐이었다.

강의 내용이 마음에 들기는 했다. 은주 씨에게 남아 있던
검부러기 같은 찜찜함을 깨끗하게 싹 태워 주었던 것이다.

은주 씨는 며칠 후 일단 경매보다는 일반 매매에 도전하기
로 했다. 법원 경매는 권리 분석을 할 수 있는 법률 지식이 좀
더 필요했고, 알아 보니 임차인이 있을 경우 만나서 이야기
도 해야 하고 이사비도 주고 내보내야 해서 초보가 뛰어들기
에는 번거로운 점이 많았다. 게다가 말 그대로 경매라서 자기

마음에 드는 물건이 나와도 자신이 낙찰받을 수 있다는 확신이 없었다. 인터넷에서 아파트 보는 법, 임장 요령 같은 것들을 가르쳐주고 있었고 은주 씨 나름대로 그 정보들을 참고해 부동산 사이트를 뒤져 매물을 골랐다.

그중에 임장하기 가장 편하고 주변 지형 파악이 쉬운 공작성운아파트를 택했다. 1000세대가 넘는 대단지이고 오래된 구축 아파트라 전세를 끼고 사면 가격도 그리 부담스럽지는 않았다.

자리를 정하고 나서는 아파트 상가의 나무부동산 사장과 친해지기로 결심했다. 지금 살고 있는 월세 집을 계약하는 것을 도와주었던 사람이었다. 친절했고 안면이 있는 데다 부지런한 그녀가 꼭 이모처럼 여겨졌다.

지안이에게 수영 교실이 끝나면 부동산 앞으로 오라고 한 뒤 은주 씨는 부동산 문 앞에 서서 상담을 하고 있는 샘사장을 기다렸다. 이름이 '김지샘'이어서 주위에 '샘사장'으로 통하는 사람이었다.

작은 부동산 사무실 안에는 집을 보러 온 신혼부부가 상담을 받고 있었다. 저 사람들 다음이 은주 씨의 순서였다. 아파트 매매를 하겠다고 마음을 먹은 후 첫 상담이다 보니 무척 떨렸다.

애써 엿들으려 하지 않아도 작은 사무실 안에서 그들이 나누는 소리가 자연스럽게 넘어왔다. 은주 씨가 자신도 모르게 귀를 기울였다.

"요즘 집주인들이 욕심이 너무 많아. 저번엔 2억을 더 부르더라니까."

샘사장의 푸념이 이어졌다. 돌아가는 상황을 엿듣자니 무리해서라도 매매를 할 작정인 듯했다.

"말이 돼야 말이지. 서로 같이 살아야지. 하여간 지금은 집 사기 좋은 때는 아니야. 조금만 기다려 봐요."

중개사는 거래량이 많으면 많을수록 좋다. 집값이 너무 오르면 거래량이 뚝 끊길 테니 집값이 오르는 것이 마냥 좋은 일은 아닐 것이다. 하지만 곧 매도인이 되어 집값을 올려 팔고 싶어 할 은주 씨의 입장에서 곱게 들리지는 않았다.

말을 엿들은 것을 알면 기분 나빠할까 봐 샘사장이 신혼부부를 배웅하는 동안 조금 떨어져 문자를 하는 척하다 샘사장을 뒤따라 들어갔다.

"아, 애기엄마! 오셨어?"

은주 씨를 알아본 샘사장이 반색을 했다. 한 번 본 손님을 아직까지 기억하는 게 세심하다는 생각에 샘사장의 반존대도 기분이 나쁘지 않았다.

"안녕하세요. 저 매매 좀 알아보려고 하는데요."

"매매? 얼마 전에 월세 들어가셨잖아?"

샘사장이 은주 씨에게 자리를 권하고 뜨거운 믹스 커피를 내왔다. 어차피 상대는 자신보다 고수이기에 거짓말을 하면 바로 알아챌 것이다. 부동산에 가서는 최대한 솔직하게 사정을 말하는 게 좋다는 강사의 조언을 상기하며 은주 씨는 자신의 현재 상황과 원하는 것들을 줄줄 읊었다.

"여기서 18평짜리로 전세 끼고 살 수 있는 걸 좀 알아보려고 해요. 투자 좀 하려고요. 계약 끝나고 저희 가족이 들어가 살아도 되고요."

"엄마!"

은주 씨의 말이 끝나자 뒤에서 지안이가 자신을 부르는 목소리가 들려왔다. 이미 열려 있는 문으로 들어온 지안이가 웃으며 엄마에게 달려와 안겼다. 아직 덜 마른 머리카락에서 수영장 특유의 소독약 냄새가 풍겼다.

"아이고, 애기 왔어?"

샘사장이 지안이를 흐뭇한 표정으로 바라보며 인사했다.

"안녕하세요!"

몇 번 보지 못한 사람인데도 샘사장이 아는 척을 해 주자 지안이가 반갑게 인사했다.

"배고프지? 엄마가 돈 줄 테니까 여기 옆에 분식집 가서 김밥 사 먹어."

은주 씨가 지갑에서 돈을 꺼내 주려 하자 지안이가 물었다.

"엄마는?"

"엄마는 사장님이랑 얘기해야 되니까 좀 이따 집에 가서 먹을 거야."

"싫어. 엄마도 배고프잖아. 같이 가서 먹자. 아님 나 기다릴래."

요지부동인 지안이를 본 샘사장이 웃으며 손뼉을 쳤다.

"세상에 애기가 벌써 엄마를 다 챙기네. 어이구, 기특해라. 케이크 하나 줄까?"

"어머. 괜찮아요. 사장님 드세요."

"아녜요. 선물로 들어온 게 있어서 그러니까 같이 나눠 먹어요."

은주 씨가 민망함에 손사래를 쳤지만 샘사장도 막무가내였다.

"집 사시려고? 안 그래도 방금 신혼부부도 왔다 갔는데."

"네. 봤어요."

은주 씨는 그들이 나눈 대화를 들었다는 말은 하지 않고 짧게 대답했다.

"요즘 집값이 좀 어때요? 비싸죠?"

은주 씨의 물음에 샘사장이 포크를 쥔 손을 내저었다.

"아휴. 말도 마요. 갑자기 값이 치솟으니까 꼴뚜기가 뛰니까 망둥어도 뛴다고 여기저기 난리들이지 뭐. 그래도 애기 엄마가 본다면 보여 줄게. 아직 괜찮은 게 몇 개 남아 있긴 하니까.”

“고맙습니다.”

롤케이크를 함께 나눠 먹다 문득 떠오른 생각에 은주 씨가 입을 열었다.

“저기, 혹시 저희 아랫집 아세요?”

“아랫집? 어디 사시지? 내가 또 까먹었네.”

“9동 1404호요.”

“아아, 그럼 1304호?”

“네.”

“아, 그 사람들 오래 살았지. 그 집도 내가 소개해 줬어. 왜요? 무슨 일 있어요?”

“아뇨, 그건 아닌데…….”

시끄럽다며 찾아와 문을 두들겨 대던 일을 생각하던 은주 씨가 망설이다 입을 열었다.

“에구, 그랬구나. 많이 놀랐겠네.”

자초지종을 들은 샘사장이 팔자 눈썹을 만들었다.

“저 집도 딱하지, 딱해. 아줌마가 반은 얼이 빠져서 다닌다니까. 아들이 나이는 먹는데 집에 눌러앉아 있기만 하니 아빠랑 몇 번 싸운 모양이야. 그러고 나니 사이도 나빠지고 엄마만 그 사이에서 죽을 맛인가 보더라고. 저이도 얼마나 힘들겠어. 아들 감싸랴 남편 달래랴.”

아랫집 남자의 행동만 생각하면 괘씸해 따지고 들고 싶던 은주 씨도 아주머니의 축 처진 어깨만 생각하면 화가 누그러드는 게 사실이었다.

엄마와 부동산 아줌마가 동시에 한숨을 내쉬자 발을 흔들어 가며 케이크를 음미하던 지안이가 포크를 물고 두 사람을 쳐다 보았다.

"그럼 슬슬 한번 움직여 볼까요? 애기 다 먹었어?"

무거운 분위기를 떨쳐 내려는 듯 샘사장이 화제를 돌렸다.

"네!"

이미 자기 몫의 케이크를 다 먹은 지안이가 대답하자 샘사장이 환하게 웃으며 자리에서 일어났다.

"진미 씨, 우리 집 좀 보고 올게요."

"네. 다녀오세요."

샘사장이 직원에게 사무실을 맡기고 은주 씨와 지안이를 바깥으로 안내했다.

지안이가 엄마와 마주 잡은 손을 팔랑팔랑 흔들며 입을 열었다.

"엄마, 나 내일 윤아네 집에 놀러 가도 돼? 윤아가 아까 나한테 문자 했는데, 자기 집에서 같이……."

"지금 보러 가는 집은 7층이에요. 지금 노부부가 살고 계시는데……."

"지안아, 이따가 얘기해. 엄마 사장님이랑 얘기하잖아."

"알았어."

샘사장이 매물 이야기를 시작하자 은주 씨가 지안이의 말을 잘랐다. 순순히 입을 다물기는 했지만 하고 싶은 말을 못 해서인지 지안이 표정이 시무룩했다.

첫 집인 7층 노부부가 사는 집에 들어서자 희미하게 뭔가가 발효되고 있는 듯한 쿰쿰한 냄새가 났다. 베란다 앞이 다른 동으로 막힌 집이었다. 중층이라 나름 로열층*이기는 했으나 앞 동의 복도로 시야가 막혀 있어 과연 집이 빨리 팔릴지는 의문이었다.

샘사장에게 가족들이 들어가 살 수도 있다고는 했지만 좋은 집을 소개받기 위한 미끼였지 그럴 생각은 전혀 없었다. 집값이 오르면 이익을 보고 팔아 치울 생각뿐이었다.

만약에 은주 씨가 가족들과 살 집이었으면 이 집을 사지는 않을 것 같았다. 엘리베이터 바로 앞집이라 호불호가 있을 것 같았고 옆집이 개를 키우는지 개 짖는 소리가 났다. 다만 장점이 있다면 화장실, 새시, 싱크대, 도배, 장판까지 모두 올수

• 아파트 내에서 상대적으로 높은 값을 받을 수 있는 층. 전망이나 학교와의 거리 등의 조건에 따라 달라진다.

리* 되어 깔끔하다는 점이었다.

"잘 봤습니다."

"감사합니다."

집을 꼼꼼히 둘러보고 나서 밖으로 나오자 샘사장이 집에 대한 설명을 덧붙였다.

"괜찮죠? 이 집은 갭이 5천이에요. 수리가 잘 되어 있어서."

"그러네요."

은주 씨는 좋다 싫다 하는 말 없이 다음 집으로 향했다. 과하게 좋은 티도 싫은 티도 내지 않는 것이 학원에서 배운 거래의 비결이었다.

두 번째 집은 11층이었다. 나름 고층인 데다 첫 집처럼 시야가 꽉 막혀 있지는 않고 건물 앞의 두 동 사이로 미세하게 산이 보였다. 계단 옆 끝집이라 소음에서도 비교적 자유롭고 계단참이 옆에 있으니 겨울에도 그리 춥지는 않을 것 같았다.

더럽지는 않지만 그렇다고 첫 집처럼 수리가 된 집도 아니라 구축의 단점이 그대로 보였다. 아마 집주인이 어지간히 집에 투자를 안 한 모양이었다. 화장실만 겨우 수리가 되어 있을 뿐이었다.

"이 집도 아이가 하나예요. 여기가 애기 키우면서 살기는 괜찮죠?"

---

* 벽지, 장판, 화장실, 창틀 등 집의 내부를 모두 새로 단장하였다는 뜻.

샘사장이 세입자인 중학생 엄마에게 물었다.

"그럼요. 여기서 고등학교까지 다 보내려고 하는데요. 부부가 큰방 쓰고 애는 작은방 주고 하면 셋이 살기에 크기는 딱이죠. 새시 수리만 되면 참 좋을 텐데……."

중학생 엄마는 은주 씨가 새로 인테리어를 해 줄 수 있는지 은근히 점쳐 보는 것 같았다. 은주 씨는 역시 집 잘 봤다고 인사하며 떠났다.

"이 집은 갭 3천. 어때요?"

"좋네요. 가격도 괜찮고. 무난한 것 같아요."

집 자체는 나쁘지 않았지만 이 집을 산다면 세입자인 중학생 엄마가 수리를 해 달라며 이런저런 요구를 해 올 것이 분명했다. 자금을 조달하는 것만으로도 빠듯한데 까다로운 세입자가 있는 집을 사게 되면 골치 아파진다.

사실 '무난'보다는 '별로'에 가까웠지만 은주 씨는 샘사장을 너무 실망시키지 않기 위해 애써 웃어 보였다.

마지막으로 보여 준 집은 탑층이었다.

"어머. 이게 왜 이래."

파일을 보며 샘사장이 여러 번 번호를 눌렀지만 도어 록은 묵묵부답이었다. 어깨 너머 본 번호지만 하도 눌러 대는 바람에 은주 씨도 외워 버릴 것만 같았다. 몇 번 더 시도하던 샘사장이 당황한 기색을 애써 숨기며 은주 씨에게 등을 돌리고 사무실로 전화를 걸었다.

"아아. 그새 비밀번호가 바뀌었다네요."

통화를 마친 샘사장이 주머니에 핸드폰을 넣으며 한결 편안한 표정으로 다가와 도어 록을 눌렀다. 새로운 비밀번호를 입력하자 이내 도어 록이 열렸다.

"아휴. 내가 메모한다는 게 그만 까먹었네."

샘사장이 파일을 갈무리하며 중얼거렸다.

"누가 왔다 갔다 하는 것 같다더니 그새 바꿨나……."

"누가 빈집에 들어와요?"

"아, 아뇨. 그런 말이 아니라."

문을 열어 지안이와 은주 씨를 집 안으로 안내하던 샘사장이 손사래를 쳤다.

"저희는 집주인이 관리해 달라는 대로 해 드리는 거거든요. 자주 와 보실 수 없는 분들도 계셔서 연락 주시면 비밀번호도 바꿔 드리고 그래요."

교묘하게 말을 돌리는 샘사장이 마음에 들지는 않았지만 노련한 부동산 중개인인 그녀가 불리한 정보엔 조개처럼 입을 꽉 다물 것이 분명했기에 굳이 캐내지 않았다. 거래도 하기 전에 부동산 중개인의 비위를 거슬러 좋을 것은 없었다. 은주 씨는 천천히 집 내부를 둘러보았다.

역시 첫 집과 같이 엘리베이터 바로 앞집이었지만 탑층이라 그런지 시야는 확 트여 있었다. 은주 씨는 자신의 집에서는 반만 보이던 산이 한눈에 보이는 것을 보고 자신도 모르게 숨을 깊게 들이쉬었다. 보기만 해도 피톤치드가 폐까지 스미는 느낌이었다.

베란다 새시는 두 번째 집과 마찬가지로 전혀 교체되지 않은 철제였다. 도배를 한 지도 꽤 오래되었는지 원래 하얀색이었을 벽지가 얼룩덜룩 누렇게 변색된 것이 보였다. 나무색 장판도 울퉁불퉁 들떠 있었다.

내부는 그저 그렇다는 정도로 결론을 내리려 하는데 샘사장이 말을 걸어왔다.

"여기는 남자분이 혼자 사시던 집인데 남자 혼자 살고 간 거치고 깔끔하죠?"

"갭은 얼마예요?"

은주 씨는 가격을 물어보는 자신이 꽤 능숙해진 것 같이 느껴졌다. 이왕이면 이런 쪽에 이골이 난 사람처럼 보이고 싶었지만 샘사장은 이미 월세 계약을 하러 왔을 때 자신의 어수룩한 모습을 모두 본 사람이었다.

"7천이요. 다른 데보다 좀 세죠?"

은주 씨가 살짝 숨을 들이켜자 샘사장이 웃으며 덧붙였다.

"그래도 뷰도 좋고 집도 이만하면 상태가 나쁘지 않으니까 잘 팔릴 거예요. 요즘엔 중층이 로열층이긴 해도 충간 소음 때문에 탑층 선호하시는 분들도 있거든."

은주 씨가 샘사장의 말을 들으며 고개를 끄덕였다.

"지안아, 이제 가자."

샘사장과 이야기를 하다 보니 지안이가 아직 집 안에 있는지도 모르고 문을 닫을 뻔했다. 현관문 앞에서 부르는데 지안이는 망부석처럼 베란다 앞에 서 있었다.

"지안아, 가자니까."

엄마가 다가오는 것도 모른 채 지안이는 바깥을 내다보기에 여념이 없었다.

"뭘 그렇게 보고 있어?"

처음엔 산을 내다보고 있는 줄 알고 그럴 만하다고 생각했다. 자신도 이 집의 뷰에 감탄했으니까. 하지만 아이는 위가 아니라 아래를 내려다보고 있었다.

"지안아. 창문에 그렇게 매달려 있으면 위험해."

은주 씨가 팔을 잡고 떼어 내고 나서야 지안이는 엄마를 쳐다보았다.

"아래에 뭐 있었어? 고양이?"

"응? 아니야. 모르겠어. 내가 잘못 본 것 같아."

마치 한참 꿈을 꾸다 깨어난 사람처럼 지안이는 횡설수설했다. 평소답지 않은 반응이었지만 현관문을 열어 둔 채 샘사장이 계속 그들을 기다리고 있었기 때문에 은주 씨는 지안이의 손을 잡고 집을 빠져나와야 했다.

마지막에 본 집이 가장 끝에 있는 동이라 함께 나무부동산으로 가는 길이 길었다. 단지 바깥의 도로로 경찰차가 사이렌을 켜지 않은 채 순찰을 도는 모습이 보였다.

"에그, 이제 사람들이 다 청소를 했나 보네."

샘사장이 9동 앞을 지나며 끔찍하다는 듯 혀를 내둘렀다. 화단은 이제 말끔히 치워져 있었다. 노란 테이프도 걷어진 채였고 납작하게 짜부라져 있던 화단도 어느 정도 복구가 된 상태였다. 아까 지안이가 베란다에서 아래를 내려다보던 모습이 이상하게 겹쳐져 소름이 돋았다.

"그 사람은 결국 뭐래요?"

모호한 질문이었지만 샘사장은 찰떡같이 알아들었다. 아마 샘사장도 이 자리를 지나는 한 그 생각에서 벗어날 수는 없었으리라.

"나도 모르지. 그냥 사람들 사이에 들려오는 말로는 자살이라고 하는 것 같기도 하고……."

끝을 길게 끄는 듯한 발음이 확신 없는 말속에서 흩어졌다. 9동 앞을 지나자 참은 숨을 내뱉듯 샘사장이 말을 시작했다.

"그 사람도 우리 사무실에 왔었어요."

"그럼 그 소문이 진짜예요? 집문서가 한 다발이었다는데."

"그것까진 모르죠. 우리가 국세청에서 일하는 사람들은 아니니까."

뭐야. 저열한 호기심인 걸 알면서도 상대가 뭔가 아는 듯 모르는 듯 입맛만 다시게 하니 짜증이 났다. 그런 은주 씨의 마음을 아는지 샘사장이 마치 넋두리를 하듯 말을 이어 갔다.

"투자하러 오긴 했었어. 근데 너무 줄줄이 하려고 해서 내가 말렸죠. 위험해 보여서. 이게 문제없을 땐 괜찮지만 자칫하면 시한폭탄이 되어 버리거든."

은주 씨는 깨진 보도블록 위를 걷는 샘사장의 옆얼굴을 쳐다보았다. 어차피 중개사는 수수료만 받으면 그만일 텐데 무슨 걱정을 저렇게 하나 싶어서였다. 요새도 저런 사람이 있나 싶어 신기하기도 했다.

어쩌면 이 아줌마와는 안 맞을 수도 있겠다. 은주 씨는 다른 부동산을 더 찾아봐야겠다고 생각을 했다. 세입자일 때는 최고의 중개인이지만 아까 상담하러 온 신혼부부에게 집값을 올려 받아 달라는 집주인 욕을 하는 걸 보니 내가 집주인일 때는 가두리*에 당할 수도 있다는 생각이 들어서였다. 아직 집 계약을 하기 전인데도 은주 씨는 벌써 계산을 마쳤다.

샘사장을 사무실까지 바래다주고 다시 9동으로 돌아온 은주 씨와 지안이가 엘리베이터를 기다렸다. 이번에는 자기가 엘리베이터 버튼을 눌러 기분이 좋은지 지안이가 싱글벙글했다. 이렇게 천진난만한 아이가 아까는 왜 그렇게 시무룩해 있었는지 모를 일이었다.

1층으로 내려온 엘리베이터에 올라타려는 순간 공동 현관 쪽에서 사람이 오는가 싶더니 잽싸게 먼저 올라탔다. 사냥감을 낚아채는 매 같기도 하고 엄청나게 빠른 공이 굴러온 것 같기도 했다.

새치기를 당한 기분에 잠시 어리둥절해 있던 은주 씨 모녀가 이어 엘리베이터에 올라탔다. 가야 할 층을 누르고 보니 아래층에 불이 켜져 있었다. 아래층 남자였다.

더운 데다 습한 날씨에 검은색 후드를 뒤집어쓴 모습이라 얼굴은 보이지 않았지만 그런 폐쇄적인 차림 때문에 오히려 더 눈에 띄었다.

상대는 눈길을 주거나 고개를 돌리지 않았다. 이쪽을 전혀 신경 쓰지 않는 느낌이었다. 그날 그런 소리를 들은 게 하도 억울해 따질까도 생각해 봤지만 상대는 자신을 알아보지도 못할 텐데 뭐 하러 긁어 부스럼을 만드나 싶어 그만두었다.

문득 엉덩이 쪽에 감각이 느껴졌다. 지안이가 엘리베이터 모서리에 숨어 제 엄마를 엄폐물처럼 세워 놓고 있었다. 아이

---

* 부동산중개인이 가격을 올려 달라는 매도인의 요청을 무시하며 아파트 가격을 통제한다고 생각할 때 사용하는 표현.

는 천적에게 쫓기는 소동물처럼 파들파들 떨었다.

남자가 내리고 엄마와 둘이 되고 나서야 지안이가 은주 씨 등 뒤에서 빠져나왔다.

"지안아, 왜 그래?"

순간 제 엄마에게 큰소리를 치고 위협한 사람이니 그럴 수도 있겠지 생각하던 은주 씨가 멈칫했다. 생각해 보니 은주 씨만 현관문 틈 사이로 살짝 본 얼굴이었다. 방에 숨어 있던 지안이가 그를 발견했을 리가 없었다.

"그냥…… 무서워서…….."

낯가림이 없던 지안이가 이렇게 공포를 느낀다니 뭔가 좀 이상했다. 지안이는 엄마의 질문에 당혹스러운 얼굴을 하다 엘리베이터 문이 열리자 밖으로 뛰어나가 버렸다.

벌써 사춘기가 오는 걸까. 예민해진 아이를 보니 앞으로 이런 일이 더 많을 것 같았다. 진짜로 사춘기가 오기 전에 얼른 돈을 많이 벌어서 이사를 가야겠다고 생각하는 은주 씨였다.

집에 돌아와 겨우 한숨 돌리는가 싶었는데 누군가 키패드를 삑삑삑삑 누르고 철컥철컥 문고리를 잡아 돌리는 소리가 현관 쪽에서 들려왔다.

"저게 무슨 소리야?"

"응? 왜? 엄마?"

마침 지안이가 욕실 세면대에서 손을 씻는 동안 난 소리라 지안이는 아직 눈치채지 못한 것 같았다. 욕실 세탁기 안에서 미리 돌려 둔 빨래가 신나게 돌아가고 있었다.

"잠깐, 쉿."

은주 씨가 입가에 손가락을 대며 현관 쪽으로 다가가자 놀란 지안이가 욕실 안에서 토끼 눈을 한 채 서 있었다.

띡띡띡띡.

신경질적인 키패드음이 들리고 이내 다시 손잡이를 돌리는 듯 철컥대는 소리가 들려왔다. 지안이를 오지 못하게 한 뒤 은주 씨가 철문에 대고 소리쳤다.

"누구세요?"

크게 외치는 소리에 상대도 놀란 것인지 철컥대는 소리가 멈추었다.

"누구세요?"

"……."

재차 물었지만 여전히 상대는 답이 없었다. 이상한 정적이었다. 순간 신경질이 난 은주 씨가 홱 문을 열고 나가니 복도에는 아무도 없었다. 맨발인 채로 계단참을 살펴보고 엘리베이터 앞에도 가 봤지만 이미 아래로 내려가는 승강기 알림판만 보일 뿐 아무도 보이지 않았다. 낡은 엘리베이터지만 자신

의 힘으로는 따라잡을 수 없었다. 쫓아 내려가려던 은주 씨가
포기하고 집으로 발길을 돌렸다.

"엄마, 괜찮아?"

겨우 집에 돌아온 엄마를 보고 지안이가 불안한 눈으로 물
었다.

"응. 괜찮아."

위험했다. 더러워진 맨발을 현관에 놓인 발 매트에 문질러
닦자 그제야 정신이 들었다. 아무리 놀랐어도 그렇지. 만약
상대가 안에 있는 사람이 문을 열기를 기다리고 있었다면 정
말 위험한 일이 벌어질 수도 있었다.

"지안아. 우리 가족 말고는 누가 문 두드려도 열어 주면 안
돼. 알았지?"

"응."

아이의 눈이 아직도 불안감을 가라앉히지 못한 채 자신을
따라다니자 은주 씨가 아무렇지 않은 척 숙제하라며 등을 두
드렸다.

아이가 태블릿을 켜고 이어폰을 낀 채 강의를 듣는 것을 확
인한 은주 씨가 조심스럽게 좁은 베란다로 나왔다. 아까의 일
을 생각하면 아직도 심장이 벌렁벌렁했다. 아무래도 호석에
게 털어놓으며 마음을 달래야 할것 같았다. 미우나 고우나 그
래도 남편이 아닌가.

─응.

거의 끊어지는가 싶을 때쯤에야 호석이 전화를 받았다.

방금 있었던 일에 대해 얘기하니 부루퉁하던 목소리였던 호석이 놀라 소리가 커지는 게 느껴졌다.

─당신이랑 지안이 괜찮아?

"응. 별일 없어."

─와, 그거 미친 놈이네. 문은 잘 잠갔지? 그 이후로 찾아온 사람은 없고?

"응. 잠갔어. 찾아온 사람도 없고."

─당신 엄청 놀랐겠네. 미안해. 같이 못 있어 줘서.

"괜찮아."

─앞으로도 웬만하면 문 열어 주지 말고.

"응. 알았어."

낮은 목소리로 대답하던 은주 씨의 머릿속에 순간 다른 생각이 스쳐 갔다.

"근데 시골집 판 돈은 언제 들어와?"

남편과 하는 통화인데도 은주 씨는 안부 대신 다급하게 돈에 대해 물었다. 초월시로 이사 온 이후부터는 호석과 할 이야기가 돈에 관한 것밖에 없었다.

─왜 또 그렇게 돈 돈 거려.

짜증스러워하는 호석의 반응에 갑자기 화가 난 은주 씨가 쏘아붙였다.

"내가 추잡스럽니? 자본주의 사회에서 돈 없으면 뭘 할 수 있는데?"

은주 씨의 말이 농담이라고 생각했는지 호석이 헛웃음 소리를 냈다. 은주 씨도 자신의 말이 좀 연극적으로 느껴져 머쓱해 입을 다물었다. 하지만 진심이었다. 돈이 있어야 지안이를 학원에도 보낼 수 있고, 대학에 가면 등록금을 내 줄 수 있고 교환 학생이 가고 싶다고 하면 외국으로 보내 줄 수도 있었다. 돈 없이는 못 할 일들이었다. 은주 씨는 지안이가 자기처럼 살 확률을 조금이라도 줄여 주고 싶었다. 지안이가 자라서 아기를 낳고 자신이 부모에게 했던 원망을 똑같이 반복할 거라는 상상을 하기만 해도 끔찍해서 곧 미쳐 버릴 것만 같았다.

"언제 와?"

한참이나 침묵이 이어지다가 기껏 한다는 소리가 이거였다. 하지만 그것 빼고는 할 말이 없기도 했다.

— 이번에 일이 좀 바빠. 기계가 새로 들어와서. 다음 주에 갈게.

하지만 호석도 호석이었다. 이사한 직후 한 번 집에 다녀간 것 빼고는 집에 온 적이 없었다. 왜 매번 집에 오는 날짜를 미루는지 알 수가 없었다. 아무리 일이 바빠도 그렇지, 외국에 사는 것도 아니고 부산에서 서울까지 3시간이면 가는 나라에서 살면서.

"맨날 다음 주, 다음 주. 혹시 바람피우는 거 아니야?"

결국 싸움이 터졌다.

— 말이 되는 소릴 해라. 안 그래도 피곤해 죽겠는데.

거짓은 아닌 듯 호석의 말끝에는 피로감이 짙게 배어 있었다. 시멘트 회사의 공장을 관리해야 하는 일이라 3교대로 바쁘게 산다는 건 알지만 너무 가족에게 관심이 없다는 생각이 들 때도 있었다. 그랬기에 호석이 빨리 서울에 발령이 나 올라오기를 바라고 있었다. 서울의 본사에 오면 적어도 3교대는 그만할 수 있었으니까.

"피곤하지 않으면 바람피울 수 있다는 거야. 뭐야."

— 쓸데없이 말꼬리 잡고 늘어지지 좀 마.

항상 드라마에서 보면서 욕하던 바가지 긁는 마누라가 된 것 같아 기분이 나빴지만 멈출 수가 없었다.

"애 아빠도 와야 부동산에서 집을 더 잘 보여 준다고. 언제 올 거야?"

— 집은 무슨 집이야. 월세 들어간 지 얼마나 됐다고.

그렇게 고막이 닳도록 애길 해도 호석은 여전히 무신경했다.

"당신 지안이가 학원 보내 달라고 한 건 알아?"

— 학원?

지안이 얘기가 나오자 호석의 말끝이 올라갔다. 하지만 그것도 잠시뿐이었다.

— 학원은 무슨. 아직 초딩이…….

무신경한 호석의 태도에 은주 씨는 열불이 터졌다.

"넌 애 안 키우니까 모르지. 아직도 그런 한가한 소리나 하고 있고. 너무 나한테만 미루는 거 아냐?"

— ……은주야, 너무 쪼지 마라. 나도 할 만큼 하고 있어.

은주 씨의 비난에 호석이 진지한 목소리로 대답했다. 하지만 은주 씨는 그 말에 더 가슴속에 불이 났다.

"애는 나 혼자 낳았니? 너도 책임 좀 져!"

목소리를 낮춰야 한다는 것도 잊고 베란다에 서 있던 은주 씨가 거의 비명을 지르다시피 소리쳤다. 은주 씨의 고함이 산맥같이 견고한 아파트 콘크리트 벽에 부딪혀 공명했다. 산울림 같지만 훨씬 짧고 공허했다.

"……일단 끊어."

사람들이 듣고 있을 거라는 데 생각이 미친 은주 씨가 겨우 감정을 가다듬어 목소리를 쥐어 짜낸 뒤 전화를 끊었다.

좁은 집은 사람을 미치게 한다. 은주 씨는 현관문이든 베란다 창문이든 간에 밖으로 뛰쳐나가고 싶었다. 그런 은주 씨의 뒷모습을 이어폰을 끼고 강의를 들으며 방학 숙제를 하던 지안이가 물끄러미 쳐다보았다.

4

손님들

"지안아. 이제 가야 돼."

옷을 갈아입은 은주 씨가 어깨를 두드리는데도 아이는 TV 속의 세상에 넋을 놓고 있었다. 아침 먹는 동안 틀어 둔 자연 다큐멘터리에는 눈이 시리도록 푸른 여름 숲이 나오고 있었다. 화면 속 붉은머리오목눈이가 지은 집에는 온갖 손님이 드나들었다.

좋은 집은 모두가 탐을 내게 마련이죠. 중후한 목소리의 내레이터가 재미있다는 듯 산뜻하게 말하는 소리가 들려왔다. 하지만 은주 씨는 재미있기는커녕 뻐꾸기가 제 알을 낳아 놓고 집주인이 낳은 알은 멋대로 쳐내고, 청설모와 뱀 같은 포식자들이 제집인 양 그 주위를 맴도는 것이 끔찍스러웠다.

"얼른 가자니까."

은주 씨가 TV를 꺼 버리고 아이를 재촉했다. 눈앞에 화면이 없어지자 그제야 지안이가 식탁에서 몸을 일으켰다.

오늘은 또 다른 집이다. 8월 초의 숨 막히는 더위에 은주 씨가 집에서 인쇄해 온 지도로 부채를 만들어 얼굴에 부쳤다. 공작성운의 집을 본 지 며칠 되지도 않았는데 은주 씨는 이제 허구한 날 남의 집을 들락거리는 게 일상이었다. 내 집에 붙어 있기 싫으면 이렇게도 되는 것인가. 은주 씨는 자조했다.

오늘은 새로운 동네의 신축 아파트 단지였다. 처음 와 보는 지역이었지만 공작성운 길 건너의 호크톱클래스와도, 민정의 집과도 그리 다르지 않은 아파트 단지라 낯설지 않았다. 아파트 자체로만 놓고 보면 집들은 다 비슷비슷했지만 지역이 어딘지, 역세권인지, 학군이 어디인지에 따라 가격은 천차만별이었다.

— 편의 시설도 가깝고 애 아빠 직장도 가깝고 살기에 너무 좋아요.
  평생 이사 안 갔으면 좋겠어요~

— 초품아에다 학원가도 근처에 있고, 마트, 공원 가깝고. 빠지는 거
  없는 아파트죠. 가격이 높은 데는 다 이유가 있어요.

― 저는 이것도 가격 눌러 있는 거라 생각합니다. 소유자분들 단지 내
에 있는 백합부동산 가지 마시고 중심가에 있는 수리부동산 가세
요. 전화번호는…….

아후보라 앱을 켜서 후기들을 확인해도 칭찬 일색들이었
다. 소유자들이 일부러 띄우는 것일 수도 있겠지만 세입자들
도 세가 비싸다는 것 외에는 별 불만이 없는 듯했다.

은주 씨가 도전하기에는 가격이 만만치 않았다. 아파트는
역시 무리인 걸까. 빌라나 주택을 찾아봐야 할까? 아파트 창
문 위로 날아가는 까치를 바라보던 은주 씨가 한숨을 쉬었다.

어쩌면 그 사람은 자살이 아닐 수도 있지 않을까?

무척 뜬금없는 생각이었다. 지안이와 함께 단지 내 공원에
앉아 편의점에서 사 온 빵을 뜯던 은주 씨의 머릿속에 불이 켜
졌다. 마침 눈앞에 수많은 사람들이 지나가고 있었다. 이제 갓
입주한 주민들, 이삿짐센터 사람들, 택배 기사, 음식 배달원,
경비원 그리고 남의 집을 보러 오는 자신 같은 사람들까지.

공작성운은 공동 현관에 아무런 장치도 되어 있지 않으니
탑층 투신자의 집까지 외부인이 가는 거야 어려운 일이 아니
다. 누구나 얼마든지 침입할 수 있었다.

'아니야. 그 사람 손등에 발자국이 있었다던데.'

해바라기 할머니들의 음침한 속삭임이 귀에 되살아났다.
은주 씨가 고개를 흔들었다.

대충 크림빵을 욱여넣고 손등으로 입을 닦는데 문득 지안이의 우울한 표정이 눈에 들어왔다. 집에서 낮잠이나 자고 뛰어놀아야 할 아이가 하루 종일 엄마를 따라 이 집 저 집 순방하는 게 쉽지 않았을 것이다. 자식이 고생하는 것을 보니 마음이 아팠다.

아직 자본금으로 레버리지*할 집을 마땅히 찾지 못했다. 전세를 끼고 있는 집이면서 갭이 감당할 수 있을 만큼 적당해야 했고 세대수가 작은 단지는 가격 방어가 안 되기 때문에 살 수가 없었다.

그렇다고 해서 너무 구축 티가 나는 집이어도 안 됐고 세입자 수요가 꾸준히 있을 만큼 역세권에 있어야 했다. 그러다 보니 조건에 맞는 집을 찾기가 쉽지 않았다.

물건이 있다고 하면 멀리 가야 할 때도 있었는데 자가용도 없는 은주 씨가 어린 지안이를 데리고 다니는 것이 쉽지 않았다.

어느 날은 지안이가 친구와 약속이 있다고 하면 친구 집에 놀러 갔다 오는 사이에 집을 보러 다녀올 때도 있었고 거리가 멀어 오래 걸릴 것 같으면 지안이 친구 엄마에게 케이크 같은 것을 사다 안기며 아이를 부탁해야 할 때도 있었다.

모든 것이 민망스럽고 고생스러운 일이었지만 가족의 미

---

* 돈을 빌려 투자를 하는 것

래를 생각하자면 어쩔 수 없었다.

"지안아."

"응?"

손에 든 소보로빵을 깨작거리던 지안이가 고개를 들었다.

"너 도서관이라도 좀 가 있을래? 아님 엄마가 너 가고 싶다던 학원 끊어 줄게."

지안이가 학원 얘기를 꺼냈을 땐 돈이 어디에 얼마나 있는지 몰라 허둥댔지만 지금은 당장 학원 몇 달 끊어 줄 돈이 없는 것도 아니었다. 하지만 지안이는 도리도리 머리를 흔들었다.

"왜?"

은주 씨가 물어도 지안이는 그저 힘없이 고개만 저을 뿐이었다. 평소 같았으면 친구를 만날 생각에 좋다며 방방 뛰었을 아이가 웬일로 저러는지 알 수가 없었다. 가도 같이 놀 친구가 없어서 저러나? 너무 엄마랑만 붙어 다니게 해서 친구 관계를 망쳤나? 여러 가지 복잡한 생각이 스쳐 갔다.

"너 저번에 윤아네 집 가서 놀고 싶다 그랬지?"

뭔가 잠시 생각하는 듯하던 은주 씨가 입을 열었다.

"응."

친구 이야기가 나오자 지안이의 얼굴이 밝아졌다.

잠깐 내린 소나기에 온 세상이 젖어 있었다. 초록불이 켜지자 은주 씨도 시선을 떼고 사람들과 함께 걸음을 옮겼다.

며칠 전 고등학교 친구 장미에게서 연락이 왔다. 서울에 있을 때는 종종 봤는데 명주시로 내려간 이후로는 얼굴을 볼 수 없던 친구였다. 혜경과는 달리 장미는 서울 밖으로는 한 발짝도 나오지 않으려 했다.

그래도 가끔 연락은 주고받던 친구라 먼저 만나자는 말이 싫지 않았다. 언제 만날까 하기에 내일은 서울시 서남쪽에 볼일이 있다고 하니 마침 자신이 최근 이사한 집도 그 근처라며 집으로 오라고 하는 장미였다.

아이를 혼자 보내기가 아무래도 마음이 놓이지 않아 은주 씨는 윤아네 집 근처까지 가서 케이크를 사서 들려 보내고 다시 장미네 집으로 향했다.

아무리 친구 집이라도 빈손으로 갈 수는 없어서 결국 슈퍼에서 휴지 30개들이를 산 은주 씨는 해가 쨍쨍한 오후에 장미가 사는 빌라 앞에 도착했다. 평범한 필로티 구조*에 역세권도 평지도 아니었지만 그래도 신축이었다.

무거운 짐에다 언덕까지 오르니 땀이 비 오듯 쏟아졌다. 안 그래도 집 보러 다니느라 시간도 없는데 무슨 부귀영화를 누리려고 여기까지 왔나 싶었지만 사회생활을 하기 전부터 알

---

* 1층이 주택 대신 기둥으로만 이루어져 있는 공동주택 구조.

아 온 몇 안 되는 친구였기에 고생을 무릅쓰고 여기까지 온 은주 씨였다.

"오느라 고생했지?"

공동 현관 앞에 장미가 미리 나와 있어서 다행이었다. 장미가 뭘 이런 것까지 사 왔냐며 휴지를 받아들고 에어컨이 켜진 집 안으로 안내하자 은주 씨는 저절로 마음이 사르르 녹아내렸다.

눈치 빠른 장미가 얼음이 동동 띄워진 아이스커피까지 대령했다.

"고마워."

장미가 에어컨 바람 세기를 조절하는 동안 은주 씨는 티 나지 않게 집을 둘러보았다. 20평대의 깔끔한 신축이었다. 하지만 쓰레기 버리기도 힘들고. 보일러 한번 고장 나 봐. 골치 아프지. 괜히 질투가 난 은주 씨가 고개를 숙인 채 커피를 홀짝였다.

"저번엔 아파트더니 왜 이번엔 빌라로 왔어?"

"월세가 하도 비싸니까. 크기는 포기 못 하겠고 전세로 갈 만한 데 고르다 보니 여기지 뭐."

"언제는 보안 때문에 빌라 싫다며?"

은주 씨가 웃으며 새롱새롱 친구를 놀리기 시작했다.

"몰라. 처음 찾아볼 때는 빌라나 복도식 아파트나 어차피 사람 들락거릴 수 있는 건 마찬가지 아닌가 싶기도 했고. 근데 힘들어. 분리수거도 잘 안 되고 택배 맡아 주는 사람도 없어서."

친구가 불만 사항을 토로하는데도 은주 씨는 웬일인지 웃음이 났다. 다른 지역은 죽어도 싫다며 서울, 서울 염불을 외더니 결국 여기냐 싶어서였다. 서울에 살기만 하면 끄트머리라도 붙잡아 보겠다는 장미의 의지가 우스웠다. 그런 자신이 특별히 악랄하다는 생각도 들지 않았다.

"근데 이거 전세 때문에 큰일 났어."

간단한 과자와 함께 자기 몫으로 주스를 내온 장미가 쿠키를 와삭 베어 물며 말했다.

"왜 그러는데?"

"사기당한 것 같아."

아까까지만 해도 친구를 놀릴 생각에 야릇한 비웃음을 매달고 있던 은주 씨의 얼굴이 창백해졌다.

"무슨 사기?"

"전세 사기 있잖아. 전세 계약 한 날에 바로 집주인이 바뀌었어. 아마 전세금을 못 돌려받을 것 같아."

전세 계약서에 도장을 찍고 전입 신고 효력이 발생하기 전에 집주인이 바뀌어 대항력이 없게 된 것 같았다. 그렇게 되면 빌라가 경매에 넘어가도 전세금을 돌려받을 수 없게 된다.

일련의 과정들이 눈에 선했다.

"야, 넌 그러게 왜 제대로 알아보지도 않고 무턱대고 전세를 드냐? 요즘에 빌라 사기꾼이 얼마나 많은데."

개같이 번 피 같은 돈으로 부동산 사기를 당하는 것. 그것이 은주 씨가 요즘 가장 두려워하는 주제였다. 평소 같으면 하소연을 그냥 들어 줄 법도 했지만 예민한 주제가 나오자 저도 모르게 장미에게 화를 낸 은주 씨였다. 편을 들어줄 줄 알았던 은주 씨가 매섭게 쏘아붙이자 놀란 장미가 울먹이며 말했다.

"그게 왜 내 잘못이야? 누가 집주인 바뀔 줄 알았냐?"

장미가 항변하자 은주 씨도 억지로 마음을 누그러뜨리며 말했다.

"그래서 사람들은 특약도 쓴다던데. 전입 신고 효력 생길 때까지 집주인 안 바뀌게 하는 걸로. 너 그거 안 썼어?"

"그런 게 있는지 그땐 나도 잘 몰랐지……."

장미가 입술을 삐죽이며 웅얼거렸다. 은주 씨가 코로 크게 한숨을 쉬었다.

은주 씨의 마음은 안타까움 반, 장미의 무지에 대한 혐오감 반이었다. 작정하고 사기꾼이 달려드는 바에야 어떻게 막을까 싶으면서도 내심 장미가 나뭇가지 몇 개 덜렁 가져다 놓고 그 사이에 알을 낳아 둔 새처럼 대책 없게 느껴졌다.

"공인중개사가 괜찮다니까 믿었지. 그러라고 내가 중개사한테 수수료 몇십, 몇백만 원씩 주는 거 아니야?"

장미의 항변도 그럴듯했다. 그러고 보니 집에 관한 계약은 인생을 살아가면서 가장 필수적인 계약이자 일생일대의 계약인데도 초중고 어디서건 제대로 배워 본 기억이 없었다. 은주 씨도 장미에게 큰소리는 치지만 학원과 인터넷에서 알음알음 얻은 지식 정도만 알고 있을 뿐이었다.

"지금 옆집은 경매로 집이 넘어가게 생겼어. 집주인은 세입자를 새로 구해 오든지 아니면 집을 사든지 하라고 하고. 아주 악질이야. 저는 명의만 빌려줘 놓고는 차익만 보려고 한다니까."

"옆집도? 집주인이 집이 몇 개나 되길래?"

"이 근방에 몇백 채는 된대. 올라오는 길에 언덕 봤지? 그 끝까지가 다 그 사람 집이라나 봐."

장미의 설명을 들은 은주 씨는 순간 아득해졌다. 집들마다 어깨를 나란히 하고 다닥다닥 붙어 있는 빌라촌의 몇백 채는 족히 될 집이 단 한 사람의 명의라니. 분명 무언가 잘못되었다는 느낌이 들었다. 그리고 동시에 경매 학원에서 들었던 특강 강사의 기름진 얼굴이 떠올랐다.

"그럼 부자 아니야? 너 줄 돈도 있겠네."

"부자는 무슨 부자야. 다 짜고 치는 사기판이지. 그 인간도 무슨 반지하에 산다더라."

이어지는 장미의 설명은 쉽게 받아들일 수 없는 것들이었다.

"빌라를 지어 놓아도 금방 팔리지를 않으니까 명의 빌려줄 사람을 찾아서 리베이트를 주는 거야."

"집도 주고 돈도 준다고? 세상에 그런 게 어디 있어? 완전 땅 짚고 헤엄치기네. 그렇게 돈 쉽게 벌 수 있는 방법이 있으면 나도 하겠다."

은주 씨가 눈을 휘둥그레 뜨자 목이 타는지 장미가 주스를 벌컥벌컥 들이켜며 고개를 흔들었다.

"얘기를 끝까지 들어 봐. 그게 아니라니까."

장미가 평소의 흐릿한 태도와는 달리 열을 내며 설명했다.

"그러면 그 명의자가 나 같은 전세 세입자를 찾아. 그러면 그 전세금을 건설업자한테 주고 건설업자는 집값만 챙기고 유유히 떠나는 거지."

"뭐? 전세금이 얼마나 차이 나길래?"

"매매랑 거의 차이 안 나. 요즘엔 전세가 더 비싼 데도 있어."

"왜?"

은주 씨는 갑자기 바보가 된 기분이었다. 세상 모든 것이 정해진 이치에 따라 돌아가는 줄 알았는데 때로는 그게 통하지 않는 것들도 있는 모양이었다.

"전세 보증 보험 있잖아. 그거 받으려고 일부러 전세금을 높게 책정해. 집주인도 건설업자도 좋지. 어쨌든 자기들은 돈을 받으니까."

"야, 너 빌라 박사 다 됐다."

장미가 늘어놓은 말들은 하나같이 믿기 어려운 것들이었다.

"너도 빌라 사기 한번 당해 봐라. 빌라 박사가 문제냐. 천재, 만재도 될 수 있어."

자신의 답답한 사정을 다다다 늘어놓은 장미가 마치 바람 빠진 풍선처럼 얼굴을 찌그러트리며 허탈하게 웃었다.

"내가 미쳤지. 돈 좀 모아 보겠다고 전세 찾아 여기까지 왔다가 그나마 모아 놓은 돈 다 잃게 생겼으니. 나도 그냥 월세 살더라도 아파트에 붙어 있을 걸 그랬다. 그럼 적어도 이 꼴은 안 볼 거 아니야."

장미가 한숨을 푹푹 내쉬었다. 어려움을 겪게 된 친구를 앞에 두고 할 말은 아니지만 은주 씨는 겨우 덫을 피해 돌아 나온 토끼처럼 안도의 한숨을 내쉴 수밖에 없었다.

안 그래도 자본금이 적어 빌라를 해 볼까 하던 차였다. 하지만 가격이 오르는 기세도 약하고 워낙 상태가 들쭉날쭉해 환금성이 좋지 않아서 망설이고 있었는데 보증금을 떼일 처지에 놓인 장미가 눈물까지 보이는 것을 보니 하마터면 큰일 날 뻔했다는 생각이 들었다.

빌라는 역시 할 게 아니야. 은주 씨는 마음을 굳혔다.

손에 아무것도 든 게 없는데도 어쩐지 몸이 축축 늘어졌다. 타는 듯 찌는 날씨를 보니 비가 올 것 같지도 않은데. 아무리 이러니저러니 해도 결국 장미도 자신의 친구가 아닌가. 장미가 우는 모습을 보니 마음이 무거웠다.

"이게 어디 한두 번 있는 일인가? 왜 장부에 적어 놓지도 않고 물건을 막 두고 가는 거여? 응?"

어두운 단지 내 보행로를 걸어 9동 공동 현관에 들어서는데 남자들이 싸우는 소리가 들려왔다.

"바쁘니까 그렇죠. 바쁘니까. 그걸 언제 하나하나 일일이 적고 있어요? 배달할 짐이 한 차인데."

"그럼 다른 기사들은? 그 사람들은 한가하니까 그렇게 써 놓고 가는 건가? 택배 잃어버리면 주민들이 다 경비원한테 따지는 거 몰라? 당신이 책임질 거야?"

드디어 날을 잡았구나. 버튼을 눌러 엘리베이터를 불러 놓고 기다리면서 은주 씨가 속으로 혀를 쯧쯧 찼다.

지난주 택배가 도착했다는 문자를 받고 인터넷으로 시킨 지안이 책을 찾으러 가던 은주 씨였다. 경비실 문을 똑똑 두들기고 택배를 찾으러 왔다고 했더니 서류를 뒤지며 한참을 찾던 경비원이 당했다는 듯 뒤통수를 긁적이며 경비실 앞 공지 사항 알림판 아래에 쌓인 택배 상자들을 가리켰다.

'저 중에 있을 거예요. 아이, 미진택배 놈들. 걸리기만 해 봐

라. 목록도 안 써 놓고 가면 대체 어떻게 하라는 거야. 안 그래도 택배가 없어지기만 하면 다들 나만 가지고 물고 늘어지는 구먼.'

확실히 요즘 택배 도둑이 기승이기는 했다. 누가 훔쳐 가는 모습을 본 적도 없고 본다고 해서 훔쳐 가는 것인지 원래 주인이 찾아가는 것인지 알 수 있을 리도 없었지만 타인을 사칭해 남의 택배를 가져가지 말라는 관리사무소의 엄중한 경고장은 엘리베이터 한쪽 벽에 늘 붙어 있었다. 그것만으로는 모자랐는지 최근에는 엘리베이터 내 광고용 TV에서도 끊임없이 똑같은 경고장이 올라오곤 했다.

경비 할아버지가 칠부바지를 입은 젊은 택배기사의 멱살을 잡으려는 듯 손을 뻗는 모습을 곁눈질하며 은주 씨가 엘리베이터에 올라탔다.

그래. 한 번 물어보자. 물어본다고 나쁠 거 없잖아? 아무래도 탑층 남자의 일이 마음에 걸렸던 은주 씨가 14층 대신 15층 버튼을 눌렀다. 이 일로 이 아파트 안의 집을 사도 될지 아닐지 가늠해 볼 수도 있는 거 아닌가. 만약 탑층 남자가 검은 우비에게 당한 거라면, 검은 우비가 실제로 존재하는 거라면 집을 사고 말고의 문제가 아니고 여길 떠나느냐 마느냐의 문제가 됐다. 지난번 누군가 도어 록 키패드를 눌러 대고는 말없이 사라진 일도 영 찜찜했던 은주 씨였다.

1504호 앞에 도착한 은주 씨는 바로 들어가지 못하고 망설이며 복도에 서 있었다. 한 층만 내려가면 자신의 집이었다. 폴리스 라인 테이프도 사라지고 굳게 닫힌 철문은 공작성운의 다른 집들과 다를 게 없었다. 똑같이 생긴 문과 도어 록 앞에 서 있는데도 이 집이 내 집이 아니라 남의 집이라는 사실이 문득 이상하게 느껴졌다.

내가 뭐 하러 여기 왔지. 문을 열어 볼 수 있는 것도 아닌데. 그제야 정신이 든 은주 씨가 문손잡이를 쥐고 있는 자신의 손을 내려다보았다. 더위 먹고 정신이 나갔던 거야. 손을 거두고 계단으로 내려가려는데 느닷없이 옆집 문이 열렸다.

"거기서 뭐하슈?"

"헉."

과하게 화들짝 놀란 은주 씨가 어깨를 부르르 떨었다.

"아니, 그게 아니고……"

흰 슬리퍼를 신은 채 몸을 반쯤 내민 중년의 아주머니가 버벅대며 변명하려는 은주 씨를 의심스러운 눈길로 쳐다보았다. 마치 포식자를 경계하는 참새 같이 까만 눈동자가 반짝였다.

"저 아랫집에 사는 사람인데요. 혹시 여기 사시던 분에 대해서 좀 아시나요?"

아니야. 오히려 물어볼 사람이 있어서 잘됐어. 어버버하던 은주 씨가 옆집 아줌마에게 질문했다.

"저번에 죽은 사람 말하는 거요?"

"네."

"아뇨. 잘 모르는데."

그녀는 여전히 뚱한 표정이었다. 네가 아랫집 살았으면 살
았지 그게 무슨 상관이냐는 듯한 태도에 은주 씨가 변명하듯
말을 덧붙였다.

"그날 사고를 목격하기도 했고 아무래도 마음이 안 좋아
서요."

"그래요……."

은주 씨가 슬픈 척 어깨를 늘어뜨리자 아줌마의 태도도 조
금 누그러졌다.

"혹시 이 근처에서 검은 우비 입은 사람 못 보셨나요?"

"검은 우비요?"

옆집 아줌마가 그런 건 처음 들어 본다는 듯 되물었다.

"그런 건 못 봤는데……."

"그럼 저승……."

그럼 아파트에 도는 저승사자 소문은 알고 계시냐고 물어
보려 했는데 그 얘길 꺼냈다가는 완전히 미친 사람으로 볼 것
같아 직전에 멈추었다. 은주 씨와 옆집 아줌마 사이에 어색한
정적이 흘렀다.

"15층입니다."

그때 마침 엘리베이터에서 누군가 내리는 듯한 소리가 들리더니 백발이 성성한 할아버지가 이쪽을 향해 걸어왔다.

듬성듬성 돋아난 흰 머리카락 사이로 두피가 드러난 할아버지는 언제 샀는지 모를 물 빠진 회색 티셔츠에 검은색 반바지를 입고 있었다. 더운 날씨에 땀을 많이 흘렸는지 그가 다가오자 걸레가 쉰 것 같은 냄새가 강하게 났다. 그러나 핏발선 눈에 어딘가 광기가 서려 쉽게 냄새 난다는 불평을 할 수가 없었다.

"······켜······서······."

"네?"

할아버지는 뭔가를 중얼거리며 은주 씨에게 일직선으로 다가오고 있었다. 은주 씨가 되물었지만 할아버지는 그녀의 대답은 필요 없다는 듯 계속 중얼거렸다. 분명 눈은 자신을 보고 있는데 다른 곳을 바라보고 있는 것 같은 느낌이었다.

"있어······. 거기······."

"뭐라고요?"

늘어진 입술 새로 이가 몇 개 빠졌는지 발음이 새서 그가 뭐라고 하는지 잘 알아들을 수가 없었다.

"엄마야!"

구부정한 걸음걸이로 천천히 다가오던 할아버지가 은주 씨를 향해 확 손가락을 치켜들었다.

"⋯⋯키라고!"

비명을 지른 은주 씨가 뒤로 물러나자 그가 1504호 앞에서 도어 록 덮개를 올렸다. 순간 은주 씨의 숨이 멎었다.

띠띠띠띠.

그가 비밀번호를 누르고 있었다. 집주인이 죽어서 나간 집의.

삐삐삐삐.

그러나 이내 도어 록이 비밀번호가 틀렸다는 신호를 보냈다. 그 소리가 마음에 안 들었는지 할아버지가 문손잡이를 잡아 철컥철컥 돌리며 다시 비밀번호를 눌렀다.

그러나 도어 록의 반응은 역시 마찬가지였다. 잘못된 비밀번호였다. 불평하듯 높고 반복적인 신호음이 이어졌다.

"아이고, 이 할아버지 또 이러시네."

옆에서 지켜보던 옆집 아줌마가 처음 보는 광경이 아닌 듯 태연히 다가와 할아버지의 어깨를 두드렸다. 은주 씨는 그제야 참았던 숨을 몰아쉬었다.

"할아버지, 할아버지 집은 여기가 아니고 저쪽 집이에요!"

귀가 먹어 잘 들리지 않는 할아버지를 향해 아줌마가 악을 지르듯 외치며 계단참 반대편의 집을 가리켰다. 할아버지의 얼굴 위로 황망해하는 표정이 잠깐 지나갔지만 그는 고맙다는 인사도 없이 자기 집으로 걸어가 문을 열고 들어갔다. 몇 분 안 되는 시간 동안 은주 씨의 심장이 덜컥 내려앉았다가 제자리를 찾았다. 은주 씨가 깊게 한숨을 내쉬었다.

"아, 혹시……."

생각해 보니 아파트 전체에 동일한 모델의 도어 록이 설치되어 있다.

"저 할아버지 원래도 저렇게 헤매시나요?"

"응. 우리 집에도 오고 다른 집에도 가고 그래요. 이제 늙어서……."

옆집 아줌마가 귀 옆으로 검지를 들어 뱅뱅 돌려 보였다. 아마 노망이 났다는 말인 것 같았다. 그렇다면 지난번 은주 씨의 집 초인종을 말없이 눌러 댄 것도 저 할아버지인 걸까? 그 생각을 하니 요동치던 마음이 가라앉았다.

"그럼 가 볼게요."

"그래요. 가슈."

옆집 아줌마가 고개를 끄덕였다. 그러나 여전히 경계를 풀지 않는 눈빛이었다. 뒤돌아 걸어가는 내내 은주 씨는 자신의 등에 꽂히는 시선을 느꼈다. 슬쩍 뒤를 돌아보니 아줌마는 여전히 계단참으로 내려가는 은주 씨의 모습을 지켜보고 있었다. 은주 씨가 계단을 반쯤 내려갔을 때쯤에야 현관문이 철컹하고 닫히는 소리가 났다. 그 충격에 띠리로리 하고 잠기는 도어 록 소리가 신음 소리처럼 뒤따랐다.

어쩌면 저승사자니 검은 우비니 하는 것도 다 내 착각이었을지 몰라. 은주 씨는 안심하며 계단을 마저 내려갔다. 조금 더 적극적으로 공작성운아파트의 매물을 찾아봐도 괜찮을 것 같았다.

14층으로 내려오자 마침 오른쪽에서 또각또각 구두 소리를 내며 여자가 빠른 발걸음으로 걸어오고 있었다. 은주 씨 쪽으로 다가오는가 싶던 여자는 휙 방향을 틀어 사라졌다. 엘리베이터를 타러 간 모양이었다.

여자가 스쳐 지나간 그 짧은 순간 은주 씨는 몰래 상대를 흘겨보았다. 다리 아래로 기내용 캐리어가 지나가고 스치는 팔 옆으로 윤이 줄줄 흐르는 고급 회색 정장이 보였다. 젖은 긴 생머리에 찰나이기는 했지만 눈이 마주친 것도 같았다. 그러나 어쩐지 뭔가 쫓기는 것 같이 불안해하는 눈빛이었다.

일터에 늦었나? 어딘가로 출장을 가는 직장인 같았다.

여기에 저런 사람도 사는구나. 옷만 보면 호크톱클래스 살아야 할 것 같은데. 여기는 누굴 찾으러 온 건가? 집을 향해 걸어가던 은주 씨가 생각했다.

옷차림만 보고 사람을 구분하는 것도 칭찬받을 만한 일은 아니었지만 처음 만난 사람에 대한 정보를 얻는 데 옷만큼 좋은 것도 없었다.

여기 사는 사람도 고급 옷 입을 수 있지 뭘 그래. 아무래도 피곤하고 예민해서 자꾸만 잡생각이 드는 것 같았다. 은주 씨가 도어 록을 누르기 전 뺨을 톡톡 두들겼다.

"엄마 왔다."

집 안이 어두컴컴했다. 순간 집을 잘못 찾아왔나 당황한 은주 씨가 현관에서 머뭇대자 센서등이 꺼졌다.

"지안아?"

아이의 이름을 불렀지만 대답이 없었다. 방 안쪽에서 희미한 불빛만 새어 나올 뿐 온 집 안이 불이 꺼진 채 고요했다. 아이가 먼저 자고 있는 것일까.

혹시 아직 집에 오지 않은 건가 싶어 은주 씨가 지안이에게 전화를 걸며 살금살금 안방으로 들어갔다. 한 손에는 핸드백을 꽉 움켜쥔 채였다. 어쩌면 다른 사람이 있을지도 모른다. 그런 생각을 하니 오싹 소름이 끼쳤다.

"엄마."

"아이고, 깜짝이야!"

책상 아래서 웅크리고 있던 지안이가 튀어나와 엄마를 부르자 은주 씨가 비명을 질렀다. 불이라고는 책상 위에 켜 둔 작은 스탠드 하나가 고작이었다. 하마터면 지안이를 가방으로 후려칠 뻔했던 은주 씨가 거칠게 숨을 몰아쉬었다.

"넌 집에 있으면 있는 기척을 내지 왜 불을 다 꺼 놓고 있어!"

놀란 것이 억울해 은주 씨가 도리어 큰소리를 쳤다. 하지만 엄마가 혼을 내도 지안이는 변명하는 기색 없이 우울한 표정으로 대답이 없었다. 은주 씨가 손을 뻗어 안방의 불을 켰다.

"지안아, 왜 그래?"

지안이는 엄마의 물음에도 땅바닥을 내려다보며 울먹울먹 말이 없었다. 흐릿한 스탠드 불빛 아래서는 잘 보이지 않던 딸의 표정이 형광등을 켜자 선명하게 보였다. 혼자 어두운 집에 앉아 얼마나 울고 있었던 건지 눈가가 벌겠다.

"무슨 일 있어? 누가 때렸어?"

놀란 은주 씨가 상처가 있는지 몸 이곳저곳을 살펴봤지만 지안이는 조용히 고개를 도리질할 뿐이었다. 지안이가 이렇게 우울해한 적은 처음이라 은주 씨도 당황스럽기는 마찬가지였다.

"말해 봐. 무슨 일인데."

"……이제 나 오지 말래."

"뭐?"

오늘 윤아네에 보낼 때 지안이를 오래 맡기는 것이 미안해 고급 베이커리의 케이크와 아이들이 함께 놀며 시간을 보낼 수 있도록 슬라임까지 사 들려 보낸 은주 씨였다.

남의 애를 장시간 맡는 것은 부담스러울 수밖에 없다. 지안이가 조금 힘들어하더라도 같이 다녔어야 했는데. 그렇게 은주 씨가 자책을 하는데 지안이의 입에서 나온 말은 의외의 것이었다.

"우리가 자기네보다 나쁜 집 산다고 오지 말래. 우리는 집도 없는 거지래."

지안이가 하는 말을 듣는 순간 은주 씨는 충격에 눈앞이 어질했다. 실제로 누군가 달려와 뒤통수를 때려도 지금처럼 눈앞이 하얗게 번쩍이지는 않을 것 같았다. 어른이 들어도 도를 넘는 충격인데 직접 눈앞에서 들은 아이의 심정은 오죽했을까 싶었다.

너무 충격적이라 은주 씨는 눈물도 나오지 않았다. 엄마가 반응이 없자 자신의 말을 제대로 알아듣지 못했다고 생각했는지 지안이가 부연 설명을 했다.

"윤아도 싫다고 막 울고 나도 울었어."

이제야 상황 파악이 된 은주 씨가 자리에서 일어났다. 윤아 엄마 번호가 뭐더라. 핸드폰을 뒤적이려는데 너무 화가 나 앞도 제대로 보이지 않았다.

아니다. 먼 거리도 아니니 직접 찾아가는 게 낫겠다. 은주 씨가 바닥에 떨어뜨린 가방을 다시 주워 들었다. 엄마가 흥분했다는 걸 깨달은 지안이가 팔에 매달렸다.

"엄마. 그러지 마. 나랑 윤아는 괜찮아. 엄마랑 아줌마랑 싸움 나면 나 무서워."

안 그래도 충격받은 애 앞에서 고래고래 소리를 지를 수는 없는 일이었기에 은주 씨가 허리에 양손을 짚고 애써 심호흡을 하려 노력했다. 하지만 시간이 지날수록 파고드는 갈고리처럼 윤아 엄마의 말이 심장을 후벼 팠다.

"뭐 그런 막돼먹은 인간이 다 있니? 그런 사람들 드라마에나 있는 줄 알았는데."

지안이에게 열을 내 봐야 소용없지만 어디에 대고든 지금 그 말을 하지 않으면 뚜껑이 열려 펑 하고 터져 버릴 것만 같았다.

윤아네는 공작성운 옆 서쪽 4차선 도로를 건너면 나오는 백조대원아파트에 살고 있었다. 같은 구축이라고는 해도 상위 브랜드 아파트인 데다가 평수도 여기보다 1.5배는 넓으니 지안이네보다 좋은 집이라고 할 수는 있었지만 그렇다고 해서 타인을 무시할 자격이 주어지는 건 아니었다.

분을 이기지 못한 은주 씨가 마치 저주를 하듯 중얼거렸다.

"지나 나나 어차피 대출 끼고 집 사는 거 똑같은 처지에. 뭐 브랜드 구축이라고 퍽이나 다른가? 그 집은 금가루를 처발랐나? 어차피 아파트면 윗집 발망치 소리에 오줌 싸는 소리까지 다 들리는 썩은 집이긴 매한가지인데. 애들한테 가르칠 게 따로 있고 안 가르칠 게 따로 있지. 못 배워 먹은 인간 같으니라고. 아주 좋은 꼴 보여 준다, 좋은 꼴 보여 줘. 애가 그런 집

구석에서 자라서 뭘 배우겠어."

아까 장미네 집에 있을 때만 해도 이래서 빌라는 안 된다고 생각했던 자신이지만 생각을 입 밖에 내는 것과 안 내는 것은 하늘과 땅 차이 아닌가. 은주 씨가 파리 한 마리 앉아 있지 않은 방 모서리를 째려보며 씩씩댔다.

지안이는 집 안을 서성대며 상대도 없는 악담을 퍼부어 대는 엄마를 불안한 표정으로 바라보았다. 엄마가 나쁜 말을 하는 것이 싫었지만 지금 엄마를 막으면 안 될 것 같았다.

"너도 거기 가지 말고 앞으로 윤아랑 놀지도 마. 알았어?"

겨우 숨을 몰아쉰 은주 씨가 애꿎은 지안이에게 화풀이를 했다.

"윤아는 울었다니까……."

"아, 그래도 가지 말라고!"

지안이가 약하게 항의했지만 화가 머리끝까지 난 은주 씨에게 그런 미약한 저항이 눈에 들어올 리가 없었다. 애들은 서로 사이가 좋은데 정작 어른들이 열불을 내는 꼴이 우습기는 했지만 지안이가 오늘 받았을 상처만 생각하면 도저히 참을 수가 없었다.

사실은 함께 있어 주지 못한 죄책감을 숨기기 위해 더 열을 내는 것이었지만 은주 씨는 그것을 인정하기 힘들었다.

"알았어……."

제 엄마가 하도 닦달하니 어쩔 수 없이 모기만 한 목소리로 대답하기는 했지만 지안이가 그 말을 고분고분 들을 리가 없었다. 은주 씨도 그 사실을 알았다.

"드러워서 내가 계약을 하고 말지⋯⋯."

은주 씨가 핸드폰을 다시 열었다. 조금 진정하는 듯했던 엄마가 다시 핸드폰을 뒤지자 윤아 엄마를 다시 찾는 줄 알고 지안이의 눈이 동그래졌다.

"안녕하세요. 사장님. 늦은 시간에 연락드려서 죄송해요⋯⋯."

하지만 은주 씨가 전화를 건 곳은 나무부동산 사장이었다.

"저번에 봤던 집 있죠? 노부부 사시던 올수리된 집이요. 네. 그 집 아직 안 나갔죠? 내일 계약할 수 있나요?"

이 늦은 시간에 어쩐 일이냐고 반색하는 샘사장에게 거두절미하고 용건부터 들이대는 은주 씨였다.

부동산이야 사겠다는 사람이 나타나면 어찌 될지 모르는 일이니 마음을 먹으면 빨리 해치우는 게 좋기는 했다. 집주인한테 연락해서 내일 만나자는 약속을 들은 뒤에야 은주 씨는 전화를 끊었다.

"너 앞으로 그런 말 하는 사람 있으면 우리도 집 샀다고 해. 알았어?"

아직 채 분이 가라앉지 않은 은주 씨가 죄 없는 지안이에게

윽박지르듯이 말했다. 그래도 늘 차분하려 애쓰던 엄마의 처음 보는 무서운 모습에 주눅 든 지안이가 고개를 끄덕이며 눈치를 보았다.

어차피 계약할 집을 정했기에 다음 날은 조금도 서두를 것이 없었다. 오히려 그동안 집을 보러 다니느라 많이 지친 스스로에게 하루쯤은 스스로에게 휴가를 주자 싶은 날이기도 했다. 서울에 사는 집주인이 10시는 넘어야 올 수 있다고 해서 은주 씨는 지안이와 함께 밖에서 식빵을 사 올 요량으로 나가는 길이었다.

"엄마, 사람이 엄청 많아."

어쩐지 느지막이 일어나 옷을 꿰어 입을 때부터 밖이 웅성웅성 시끄럽더라니 복도에 사람들이 잔뜩 몰려 있었다. 평소에는 사람들을 잘 마주치기 힘든 아파트 복도인데 웬일로 은주 씨네 반대편 복도에 사람이 모여 있었다. 복도 난간을 내다보니 1층에 구급차 불빛이 번쩍거리고 있었다. 꼭 화단에 떨어진 탑층 남자를 발견한 날과 같은 상황이었다. 불안감이 엄습했다. 은주 씨가 지안이를 뒤에 숨기며 사람들이 모여 있는 곳으로 다가갔다.

"무슨 일이에요?"

"아, 안녕하세요."

구급대원과 경찰관, 그리고 이웃 사람들까지 섞여 혼잡한 가운데 아는 얼굴이 있었다. 끝집여자였다. 끝집여자네 바로 옆집의 현관문이 활짝 열려 있었고 그 안으로 사람들이 신발을 신고 드나드는 것이 보였다.

"옆집 아저씨가 쓰러지셨어요."

끝집여자도 놀라 뛰쳐나온 듯 허름한 추리닝 차림이었다. 은주 씨가 누가 흘린 것인지 모를 물기를 피해 그녀에게 다가갔다.

"혼자 사시다 그렇게 된 거예요? 아이고, 어떡해."

상황을 지레짐작한 은주 씨가 말하자 끝집여자가 고개를 저었다.

"아녜요. 여기 사는 사람이 아니라 집주인이래요. 저희 남편이 출근하다가 발견했어요. 옆집 문이 열려 있었거든요. 일단 남편은 출근시키고 제가 신고했어요."

끝집여자가 복도에 서서 신고를 하고 곧 119니 경찰이니 왔다 갔다 하기 시작하니 주위의 주민들이 무슨 일인지 궁금해 나와 본 것 같았다.

"비켜 주세요. 지나갑니다."

곧 들것에 사람을 태운 구급대원들이 현관문을 빠져나오며 소리쳤다.

"귀신, 귀신이야⋯⋯. 회색 귀신⋯⋯."

들것 위에 누운 할아버지뻘의 남자가 은주 씨 곁을 지나며 허공을 보고 중얼거렸다.

삐익삑 하며 새 우는 소리가 요란했다.

5

끝집여자

구급차는 벌써 병원으로 떠난 지 오래인데도 아직도 눈앞이 사이렌 불빛으로 번쩍이는 것 같았다. 고개를 빼고 복도 난간에 매달려 아래를 내려다보던 은주 씨가 속이 울렁거릴 즈음이 되어서야 몸을 조금 뒤로 뺐다.

눈을 꾹 감았다가 화단으로 시선을 던지자 기웃거리는 멧비둘기들이 보였다. 그 사이로 까치가 한 마리 내려앉자 놀란 멧비둘기들이 뿔뿔이 흩어졌다.

아직도 사건 현장 주위에서 웅성대는 사람들을 뒤로하고 은주 씨가 지안이의 손을 꼭 붙든 채 걸음을 옮겼다.

"세상에 이게 무슨 일이야."

은주 씨는 지안이와 함께 엘리베이터를 타고 내려가면서
도 머리가 멍했다. 엘리베이터를 타고 내려가는 동안 은주 씨
보다 먼저 사건 현장에 도착해 경찰들이 하는 말을 유심히 귀
담아들었던 주민들이 흥분한 목소리로 서로 정보를 나누는
것이 들려왔다.

　"그 아저씨 전에 나무부동산에서도 한번 봤어. 집 세놓으
려고 왔더라고. 청소도 남의 손에 안 맡기고 직접 한다고 하
던데."

　"그럼 아침부터 입주 청소한다고 집에 온 거야? 아이고, 부
지런하기도 하지. 일찍 일어나는 새가 피곤하다더니 그 말이
딱이구면."

　남의 불행에 농담을 섞는 것이 눈치는 보이는 모양인지 은
주 씨 쪽을 힐끔거리는 것이 느껴졌다. 은주 씨는 시선을 바
닥에 고정하며 아무것도 못 들은 척 표정을 굳혔다.

　"뭘 보고 그렇게 놀란 거래?"

　"귀신을 봤다나 봐."

　귀신이야……. 회색 귀신……. 은주 씨는 실려 나가던 아저
씨가 중얼거리던 말을 떠올렸다. 정말 귀신이라도 본 사람처
럼 넋이 나가 있었다.

　"그래. 회색 귀신이라는데."

　"연기를 잘못 본 거 아니야?"

"에그, 그러면 그 사람이 그렇게 나자빠질 리가 있어? 창문만 열면 되는 건데."

회색 귀신이라⋯⋯. 문득 엘리베이터에서 마주쳤던 고급 회색 정장을 입은 여자가 떠올랐지만 그녀가 딱히 수상해 보이지는 않았다.

게다가 그렇게 좋은 옷을 입고 돌아다니는 사람이 빈집을 털 것 같지는 않았다. 당장 그 차림 그대로 회사 면접을 보러 간대도 이상하지 않을 옷차림이었다. 그리고 만에 하나 그녀가 빈집털이라 해도 이삿짐도 없이 세입자를 기다리는 더럽고 텅 빈 집으로 갈 리가 없지 않은가.

못 봤어요. 은주 씨는 좀 전의 자신의 대답이 틀리지 않았다고 확신했다.

어쩌면 그 집주인은 검은 우비를 본 게 아닐까? 같은 무채색이니 충분히 검은색도 회색으로 착각할 수 있다. 아니면 실려 가면서 횡설수설해서 잘못 말한 걸 수도 있고.

1층에 도착한 엘리베이터에서 내리니 경비실 앞이 귀신을 찾겠다고 CCTV를 돌려 보자는 사람으로 이미 인산인해였다.

관리사무소의 공지 방송 한마디 없이도 빈집 사건은 이미 9동 주민들 사이에서 누구나 아는 긴급 속보가 되어 있었다.

"거 화질 좀 올려 봐요. 그게 다요?"

어젯밤 드나든 사람들을 하나하나 찾아보고 있는 모양이

지만 경비실 TV의 작은 화면에다 좋지 않은 카메라 화질 때문에 뭐 하나 분명하게 보이는 것이 없었다.

"원래 컴퓨터랑 카메라 다 업그레이드를 했어야 했는데 관리비를 절감한다고 해서 그렇죠."

주민들의 성화에 경비 아저씨가 툴툴댔다. 경비 할아버지 같으면 주민들에게 쩔쩔맸을 텐데 아저씨는 이런저런 말들을 툭툭 잘도 내뱉었다.

경비 할아버지가 갑질하는 주민들에게 쩔쩔매는 것도 싫었지만 경비 아저씨의 다른 일자리를 얼마든지 구할 수 있다는, 즉 나는 여기 있을 사람이 아니라는 이상한 자신감에 근거한 불친절이 은주 씨는 싫었다.

"귀신 맞나 보네. 증발한 거 보니. 들어오는 사람 중에서는 이상한 사람이 아무도 없잖아?"

"허이구, 한눈에 척 봐도 의심스러운 사람인지 아닌지 아시나 보네. 명탐정 나셨어요."

"요즘 세상에 귀신이 어디 있어. 이상한 소리 하지 말아요."

작은 화면을 뚫어지라 쳐다보는 주민들은 다들 나름의 추리 실력을 발휘하고 있었다.

"계단으로 갔을 수도 있잖아요. 계단 쪽은 없어요?"

"허이구. 엘리베이터 CCTV도 이렇게 흐릿한데 계단이라고 달아 놨겠어요?"

주민들이 불만과 불안감에 서로의 얼굴을 보며 수런거렸다.

"안녕하세요."

"아, 어서 오세요."

베이커리 카페에서 아침 식사를 마치고 부동산에 도착했는데 은주 씨와 지안이를 맞는 샘사장의 태도가 심상치 않았다. 마치 몰래 나쁜 일을 하다 들킨 사람처럼 은주 씨가 부동산에 들어서자 화닥닥 일어섰다. 이상한 분위기를 감지한 은주 씨가 대충 고개를 끄덕이며 부동산 내부를 둘러보았다.

계약서를 쓰는 둥근 유리 테이블에 사람들이 마주 앉아 있었다.

한쪽은 딱 봐도 앳되어 보이는 젊은 남녀에 다른 한쪽은 늙은 여자였는데 딱 봐도 집주인인 것 같았다.

신혼부부가 집을 계약하러 왔다. 그것도 은주 씨가 이제 막 계약하려는 집을.

몇 초 만에 상황 파악을 끝낸 은주 씨가 다시 샘사장을 쳐다보았다. 샘사장이 주변을 살피며 부동산 문밖으로 조심스럽게 그녀를 불러냈다.

"사장님. 이게 뭐예요. 어제 전화 드렸을 땐 이런 말씀 없었잖아요."

배신감에 은주 씨의 목소리 끝이 올라갔다. 샘사장도 난감한 표정이기는 마찬가지였다.

　"그게…… 집주인이 더 호가 높여 주시는 분이랑 하고 싶다고……."

　"그럼 지금 여기서 경매를 하자는 거예요? 이건 상도에 어긋나는 거죠."

　"미안해요. 나도 집주인이 그렇게 하자고 하니까 어쩔 수가 없어서……."

　상황이 기가 막혔지만 자신의 이모뻘 되는 샘사장이 애살스럽게 자신에게 팔짱을 끼고 달래는 모습이 안쓰러워서 뭐라 더 말할 수도 없었다.

　샘사장의 입장도 아주 이해되지 않는 것은 아니었다. 안 그래도 가두리다 뭐다 해서 아파트 집주인들에게 욕을 먹고 있었고 집값이 나날이 오르는 지금 상황에서는 집 가진 사람이 벼슬이니 아쉬운 쪽이 움직이게 되어 있는 거 아니겠는가.

　하지만 은주 씨로서도 이 집을 놓칠 수 없기는 마찬가지였다. 구축 아파트에 올수리되어 있는 집이라 더 이상 돈이 들어가지 않아도 되고 내부가 멀끔하니 자연히 임대든 매매든 매물도 잘 나가게 되어 있었다.

　"그럼 요 앞에 커피 좀 사 올 테니까 말씀들 나누세요."

　다시 사무실 안으로 들어오자 샘사장은 집주인을 데리고

쏙 빠져나가 버렸다. 돌아오기 전에 너희들끼리 얘기를 끝내라는 뜻일 것이다.

은주 씨도 신축 아파트 팸플릿이 잔뜩 깔린 유리 테이블 앞에 앉았다. 유리 창가에 붙어 있는 관객석 같은 철제 의자에 올라앉은 지안이가 불안한 눈길로 은주 씨의 표정을 살폈다.

"길게 끌 거 없다고 생각해요. 어차피 우리끼리 출혈 경쟁하면 저쪽에만 좋은 일이니까. 선생님들도 별로 이 상황이 유쾌하진 않으실 거고. 얼마 올려 주실 거예요?"

은주 씨가 팔짱을 낀 채 상대를 넘겨다보았다. 어디서 이런 배짱이 나왔는지 모를 일이었다. 불과 6월 초 이 아파트에 처음 이사 올 때까지만 해도 역시 여자가 애를 돌봐야 한다느니 하는 헛소리를 늘어놓는 집주인 앞에서도 억지웃음을 지으며 고개를 끄덕거리기만 하던 은주 씨였는데.

"양보해 주시면 안 돼요? 저희가 집은 너무 맘에 드는데 둘 다 사회생활 시작한 지 얼마 안 돼서 모은 돈이 많지는 않거든요······. 대출도 많이 땡겨야 하고."

"누군 대출 없이 집 사는 사람 있어요?"

대출 얘기가 나오자 은주 씨의 말끝이 뾰족해졌다. 안 그래도 이런 규모의 돈을 굴려 보는 것은 처음이라 겁이 나는 은주 씨였다. 그런데 그런 그녀 앞에서 약한 척을 하며 제치려 들다니 안 될 말이었다.

"죄송해요. 저희가 신혼이라 첫 집이에요. 집은 너무 맘에 드는데 돈은 없고 해서……."

저런 바보들. 이런 상황에 사과를 하면 되나. 은주 씨가 속으로 혀를 끌끌 찼다. 순간 명주시 집을 사던 때가 떠올랐다. 갓난쟁이인 지안이를 안고 남편 호석과 함께 아이가 자랄 좋은 집을 고른다며 몇 주를 고생하며 이 집 저 집을 돌아다니던 기억이었다. 그때도 돈이 부족했지만 강보에 싸인 아기를 본 집주인이 마음씨 좋게 가격을 깎아 주었다. 아이에게 주는 선물이라며.

"……."

은주 씨가 입술을 깨물며 뒤에 앉은 지안이를 건너다보았다. 지안이는 아직 이게 무슨 상황인지 모르는 듯 어른들의 대화를 흥미롭게 듣고 있기는 하지만 약간은 어리둥절한 표정이었다. 그래. 약해지지 말자. 지안이에게 어제의 그 굴욕을 다시 안겨 줄 수는 없었다.

"저희는 애가 있어요."

은주 씨가 뒤에 앉은 지안이를 가리켰다. 신혼 첫 집의 애틋함을 알지만 쉽게 양보해 줄 수는 없었다.

"저희도 지금 계신 분들 전세 기간 끝나면 처음으로 들어가 살 집이고 애를 이 동네에서 초중고 졸업시킬 거기 때문에 어렵기는 마찬가지네요."

지금 입에서 내뱉은 말 중 하나도 진실이 없었지만 집만 가질 수 있다면 얼마든지 뻔뻔해질 수 있는 은주 씨였다. 쐐기를 박기 위해 그녀가 이어 말했다.

"애들 학교 다니기 시작하면 서로 집 비교당하는 거 알아요? 애가 하도 작은 집에 산다고 놀림을 당해서 조금 더 큰 집으로 가려는 거예요. 애들 아빠 직장도 여기 있고 애가 너무 마음에 들어 하기도 하구요."

이번엔 진실과 거짓을 적당히 섞어 버무렸다. 그러니 좀 더 그럴싸해졌다.

"하지만…… 저희는 이번 기회가 아니면 못 살 것 같아서……."

신혼부부가 미약하게 저항을 해 왔지만 윤아네 집에서 무시를 당한 뒤 집에 와 울던 지안이를 생각하면 눈에 뵈는 게 없었다. 은주 씨가 말을 잘랐다.

"그건 저희도 마찬가지예요. 젊을 땐 고생도 좀 하면서 사는 거죠. 이 동네에 다른 집들도 있는데 거길 보는 게 어때요?"

"……."

신혼부부는 마음에 들지 않는 듯 입을 꾹 다물고 서로의 눈치만 보고 있었다.

"아니면 이 자리에서 집주인한테 몇 천씩 올려 주면서 출혈 경쟁 하시든지요. 조금 더 다녀 보시면 아시겠지만 그 정도

값어치가 있는 집은 아니에요. 이만한 아파트는 이 동네에 널려 있으니까요."

말의 앞뒤가 전혀 맞지 않았지만 은주 씨는 시종일관 당당한 태도였다. 은주 씨가 큰소리치자 신혼부부도 더 이상 할 말이 없었던지 여자 쪽에서 고개를 절레절레 흔들었다.

"지안아, 이제 우리도 집 생겼다."

계약서를 품에 안고 부동산을 나오는 은주 씨의 모습은 마치 개선장군 같았다. 나무부동산에서 그들이 보이지 않을 정도로 멀리 걸어온 뒤에야 은주 씨가 지안이의 손을 잡고 앞뒤로 흔들었다.

명주시 집은 호석의 이름으로 계약했기에 은주 씨가 소유한 집으로서는 첫 집인 셈이었다. 사실 자신의 자본금은 일부일 뿐이고 대부분이 전세보증금인 아파트였지만 중요한 문서에 자신의 이름이 올라가 있다는 것은 중대한 일이었다.

"어때, 너도 좋지?"

아이처럼 신난 은주 씨가 의기양양하게 계약서를 들어다 보이며 싱글벙글했다. 하지만 정작 이 집을 사는데 중요한 계기가 되었던 지안이는 좋은지 싫은지 알 수 없는 얼굴이었다. 의아한 은주 씨가 지안이의 표정을 살폈다.

"왜 그래, 무슨 일 있어?"

"엄마. 우리는 지금 사는 집 있으니까 그거 아까 아줌마 아저씨한테 주면 안 돼?"

지안이 입에서 배가 고프다든가, 아프다든가 그런 말이 나올 줄 알았던 은주 씨는 의외의 대답에 몸을 뒤로 빼며 눈썹을 찌푸렸다.

"미쳤니? 무슨 소리야. 우리도 집 없어. 지금 우리 월세 사는 거 몰라?"

"전에 살던 시골집 있잖아."

지안이가 잔뜩 시무룩한 얼굴로 말했다. 아이는 아직 집을 사고파는 과정이나 절차를 모른다. 기분이 훨씬 관대해진 은주 씨가 웃으며 대답했다.

"그건 팔려고 내놨어. 벌써 사겠다는 사람도 있는데?"

엄마의 대답을 들은 지안이가 잠시 생각하는 듯하더니 물었다.

"우리 그럼 이제 그 집으로 이사 가?"

지안이가 은주 씨의 손에 들린 계약서를 가리켰다.

"아아니, 무슨 소리야."

지안이의 단순한 생각이 우스워 은주 씨가 과장되게 대답하며 계약서를 품에 끌어안았다.

"이건 좀 들고 있다가 가격도 오르고 사겠다는 사람이 나타나면 팔 거야."

"그럼 거짓말한 거잖아."

아이가 오늘따라 왜 이렇게 고지식하게 구는지 알 수가 없었다. 지안이의 지적에 찔끔한 은주 씨가 짜증을 냈다.

"왜 이렇게 귀찮게 굴어, 얘가. 돈 벌려면 어쩔 수 없어. 세상 물정 모르는 소리 하지 마."

아이에게 쏘아붙인 뒤 은주 씨가 척척 앞서 걸어갔다. 점점 자신이 변해 가는 것을 스스로도 알고 있었다. 초월시로 이사 오기 전까지만 해도, 아니 지금 사는 집에 막 이사 왔을 때까지만 해도 자신이 지안이에게 이런 소리를 할 거라고는 상상도 하지 못했다. 무엇을 떨쳐 내고 싶은 것인지 은주 씨가 세차게 고개를 흔들었다.

"엄마, 같이 가!"

불안해진 지안이가 제 엄마를 크게 부르며 뒤따라오는 소리가 들렸다. 은주 씨는 멈추지 않고 걸음을 옮겼다. 그때 사람들이 놀이터 앞에 모여 있는 것이 눈에 들어왔다.

"귀신 봤다던데, 진짜예요?"

놀이터를 지나는데 사람들이 한 남자를 둘러싸고 있었다. 무슨 모임 하나 싶어 궁금하면서도 지나치려는데 귀신이라는 단어가 은주 씨의 뒤통수를 잡아끌었다.

"아이고. 사람이 병원에 실려 갔다 왔는데 그게 궁금합니까?"

오늘 실려 갔던 집주인인 모양이었다. 은주 씨의 아버지 나이쯤 됐을까. 노인이 되어 가는 남자의 머리에는 흰머리가 희끗희끗했다. 그의 지적에 귀신에 대해 물었던 사람이 머쓱한 듯 눈치를 살폈다.

"그래, 몸은 좀 괜찮아요?"

"보다시피 멀쩡합니다. 기절해서 넘어지는 바람에 두피 찢어진 것 빼고는요."

그가 몸을 돌려 뒤통수에 거즈를 붙인 것을 보여 주었다.

"귀신 맞아요. 집에 들어가니까, 응? 흰 연기가 피어오르더니 말이야. 웬 사람 모양을 한 것이 나한테 갑자기 확 하고 달려드는 거요. 그 이후로 기억을 잃었다구."

"어머, 소문이 사실인가 봐."

집주인의 대답에 그를 둘러싼 사람들이 불안한 목소리로 웅성거렸다.

"저기요."

그를 향해 은주 씨가 외쳤다.

"네?"

"괜한 얘기 퍼뜨리지 마세요. 집값 떨어져요."

은주 씨의 말에 기가 막힌 듯 그가 혀를 찼다.

"걱정하지 말아요, 애기엄마. 나도 제값은 받고 나가야 할 거 아니오. 그러니 그만 물어보세요. 다들."

그는 뒤도 돌아보지 않고 나무부동산 쪽을 향해 깨진 보도 블록 위를 척척 걸어갔다.

　"저기요."

　혹시나 해서 엘리베이터 앞에서 기다리고 있는데 마침 집주인이 돌아왔다. 그도 못다 청소한 집이 마음에 걸렸으리라.

　"아이고, 깜짝이야."

　문이 열리자 아무도 없을 거라 예상했던 집주인이 난데없이 등장한 은주 씨의 얼굴을 보고 가슴을 움켜쥐었다.

　"죄송해요."

　"아, 사람 두 번 놀라 황천길 가게 할 일 있소!"

　그의 고함이 쩌렁쩌렁 아파트 복도에 울려 퍼졌지만 얻어내야 할 것이 있어 은주 씨는 미소 띤 얼굴로 그를 쳐다보았다. 지안이를 집에 두고 오길 잘했다.

　"뭐요?"

　"저 계단 옆집 사는 사람인데요, 집 좀 한 번 보여 주실 수 있나 해서요."

　"뭐야, 집 살 거요?"

　은주 씨가 집을 살지도 모른다는 데 생각이 미치자 집주인의 얼굴이 호기심과 함께 약간 밝아졌다.

"아뇨. 궁금한 게 있는데 좀 알아보고 싶어서요."

"흥, 소문내지 말라고 그렇게 겁을 주더니. 귀신이 있나 없나 궁금하긴 한가 보네."

허락해 주지 않으려나 보다 하고 실망하던 찰나에 집주인이 말을 이었다.

"나도 안 그래도 혼자 보러 가기가 겁나던 참인데 그럼 같이 가요."

은주 씨가 같이 가 주겠다고 하니 오히려 다행으로 느껴지는지 그가 자세를 바로 하고는 천천히 걸음을 옮겼다.

집 앞에 도착해 키패드 위로 비밀번호를 두드리던 그가 은주 씨 쪽을 쳐다보며 물었다.

"뭐가 궁금해 오셨소? 난 문단속만 하고 바로 갈 거니까 빨리 해결해요."

"입주 청소는 안 하시게요?"

검은 우비가 여기 왔었을지도 몰라. 무슨 흔적이라도 남았는지 찾아내려 어둑어둑한 집을 빠르게 둘러보던 은주 씨가 시간을 벌기 위해 집주인에게 물었다.

"애기엄마 같으면 청소할 마음이 나겠수? 오늘 여기서 죽을 뻔했는데. 귀신 들린 집이라고 사람들이 피할까 봐 그게 걱정이오."

어둠이 불안한지 집주인이 주방과 거실의 불을 켰다. 이어 은주 씨도 화장실 가까이 다가가 불을 켰다. 생각지도 못한 광경에 은주 씨의 몸이 차갑게 얼어붙었다.

"……아저씨."

"뭐요?"

은주 씨가 화장실을 바라보며 멍하니 서 있자 이상한 낌새를 알아차린 집주인이 다가왔다.

"이게 다 뭐야?"

화장실 내부를 살펴본 주인이 놀라 소리쳤다. 바닥이며 벽, 거울 할 것 없이 모두 비누 거품이 말라붙은 흔적으로 엉망이었다. 집을 보러 온 사람이 수압 체크만 한 수준이 아니라 누군가 여기서 몸을 씻고 나간 흔적이 분명했다.

"아저씨가 보신 흰 연기, 수증기 아니에요?"

집주인이 얼빠진 표정으로 고개를 끄덕였다.

"그런가 봐……."

"그럼 그때 보신 게 귀신이 아니라 사람일 수 있겠네요."

집주인은 귀신보다 사람이 침입했다는 말이 더 무서운지 얼굴이 새하얗게 질리며 주저앉았다.

"다른 거 보신 거 없어요?"

그를 벽에 기대게 하고 은주 씨가 물었다.

"그러고 보니 뭔가 검은 게 휘날리는 걸 본 것 같기도 하고……."

"일단 경찰에 신고하세요."

얼빠진 집주인이 주머니에 들어 있던 핸드폰을 꺼냈다. 아니야, 지금 경찰에 신고하면 여긴 사건 현장이 돼. 그러면 더 이상한 소문이 날 거라고. 거기까지 생각이 미치자 순식간에 마음이 바뀐 은주 씨가 핸드폰 잠금을 풀려는 그의 손을 막았다.

"아녜요. 하지 마세요."

이제 막 집을 샀는데 가격이 떨어지게 둘 수는 없었다. 그제야 집주인도 정신이 드는지 이마빼기에 돋은 식은땀을 손수건으로 닦았다.

"됐어요. 애기엄마. 나도 그럴 생각 없어."

벽에 기대 있던 그가 허리를 세웠다.

"어차피 이 집에 집 보러 한두 명이 왔다 갔다 한 것도 아닌데, 뭐. 하루라도 빨리 팔아 치우는 게 상책이지."

베란다 문과 화장실 문을 꽁꽁 닫고 가스 밸브가 잠겨 있는지 확인한 뒤 도어 록 비밀번호를 바꾼 후에야 두 사람은 집을 나섰다. 그러는 동안 서로 말이 없었다.

"그럼 집 좋은 가격에 파세요. 집 보게 해 주셔서 고맙습니다."

"그래요. 애기엄마나 이상한 소문 내지 말고 잘 들어가요."

인사하고 돌아가는 은주 씨를 향해 집주인이 손을 흔들었다. 이내 다시는 얼굴을 보지 않을 사람처럼 얼굴을 싹 굳히고 각자 엘리베이터와 집을 향해 걸음을 옮겼다.

역시 자리가 사람을 만든다고 했나. 집주인이 되고 나니 신경 쓰이는 일이 한두 가지가 아니었다.

집 상태가 어떤지부터가 다시 궁금해졌다. 마음 같아서는 수시로 들락날락하고 싶었지만 사람이 살고 있는 집에 그럴 수는 없는 일이었다.

대신 은주 씨는 아후보라 앱을 자주 켜기 시작했다.

앱에 들어가 공작성운아파트를 누르자 사람들의 후기가 쏟아져 나왔다. 그중에는 자신의 것도 있었다. 이사 온 지 얼마 안 되어서 집에 불만이 많을 때라 침을 찍찍 뱉듯이 갈겨 쓴 글이었다.

— 층간 소음 심하고 주차 힘듦. 가격 싼 거 외에는 별 메리트 없음. 아파트나 주위 시설이 진짜진짜 많이 노후됨.

집주인이 되고 나서 세입자일 시절에 쓴 글을 보니 저절로 얼굴이 벌게졌다. 이미 많은 사람들이 봤는지 층간 소음은 뭘 말하는 거냐고 묻는 댓글도 있었다. 은주 씨는 얼른 자신의 후기를 지워 버렸다.

— 저평가된 아파트입니다. 마을버스로 두세 정거장만 가면 지하철 역이고 공원도 상가도 학교도 길 하나만 건너면 있어서 주변에 있을 건 다 있다고 보시면 되고요. 주차 문제야 구축치고 없는 데 있나요? 리모델링이나 재건축 기다려 봐야죠. 살기에 참 괜찮은 곳 같습니다. 강추!

뭐라고 써야 하나 싶어 이리저리 눈을 굴리다가 남들만큼만 하자 싶어 쓴 글이었다. 자신이 쓴 후기에 만족한 은주 씨가 뭔가 더 할 것이 없나 고민하다가 사진을 찍어 보려고 베란다로 나갔다. 하지만 반쪽짜리 산이 보이는 뷰로는 아무것도 할 수가 없었다. 오히려 앞 동이 가깝게 보여 더 역효과만 날 수도 있었다. 다른 사람들이 올린 멋진 뷰 사진들에 만족하기로 했다.

공작성운아파트의 뷰라며 사람들이 올린 사진 속엔 푸른 하늘 아래 아파트 앞 산의 모습이 봄, 여름, 가을, 겨울 알록달록하게도 들어 있었다. 그 정도면 공작성운에 관심 있는 사람들은 혹할 만했다. 이 사진을 찍은 사람들은 대체 어느 동 어느 층에 사는 걸까 생각해 보던 은주 씨가 다른 댓글로 눈길을 돌렸다.

─ 초월시 토박이예요. 성인되고 나서 이곳저곳 돌아다녀 봤지만 초월시만 한 곳이 없어 결국 돌아왔네요. 어른들도 친절하시고 아이들도 순합니다. 구축이 요즘 신축보다 더 튼튼하게 지어진 거 아시죠? 산이 가까워서 새 소리도 잘 들리고 창문 열어 놓고 자면 꼭 리조트에 온 것 같답니다.

자신보다 훨씬 후하게 쓴 후기 글도 있었고,

─ 강남까지 바로 가는 고속철도 교통망 확정! 이제 서울까지 30분 시대가 열립니다! 재건축 연한 30년 충족으로 공작성운은 오늘이

가장 쌉니다! 기회 놓치지 마세요!

뭘 그렇게 강조하고 싶었는지 느낌표를 잔뜩 넣은 데다 교통망 예상 노선도 이미지까지 첨부해 놓은, 거의 부동산업자 같은 후기도 있었다.

─ 초월시 아이 키우며 살기 편한 건 다들 아실 테고 아파트 앞에서 강남까지 한 번에 가는 광역버스도 여러 대 있어 얼마나 살기 좋은지 모릅니다. 강남 접근성이 이렇게 좋은데 이 가격은 말도 안 돼요. 확실히 저평가된 거 맞고 앞으로 공작성운 집값도 공작새처럼 훨훨 날아갈 겁니다~

희망적인 후기가 마음에 들어 좋아요를 누르려는데 댓글이 눈에 들어왔다.

─ 공작 못 날아요 ㅋㅋㅋ

─ 공작 날 수 있거든요? 학교에서 안 배우셨나 보네!

─ 학교에서 안 배운 건 그쪽이겠죠. 날아도 멀리 못 갑니다 ㅋㅋ 꼬리만 예쁘지^^

좋은 후기에는 좋은 말만 좀 해 줬으면 좋겠는데 꼭 이렇게 초를 치는 인간들이 있었다. 언짢음에 꾹 다문 은주 씨의 입술 아래로 골이 팼다.

─ 노인분들 많이 사시고 전체적으로 조용하긴 한데 구림. 시설도 구리고 좁고 놀이터에서 술 마시는 애들도 많음. 난 이사 갈 거임.

자신이 지난번에 쓴 후기와 비슷한 글도 많이 보였다. 이런 후기 하나하나가 아파트의 얼굴인데 스스로 자기 얼굴에 똥 칠하는 거란 걸 모르는 걸까. 아니나 다를까 댓글로 싸움판이 벌어져 있었다.

　—노인분들도 많이 사시지만 저희 같은 젊은 신혼부부도 많이 살아요~ 근처에 학교가 많아서 학생들이랑 학부모들도 많이 살구요. 시설이요? 저희는 살면서 불편한 거 하나도 없었는데……. 그리고 애들이 술 먹고 떠드는 거 저는 한 번도 못 봤어요. 아파트 이미지 망치지 마시고 이 글 내려 주세요.

네 말이 맞다, 내 말이 맞다 하며 싸우는 것도 꽤 볼만하기는 했다. 하나는 어떻게든 입을 열려고 하고 하나는 어떻게든 닫으려고 하니. 세입자가 쓴 듯 솔직한 후기들이 몇몇 더 있었지만 그중에도 유난히 눈에 거슬리는 것이 하나가 있었다.

　—거지발싸개 같은 아파트 띄우려고 애들 쓴다 ㅋㅋㅋ 그런다고 니네가 서울 될 것 같냨ㅋ 꿈 깨라 그리고 9동대표 한태진 개쓰레기 새꺄 넌 평생 이사 가지 말고 여기 살아라 앙?ㅋㅋㅋ

유독 조롱조가 심한 글이었다. 뭐가 불만인지도 말하지 않고 9동대표에게 원한이 있는 것 같아 보였다. 이런 글도 관리를 안 하다니. 갑자기 앱 운영진에게 화가 치밀었다.

똑똑똑.

아무래도 한 소리 해야겠다 싶어 댓글을 달려는데 누군가 현관문을 두드렸다.

"누구세요?"

"저예요. 8호요."

익숙한 목소리에 문을 열어 보니 끝집여자가 서 있었다.

"무슨 일이세요?"

후기 앱을 보다 보니 감정이 격해진 은주 씨가 자신도 모르게 날선 태도로 말을 내뱉었다.

"안녕하세요!"

어느새 현관으로 달려온 지안이가 제 엄마의 겨드랑이 아래로 고개를 쏙 내밀었다. 아는 사람이 찾아오니 여간 반갑지가 않은 모양이었다. 그런 지안이의 모습에 여자가 귀여운 듯 웃었다.

"이번에 시골에서 수박이랑 참외가 많이 올라왔는데 혼자서는 다 못 먹을 것 같아서요. 혹시 괜찮으시면 같이 드실래요?"

그렇게 얼떨결에 1408호에 들르게 된 은주 씨였다. 지안이가 신난 듯 덩실덩실 춤을 추며 집 안에 들어서자 여자가 아이를 껴안으며 웃었다.

"오늘은 회사 안 가세요?"

자신의 집과 같은 구조였지만 어딘가 낯설게 느껴졌다. 책장으로 침실 공간과 거실을 구분해 놓고 군데군데 책이랑 빔 프로젝터 같은 취미용품만 눈에 띌 뿐 깔끔했다. 어딘가 분위기 있는 집을 보고 있자니 자신도 결혼을 하지 않았다면 이렇게 살았겠다 싶었다. 짐을 쑤셔 넣을 공간만 있다면 죄다 쑤셔 넣은 탓에 뭐가 어디 있는지 아직 알 길이 없는 자신의 집을 생각하자니 속으로 한숨이 나왔다.

"오늘은 휴가예요."

좌식 탁자에 수박과 참외를 큰 쟁반에 담아 대령한 여자가 대답했다.

"놀러 안 가시고요? 날씨도 좋은데."

좀 덥기는 했지만 간만에 화창한 날씨이기는 했다.

"남편도 회사 가고 없어서요. 혼자 다니면 재미없기도 하고. 딱히 재미있게 놀 돈도 없고요."

그런 말을 하는데도 전혀 사람이 궁색해 보이지가 않았다. 오히려 인간적이라는 생각이 들 정도였다. 자연히 은주 씨의 뾰족했던 마음도 사르르 녹아 없어졌다.

"아유, 깨가 쏟아지네. 나 같으면 하루 휴가 생기면 혼자라도 놀러 가겠다."

부부 사이가 좋은 게 부러워서 한 말이었지만 순간 지안이가 자신을 짐짝 취급한다고 오해할 수 있을 것 같다는 생각에 은주 씨가 뒤늦게 헙 하고 자신의 입을 막았다. 지안이는 그런 엄마의 마음을 아는지 모르는지 끝집여자의 품에 안겨 여자가 깎아 주는 참외를 얌전히 받아먹고 있을 뿐이었다.

"지안아, 맛있어?"

"네. 맛있어요."

아이가 먹기 편하도록 씨까지 발라 가며 과일 조각을 건네는 모습이 마치 어미 새와 아기 새 같다는 생각이 들 정도였다.

"애들 좋아해요?"

"네. 좋아하죠."

지안이를 바라보는 끝집여자의 눈에서는 꿀이 떨어지고 있었다.

"그럼 하나 낳지 그래요. 잘 키울 것 같은데."

칭찬할 의도였지만 뒤늦게 상대가 기분 나빠할 수도 있다는 생각이 들었다.

"아아, 있었어요. 유산했지만."

아무렇지 않은 듯 지안이가 참외를 꼭꼭 씹어 삼키는 것을 흐뭇하게 바라보던 여자가 고개를 들어 희미하게 웃었다.

"미안해요. 이런 말 함부로 해서."

상대가 남의 일인 듯 아무렇지 않게 대답하자 은주 씨는 오히려 더 민망해져 허둥대며 말했다.

"아녜요. 괜찮아요. 그때 아이도 생기고 청약도 예비당첨자까지 됐는데 한 번 유산하고 나니까 애도 더 이상 오지 않고 청약도 미끄러져 버리더라고요. 그리고 이젠 애 하나 가지고 청약 당첨될 수 있는 세상도 아니고요."

은주 씨는 애가 여섯은 있어야 청약에 당첨될 수 있다던 민정의 말을 떠올렸다. 끝집여자는 한번 입이 터지니 자기 말을 줄줄 늘어놓았다. 아마 얘기할 상대가 많이 고팠던 모양이었다.

"사실 이제는 자신도 없고요. 둘 다 그렇게 잘 버는 직업은 아니거든요. 둘이 평생 벌어도 이런 집 하나 살까 말까 하기도 하고, 양쪽 집안에서도 돈 대 줄 수 있는 형편은 아니라……."

"그건 그렇지만……. 그래도 대출 받아서 사 보면 어떻게든 되지 않을까요? 아니면 갭도 있고……."

"갭이요? 그렇게 했다가 다음 세입자 못 구하면 어떻게 해요?"

끝집여자가 눈을 동그랗게 뜨며 물었다. 순진한 건지 아니면 고고한 척하는 건지 몰라 은주 씨의 입술이 비뚤어졌다. 자신도 투자를 시작한 지 얼마 되지 않았으면서 상대를 속으로 비웃고 있었다.

"그거야 어떻게든 되겠죠."

"어휴, 저는 간이 작아서……."

끝집여자가 도리도리 고개를 저었다. 이내 푸념이 이어졌다.

"처음에 월세로 시작하니까 집값은 뛰고 또 뛰고…… 월급으로 아무리 아껴 쓰고 쪼개도 집값 뛰는 건 못 따라 가더라고요. 아마 저희한텐 여기 전세가 최선일 것 같아요. 그리고 원래 남의 애가 제일 귀엽다잖아요."

끝집여자가 하하 웃으며 너스레를 떨었다. 은주 씨도 더 이상은 무슨 말을 건네기 어려웠다. 다디단 수박 한 조각이 씁쓸한 뒷맛을 남기며 목구멍으로 넘어갔다.

"잘 먹었습니다."

"그래. 지안이 또 놀러 와."

"얻어먹기만 해서 어째요. 우리도 좀 대접해야 하는데……"

"아이고, 신경 쓰지 마세요. 집에 남는 게 있어서 좀 드린 건데요, 뭐."

끝집여자가 그들을 웃으며 배웅하고 돌아 나오기는 했지만 아무래도 이대로 집에 들어가자니 마음에 걸렸다. 아이스크림이라도 사다 줘야 하는 게 아닌가 싶어 지안이와 아파트 상가 슈퍼에 가기로 한 은주 씨였다.

"야, 나와! 안에 있는 거 다 알아!"

엘리베이터를 타고 1층에 내리자마자 고함과 함께 현관문을 쾅쾅 두들기는 소리가 크게 들려왔다. 엘리베이터에 탈 때부터 소란스럽더니 사람들이 아파트 복도에 나와 두리번대는 모습이 보였다. 어떻게 된 게 이 아파트는 하루도 조용할 날이 없단 말인가. 속으로 한탄하면서도 궁금해진 은주 씨가 소리의 근원지로 다가갔다.

"야, '슬픈벌꿀', 너지?"

더 이상 참을 수가 없었던지 현관문이 열렸다. 안에서 묵묵부답이길래 아무도 없는 줄 알았더니 그게 아닌 모양이었다.

"누구요?"

"나 몰라? 내가 '골드파리스'다, 이 새꺄. 동대표 말야!"

문을 두들기던 남자가 헤드록을 걸려는데 '슬픈벌꿀'이 잽싸게 몸을 피해 문을 닫아걸었다. '슬픈벌꿀'이니 '골드파리스'니 참 웃기는 닉네임 같다며 돌아서려는데 순간 머릿속에 무언가 스치고 지나갔다.

— 거지발싸개 같은 아파트 띄우려고 애들 쓴다 ㅋㅋㅋ 그런다고 니네가 서울 될 것 같냨ㅋ 꿈 깨라 그리고 9동대표 한태진 개쓰레기 새꺄 넌 평생 이사 가지 말고 여기 살아라 앙?ㅋㅋㅋ

아후보라 앱의 후기 작성자 아이디가 '슬픈벌꿀'이었다. '골드파리스'도 꽤 낯익은 아이디 중 하나였다. 아파트 상가 나무부동산의 가두리가 심하다면서 얄밉다고 불평하기도 하고 은주 씨처럼 칭찬 일색의 후기를 써 놓기도 했던 것이다.

"뭐야, 구경났어?"

사람들이 구름처럼 모여들자 동대표가 고개를 휙 돌려 소리쳤다. 눈이 시뻘겋게 충혈된 것이 당장이라도 손에 누가 잡히기만 하면 모가지를 비틀어 버릴 기세라 사람들이 어어 하며 물러났다. 위협적으로 구는 동대표를 피해 자기 목숨이 아까운 줄 알고 재빨리 문을 닫은 '슬픈벌꿀'이 현명하다는 생각이 들었다.

"아이고, 동대표님. 고정하십시오."

어느새 소식이 닿았는지 뒤늦게 경비 할아버지가 달려왔다. 상대가 동대표이니 속 시원하게 뭐라고 하지도 못하고 쩔쩔매는 모습이 안쓰러울 지경이었다.

경비 할아버지가 동대표를 태워 올려 보내고 나서야 구경거리가 없어진 사람들이 입맛을 다시며 흩어졌다. 동대표 혼자 타고 올라간 엘리베이터가 15층에서 멈춰 섰다.

"어이구. 저러다 뭔 일 하나 나도 크게 나겠구먼."

은주 씨와 같은 방향으로 공동 현관을 나서던 아주머니 하나가 혀를 끌끌 찼다. 그러고 보니 아주머니의 얼굴도 어딘가 낯이 익었다. 이사 온 지 얼마 안 돼서 있던 동대표 선거 홍보물에서 본 얼굴 같았다. 남들과 다른 독특한 인상이라 분명히 기억하고 있었다. 그때 사진 속 아주머니는 무당처럼 화려한 한복을 입고 있어서 못 알아볼 뻔했지만 푸르게 옅어진 눈썹 문신 하나만은 똑같았다.

"저 사람 전에 칼부림도 나서 감옥도 갔다 왔다던데?"

은주 씨가 듣고 있으니 신명이 나는지 아주머니가 마구 지껄이기 시작했다. 아주머니의 마수에 걸려든 은주 씨가 결국

참지 못하고 물었다.

"그런데 동대표를 시켜요?"

"일이야 제일 많이 하긴 하니까. 여기저기에 잔소리를 많이 하거든. 소유주들이야 집값 올려 주는데 열심인 사람 뽑을 수밖에 없지. 저렇게 눈이 벌게져서 돌아다니는데."

그것만 가지고는 충분한 설명이 될 것 같지 않았는지 아주머니가 비밀 얘기를 하는 듯 입을 가리고 은주 씨의 귀에 소곤거렸다.

"여기 공작성운 소유주 전체 톡방에서 재건축이니 리모델링이니 해서 얘기하다가 싸움도 났어. 놀이터로 나오라고 해 가지고."

오래된 아파트들이야 다 그런 문제가 있다고 듣기는 들었지만 직접 겪는 건 처음이었다. 리모델링파는 훨씬 절차가 간단한 데다 재건축이 되면 자기가 원하는 위치의 집을 얻지 못할까 봐 그러는 것이겠고 재건축파는 리모델링을 할 경우 집 구조가 미워진다고 생각하는 데다 용적률을 올려서 수익을 올리고 싶어 하는 사람들이 많았다.

"리모델링된 집은 세로로 길어져서 난 보기가 좀 그렇던데. 꼭 동굴 같아져서."

아주머니는 묻지도 않은 말을 하며 툴툴거렸다.

"단체 톡방은 어떻게 들어가요?"

은주 씨도 이제 어엿한 공작성운아파트의 소유주였으므로 단체 톡방에 들어갈 자격이 있었다.

"아파트 상가 앞에 현수막 못 봤어? 거기로 들어가면 돼."

아주머니는 말을 끊을 생각이 없는지 계속 재잘거렸다.

"하여간 저이는 재건축을 하자고 우기고 리모델링 원하는 사람은 그쪽이 훨씬 빠르니까 그쪽으로 하자고 우기고. 머리 아프다니까."

그러면서도 아주머니는 새로 바뀔 집을 생각하면 기분이 좋은지 웃음이 떠나지 않았다. 소유주만이 지을 수 있는 미소였다.

"저분도 어지간히 싸움꾼이신가 봐요."

이제는 아주머니가 떠나 주길 바라면서 은주 씨가 대충 맞장구를 쳐 주었다.

"다들 가진 게 이 집 하나뿐이니까 필사적이지, 뭐. 우리 같은 사람들 인생에 큰돈 쥐어 볼 기회가 이거 하나밖에 더 있어."

귀찮아하는 은주 씨의 기척을 알아챈 건지 아니면 정말 할 일이 있었는지는 몰라도 아주머니는 관리사무소 앞에서 볼 일이 있다며 떠나 버렸다. 은주 씨도 지안이를 데리고 편의점으로 향했다.

끝집여자가 어떤 종류의 아이스크림을 좋아할지 몰라 바 아이스크림과 팥빙수, 샤베트 같은 것들을 종류별로 잔뜩 사들고 들어오는데 지안이가 말을 꺼냈다.

"엄마, 근데 저번에 학교 갔다 오는데 그 아저씨가 경비 할아버지 보고도 뭐라고 했다?"

지안이의 '그 아저씨'라 함은 동대표를 말하는 것이리라.

"왜? 뭐라고 했는데?"

"경비 아저씨가 원래 아파트 구석에서 고양이 밥 줬잖아."

"응."

경비 할아버지가 사람이 뜸한 시간을 이용해 지하실 창문 앞에서 고양이들의 밥을 주는 것을 몇 번 본 적이 있었다.

"그거 저 아저씨한테 들켰거든. 아저씨가 엄청 화냈어. 그래서 경비 할아버지가 얼굴이 파래져서 막 빌었어. 미안하다고."

"그래?"

은주 씨가 맞장구쳐 주자 그날의 기억이 더 생생해지는지 지안이가 세차게 고개를 끄덕였다.

"응. 저 아저씨가 경비 할아버지 막 자를 거라면서 무섭게 화냈어. 아까처럼."

지안이가 바라본 동대표의 얼굴이 어땠을지 충분히 짐작이 갔다. 마치 죄인을 잡아 가두는 도깨비 같은 표정이었을 것이다. 물론 고양이 밥 주는 일이 마음에 안 들 수는 있었지만 동대표는 주위 사람들을 너무 심하게 압박했다. 게다가 경비원이 대체 무슨 힘이 있는가.

안 그래도 주민들에게 이런저런 민원을 듣고 있는 형편에 동대표라면 그야말로 권력자다. 경비원 할아버지는 오늘 아침처럼 동대표 앞에서 쩔쩔매고 있었을 것이다.

"안녕하세요."

"안녕하세요."

마침 화단 앞을 지나는데 맞은편에서 땀을 뻘뻘 흘리며 빗자루를 들고 오는 경비 할아버지의 모습이 보였다.

"선생님. 이거 하나 드세요."

지안이의 말을 듣고는 그를 그냥 지나치기가 어려워 봉투에 들어 있던 아이스크림 중 하나를 건넸다.

"네? 아이구, 고맙습니다."

난데없이 호의를 받게 되니 당황한 경비 할아버지가 은주 씨가 건넨 아이스크림을 받아들었다. 주름진 얼굴이 밝아진 경비 할아버지를 보자 타인을 친절로 놀라게 했다는 것이 뿌듯해진 은주 씨도 마주 보며 웃었다.

쿵!

그때 무언가가 은주 씨와 지안이 옆을 쌩하니 스치고 굉음을 내며 추락했다. 순간 세상의 모든 소리가 먹혀 버린 듯 아무것도 들리지 않았다.

에어컨 실외기였다.

너무 놀라 악 소리도 내지 못한 은주 씨가 올려다보자 느슨해진 에어컨 실외기 받침대가 삐딱한 각도로 그들을 내려다보고 있었다.

6

발 없는 새

"지안아. 얼른 가자. 아빠 오셨대."

은주 씨가 도서관 어린이 자료실에 앉아 새로 들어온 어린이용 만화책에 빠져 있는 딸의 어깨를 두드리며 말했다.

"나 이제 거의 다 읽었는데⋯⋯조금만 더 있으면 안 돼?"

겨우 책 속에서 빠져나온 딸이 울상을 지으며 고개를 쳐들었다.

"나중에 다시 와서 읽어."

엄마의 설득에 못 이긴 지안이가 읽던 책을 덮고 가까운 북트럭에 꽂아 넣었다.

"얼른 가자."

은주 씨가 지안이의 손을 잡아끌었다. 도서관을 나서며 축축한 우산을 펴려던 은주 씨가 도로 접어 넣었다. 오전 내내 퍼붓던 비가 이제는 내리지 않았다. 다만 하늘은 언제든 비를 내릴 준비가 되어 있다는 듯 얼굴을 잔뜩 찌푸린 채 은주 씨와 지안이를 내려다보고 있었다.

실외기가 화단에 처박힌 지도 벌써 며칠이 지났다. 일이 있은 직후 경찰이 오고 난리가 났지만 명확한 원인을 찾지는 못한 상태였다. 혹시나 싶어 옆집에도 찾아가 봤지만 집 안에 들어가게 해 주지를 않았다.

자신도 위험했지만 아이가 크게 다칠 수도 있었다. 화가 난 은주 씨가 따지자 실외기 주인은 경찰이 있을 땐 무엇이든 해 줄 듯이 싹싹 빌었지만 막상 실외기 주인이 고의로 한 일이라는 증거를 찾지 못하고 경찰이 돌아가고 나서는 입을 싹 닦았다. 결국 은주 씨는 호석을 초월시로 불러 올렸다.

"아니, 요즘 시대가 어느 시댄데 아직도 실외기가 바깥에 달려 있어요? 이거 불법인 거 몰라요?"

9동에 도착하자 호석이 이미 실외기 주인을 향해 고함을 치고 있었다. 실외기가 베란다 바깥에 달려 있는 집들이야 고개만 돌려봐도 아직 수두룩했지만 일단 크게 내지르고 보는 모양이었다.

"미안합니다. 이게 워낙 예전에 설치한 거라……. 이렇게 될 줄 몰랐네요."

실외기 주인이 쩔쩔매며 땀이 나는 두 손을 문질렀다. 의도한 것은 아니겠지만 어쨌든 사고가 났으니 두 손을 모으고 공손히 호석의 말을 듣는 수밖에 없었다.

은주 씨가 고개를 들어 빈 실외기함을 올려다보았다. 실외기는 13층에서 떨어진 것이었다. 은주 씨네 바로 대각선 아랫집이었다. 실외기가 사람 대신 화단에 떨어져서 천만다행이었다.

"어른이 다쳐도 문제지만 애가 맞았으면 어쩔 뻔했어요?"

호석이 실외기가 떨어진 화단을 가리키며 말했다. 체격이 좋은 호석이 허리에 손을 얹고 큰 소리를 치자 남자가 움찔하며 한 걸음 뒤로 물러섰다. 호석보다 나이가 조금 더 들어 보이는 남자였다.

박살이 난 실외기의 모습이 처참했다. 하필 탑층 남자가 떨어진 바로 그 화단이었다.

"죄송합니다. 다신 이런 일 없게 할게요."

며칠 전 은주 씨가 따질 때는 고압적이었던 실외기 주인이 호석에게 고개를 숙였다.

실외기 주인이 자신은 뭘 건드린 적이 없다고 너무나 강력하게 주장하는 데다 옆집 쪽 나사만 풀려 있는 게 어쩐지 의심스러워서 사건 직후 아랫집을 찾아갔던 은주 씨였다.

'옆집 실외기가 떨어졌다고요?'

문을 열어 준 아주머니는 정말로 무슨 일이 일어났는지 모르는 눈치였다.

'이쪽 나사만 풀려 있더라고요. 혹시 베란다에 가서 확인 좀 해 봐도 될까요?'

그러나 은주 씨가 집 안으로 들어가도 되겠느냐고 묻자 나른하기까지 해 보였던 그녀의 안색이 싹 바뀌었다.

'모른다니까요! 우리는 아무 상관도 없는 일인데 왜 남의 집에 들어온다 만다예요!'

'잠깐이면 되는데……'

'이제 남편 올 때 다 됐어요. 애 아빠가 이런 일 알면 큰일 나니까 어서 가요. 어서!'

은주 씨의 부탁에도 아줌마는 문틈으로 손을 내저었다. 그녀의 어깨 뒤로 잠깐 젊은 남자의 음산한 눈동자가 이쪽을 쳐다보는 것이 느껴졌지만 이내 문이 닫혔다.

이번에 아랫집에도 호석이 가서 물어본다면 상황이 달라지려나? 은주 씨는 생각했지만 이미 실외기 앵글은 철거된 지 오래였다. 가 봐야 별 수확이 없을 게 분명했다.

"일단 얼마 안 되지만 이거라도 받아 주시죠."

"이게 뭡니까?"

호석이 실외기 주인이 내미는 흰 봉투를 의심스러워하는

표정으로 받아들었다.

"몇 푼 안 되긴 하지만…… 위로금입니다."

"누가 이런 돈 받자고 따지는 줄 아세요? 애나 우리 와이프가 잘못되기라도 했으면……!"

호석이 분한 듯 외쳤지만 그의 눈은 이미 엄지와 검지로 살짝 밀어 연 봉투 틈에 가 있었다.

"여보. 진정해. 일단. 응?"

그사이에 남편과 마찬가지로 봉투 사이로 드러난 지폐의 색과 두께를 가늠한 은주 씨가 호석의 팔을 잡아당겼다. 좀 놀라긴 했지만 그래도 아직 아무도 다치지 않았고 액수를 보아하니 미안하다는 말이 거짓은 아닌 것 같아서였다. 돈은 한 푼이라도 더 있는 게 좋으니까.

"앞으로 조심하세요. 아시겠어요?"

"네. 미안합니다."

헛기침으로 목을 가다듬은 호석이 호통을 치자 실외기 주인이 머리를 조아렸다.

그렇게 실외기 사건이 일단락되고 나서 며칠 지나지 않아 은주 씨에게는 또 돈 들어올 일이 생겼다.

—매수자가 왔어요. 지금 사무실로 올 수 있으세요?

삐죽사장이었다. 호가를 꽤 올려서 불러 놓았던 것이라 매수자가 나타날까 반신반의했지만 결국 매수자가 나타났다. 뛸 듯이 기뻤지만 은주 씨는 애써 떨리는 가슴을 진정시키고 근처에 있으니 조금 있다가 보자고 하고는 전화를 끊었다.

"지안아. 나가자."

"어디 가는데?"

"펠리컨부동산."

지안이는 외출용 가방을 어깨에 멘 엄마가 어디 놀이동산이라도 데려다줄 줄 알았던지 부동산에 간다고 하자마자 금세 시무룩한 표정을 지었다.

"얼른 나와, 얼른."

엄마가 연신 재촉하자 아이가 컬러링북을 칠하던 색연필을 내려놓고 자리에서 일어났다.

"엄마, 부동산 안 가면 안 돼?"

어지간히 가기가 싫은지 지안이가 엘리베이터 앞에서 몸을 배배 꼬며 물었다.

"너 그럴 거면 학원 가. 학원 끊어 줄 테니까."

매수자가 왔다는 연락에 함박웃음을 지었던 은주 씨였지만 아이가 투정을 부리자 기분을 잡쳤다. 날이 갈수록 인내심이 짧아지는 느낌이었다.

"아니야. 갈게. 화내지 마. 엄마."

엄마가 도끼눈을 뜨고 노려보자 지안이의 몸이 절로 펴졌다. 엘리베이터가 도착하자 아이가 축 처진 어깨로 엄마를 따라 철제 상자에 올라탔다.

"어. 편지 왔다."

1층에 내리자 지안이가 우편함에 꽂힌 봉투를 보고 강아지처럼 달려들었다.

"뭔데?"

"관리비."

먼저 글자를 읽은 지안이가 종이를 펼쳐 제 엄마에게 건넸다. 지난달보다 3만 원 정도 올라 있었다.

혹시 잘못 나온 건가? 고지서를 살펴보던 은주 씨가 공동 현관 앞에서 걸음을 멈췄다. 문득 부동산에 천천히 가는 게 좋겠다는 생각이 들었다. 매도인이 급해 보이면 함부로 가격을 깎으려 들 수도 있었다.

"엄마, 부동산 안 가?"

"응. 여기 좀 들렀다가."

은주 씨가 아이의 질문에 건성으로 대답하고는 관리사무소로 발걸음을 옮겼다. 마침 이번 달 관리비를 확인할 필요도 있었다.

"아니, 저희 애가 그걸 들었다니까요……."

낡은 유리문을 밀어 열자 아는 얼굴이 있었다. 아랫집 아줌마었다.

"선생님, 그건 알겠는데요. 그것만으로는 좀…… 할머니들 계실 자리가 거기밖에 없기도 하구요……."

아랫집 아줌마보다는 젊고 은주 씨보다는 나이가 많은 것 같은 직원이 어쩔 줄 몰라 하는 표정을 지었다. 아랫집 아줌마가 할머니들 의자를 걷어치우자고 건의를 하는 것 같았다.

"그렇게 하세요."

아랫집 아줌마 뒤에 선 은주 씨가 언제 끼어들어 자기 일처리를 해야 하나 망설이는데 누군가 문을 열고 들어오며 소리쳤다.

"아이고, 동대표님."

유난히 목소리가 큰 동대표였다. 그가 등장하자 뒤쪽 파티션 너머에 앉아 꼼짝하지 않던 관리소장이 일어나 깍듯이 인사했다.

"여기 관리사무소 벽에 붙어 있는 너절한 의자들 얘기하는 거죠?"

관리소장이 쩔쩔매는 모습이 익숙한지 별 반응도 없는 동대표였다.

"네……."

갑작스런 지원군에 당황한 아랫집 아줌마가 주눅 든 얼굴로 동대표를 아래위로 살폈다.

"그거 싹 걷어치우세요. 안 그래도 눈에 거슬렸으니까."

"하지만 노인분들 반발이……."

"안 그래도 아파트도 오래됐는데 그런 의자들 늘어놓으면 더 후줄근해 보여요."

결국은 아파트 인상이 나빠 보여 집값이 떨어진다는 소리였다.

"게다가 경로당이 없는 것도 아니고, 안 그래요?"

그가 건너편 복도에 있는 경로당을 가리켰다. 맞아. 저런 곳이 있었지. 은주 씨는 그제야 경로당이 그곳에 있었다는 걸 기억해 냈다. 언젠가 방충망 너머로 누렇게 찌든 벽지와 장판, 에어컨 하나 없이 천장에 매달린 낡은 선풍기 하나만 탈탈대며 돌아가는 것을 보고 자신의 마음도 거기 달린 형광등만큼이나 어두침침해지는 것 같아 다시는 쳐다보지 않던 곳이었다.

"……알겠습니다."

절대 움직이지 않을 것 같던 관리소장이 이내 고개를 끄덕였다.

"아니, 이걸 이렇게 두고 가면 어떻게 합니까."

관리사무소에서 나와 분리수거장을 지나치는데 큰 소리가 들려왔다. 이번에도 경비 할아버지였다. 팔꿈치까지 올라오는 빨간 고무장갑을 낀 경비 할아버지가 종이 분리수거 마대

앞에서 누군가에게 화를 내고 있었다.

"이거 보세요. 내가 안 그래도 이런 거 때문에 손을 다쳐 가지고……."

할아버지가 고무장갑을 벗자 흰 면장갑이 나왔다. 그것마저 벗자 살구색 붕대로 감싼 손이 드러났다. 지난번에 택배 기사와 싸우는 것도 봤지만 이렇게 화가 난 모습은 처음 보는 것 같았다. 할아버지는 화가 난 것 같기도 하고 슬픈 것 같기도 했다.

대체 뭐가 있기에 저렇게 노발대발하는가 싶어 조금 더 가까이 갔더니 검은색 후드를 뒤집어쓴 아랫집 남자가 서 있었다. 그가 손에 든 종이 박스 안에는 깨진 유리병 조각이 들어 있었다.

가끔 쓰레기를 버릴 줄 모르는 사람들이 종종 있었다. 시뻘건 라면 국물이 그대로 남은 스티로폼 용기를 던져 놓고 가는 사람은 양반이고, 플라스틱 배달 용기 안에 음식쓰레기를 그대로 남겨 놓고 분리수거함에 버려 놓고 가는 사람, 깨진 병 조각을 신문지에 싸서 종량제봉투에 버리지 않고 그대로 내 놓는 사람 등등 다양했다.

게다가 이런 여름에는 쓰레기 냄새들도 심해져 잠깐 버리고 마는 사람들도 숨을 참고 버려야 할 지경인데 직접 그 쓰레기들을 하루 종일 치워야 하는 경비원들은 오죽할까 싶었다.

"……."

아랫집 남자는 여전히 후드만 뒤집어쓴 채 말이 없었다. 경비 할아버지의 말을 알아들은 것인지, 수긍하는 것인지, 그것도 아니면 말없이 입만 꾹 다물고 적의를 드러내는 건지 알기가 어려웠다.

구경꾼처럼 마냥 서서 쳐다보는 것도 상대가 민망하겠다 싶어 지나가려는데 지안이가 등 뒤로 바짝 붙는 것이 느껴졌다.

"왜 그래, 지안아?"

은주 씨가 물어도 지안이는 엄마 옆구리에 찰싹 붙어 은신술을 쓰는 만화 캐릭터를 흉내 내는 것처럼 걸어갈 뿐이었다. 아이들 특유의 변덕인 걸까. 은주 씨는 더는 묻지 않고 펠리컨부동산으로 향하는 발걸음을 재촉했다.

"아니, 사정을 좀 봐주세요……. 네?"

"무슨 사정을 더 봐 달라는 거예요. 응?"

펠리컨부동산 앞에 도착하자 부부로 보이는 듯한 중년의 남녀와 아저씨 하나가 대화를 하는 것이 보였다. 순간 자기 매수인이 아닌가 해서 긴장했던 은주 씨가 자기들끼리 이야기를 나누는 그들을 지나쳤다.

"마침 근처에 있어서 다행이네요. 안 그래도 사겠다는 분이 있어서."

옛날식으로 입술 라인을 진하게 그린 삐죽사장이 은주 씨를 맞았다.

나무부동산에서 산 집이었지만 매물로 내놓기는 펠리컨부동산에 내놓았다. 사실 삐죽사장이 마음에 들어서 그랬던 건 아니었다. 오히려 그 반대였다.

처음 초월시로 넘어올 때 월세 집을 구하기 위해 이리저리 알아보던 시절 삐죽사장을 알게 되었다. 월세 세입자로 방을 구하는 은주 씨를 삐죽사장은 처음부터 별로 마음에 들어 하지 않았다.

쌀쌀맞은 태도로 은주 씨를 맞은 삐죽사장은 건성으로 공동으로 중개하는 방을 몇 개 보여 준 뒤 일주일 뒤에 다시 전화를 걸어 왜 방을 봤으면서 계약을 안 하느냐고, 뭘 더 해 줘야 하냐고 반협박식으로 말을 했던 사람이었다. '삐죽'이라는 별명도 매매 계약에 비해 돈이 별로 안 되는 손님을 마뜩치 않아 하는 그녀가 립스틱을 진하게 바른 입술을 삐죽거려서 붙인 별명이었다.

처음엔 그런 삐죽사장이 싫었으나 집주인이 되자 그가 집을 팔아 주기에는 적격이라는 생각이 들었다. 집을 팔기 위해서는 약자에게는 강하고 강자에게는 약한 그 성질머리를 이용하는 것이 딱이었다. 역시나 삐죽사장은 은주 씨의 예상을 한 치도 빗나가지 않았다. 세입자가 아닌 집주인으로 사무실 문턱을 넘어오자 표정이 달라졌던 것이다.

"그러게요."

마음 같아서는 뛸 듯이 기뻤지만 굳이 티를 내지는 않았다. 매수인 앞에서 급한 기색을 드러내 봐야 좋을 건 없었으니까. 마침 외출용 가방 안에 미리 챙겨 뒀던 터라 계약에 필요한 서류나 인감도장은 다 가지고 있는 상태였다.

집을 들고 있는 동안 벌써 남들 1년 연봉 정도가 올라 있었다. 직장에 다니지 않고도 한 방에 돈을 벌었다는 생각에 은주 씨는 세상을 다 가진 기분이었다. 순간 경매 학원 강사의 말이 떠올랐다. 난 일하는 사람들이 바보 같아 보여요. 기쁨을 억지로 참느라 눈앞이 어지러울 지경이었다.

은주 씨 어머니뻘의 아주머니가 집을 사기 위해 테이블 맞은편에 앉았다. 사실 누가 앉아 있든 돈을 주기만 하면 상관없는 은주 씨였다. 여기서 멈추지 말고 다른 걸 해야지. 흐물흐물 지쳐 있던 마음속에 불이 붙었다. 삐죽사장이 자리에 앉아 설명을 하고 매수인이 도장을 찍는 동안에도 돈을 어떻게 쓸까 싶어 은주 씨의 머리가 팽팽 굴러갔다.

이왕 돈이 생긴 김에 차를 살까. 임장 다니는데 지안이도 다리 아파하니까. 아니야. 집을 사야지. 갭이 좀 더 커졌으니까 상급지를 노리는 거야. 아니면 신도시 쪽은 어떨까. 그동안 찾아 두었던 아파트 목록들이 눈앞에 아른거렸다.

"남의 집을 하루아침에 이렇게 넘기는 게 어디 있습니까?"

"남의 집? 그게 왜 당신네 집이요?"

계약서에 이름을 쓰고 도장을 찍으려는데 갑자기 밖에서 큰 소리가 들려왔다. 은주 씨가 방금 펠리컨부동산에 들어올 때까지만 해도 조용히 얘기를 나누는 것 같았던 사람들이었다. 몇 마디 듣지 않아도 상황이 어떻게 돌아가는지 알 수 있었다. 집주인이 세금을 체납하는 바람에 집이 경매로 넘어가게 생긴 모양이었다.

다시 계약서에 집중하려고 하는데 자꾸만 귓구멍을 비집고 밖의 싸움 소리가 들려왔다.

"그 전세금 저희가 한평생 땀 흘려서 모은 돈이에요. 제발 부탁드립니다."

"아유, 돈이 있으면 갚지. 누가 떼먹고 싶어 떼먹습니까? 나라에서 말도 안 되는 걸 세금이라고 때리니까 그렇지. 나도 억울해요."

입으로는 억울하다면서도 집주인은 실실 웃고 있었다.

"경매 들어가면 오히려 돈 남을 수도 있어요. 요즘 워낙 불장*이니까. 그동안 낙찰까지 가면 말이지만."

집주인은 강 건너 불구경하듯 여유 만만한 태도였다. 꼭 남

---

* 집값이 치솟는 시장 상황.

의 일을 가지고 말하는 것 같았다.

"집도 많으시다면서요? 좀 봐주세요."

집주인은 임차인들의 사정에도 뻔뻔한 얼굴이었다.

"그게 무슨 상관이야?"

"아니, 조치훈 사장님! 한 사람이 한 아파트에 무슨 집을 열두 채를 가지고 있어요?"

어떻게 남의 집 가진 사정을 다 아나 싶었지만 한 아파트에 열두 채를 가지고 있으면 소문이 날 만도 했다.

"난 여기 동네가 하도 공기도 좋고 살기가 좋으니까 내가 살려고 여러 채 사 둔 거지. 남이사 집을 열두 채를 사든 백 채를 사든 무슨 상관이야?"

"살려고 사신 거라고요? 무슨 분신술이라도 쓰시는 겁니까? 투기 아니에요?"

임차인의 '투기'라는 비난에도 집주인은 눈 하나 깜빡하지 않는 모양새였다.

"자기 돈으로 자기가 사고 싶은 거 산다는 데 누가 말려?"

"참 나. 그것도 무슨 공장에서 찍어 나오는 사도 되고 안 사도 그만인 물건일 때나 얘기지. 사람이 집 없이 어떻게 삽니까? 발 없는 새도 있어요?"

매수인이 목에 핏대를 세운 채 바닥을 쪼며 돌아다니는 비둘기들을 가리켰다.

"비둘기도 다만 한 줌의 땅이라도 내려앉아서 먹이도 먹고 물도 마셔야 사는 거지. 인간도 저녁에는 돌아와 쉴 집이 있어야 하는 거예요. 근데 당신 같은 사람들이 집 싹쓸이해서 책임도 안 지는 게 새 발목 자르는 거랑 뭐가 다릅니까? 허공 위 구름에 사는 사람도 있어요? 집이 열 채든, 백 채든 책임을 져야 할 것 아닙니까?"

밖에서 나는 큰 소리에 계약서를 쓰는 은주 씨의 손이 조금 느려졌다. 지안이는 아예 몸을 반쯤 돌려 구경하고 있었다.

"내다보지 마."

괜히 불똥이 튈까 은주 씨가 지안이의 어깨를 붙잡아 돌렸다. 결국 삐죽사장이 뛰어나갔다.

"아유, 동네 시끄럽게 하지 말고 가세요. 자기 힘으로 집 한 칸 마련 못 하는 사람이 이래라저래라 무슨 성인군자라도 되는 것처럼……. 안 가면 영업 방해로 경찰 부를 거예요."

삐죽사장이 파리를 쫓듯 씩씩대는 임차인을 쫓아내고 집주인을 사무실 안으로 들인 다음 유리문을 닫았다. 손자국이 남은 유리창 너머로 허탈한 듯 입을 떡 벌린 부부의 얼굴이 눈에 들어왔다.

"돈 있으면 이보다 더할 것들이 꼭 나서서 사람 기분 더럽게……. 우리가 뭐 남의 돈을 뺏었나, 응? 발품 뛰어서 번 거를……. 못 주워 먹는 놈이 바보지."

삐죽사장이 편을 들어 주니 더 힘이 펄펄 나는지 집주인이 뿌연 유리창에 대고 손가락질을 해 댔다.

"그러니까요. 있으면 더할 놈들이 꼭 저렇게 난리를 피운다니까."

삐죽사장이 한마디 덧붙인 뒤 리모컨을 들어 에어컨 온도를 낮췄다. 팔에 그대로 와 닿는 냉기에 오소소 소름이 돋았다. 은주 씨 마음에 거품이 이는 듯 뭔가가 부글거렸다. 마음속에서 뭔가가 기울어진 것 같은 기분이 들었지만 계약서를 읽고 도장을 찍는 데 집중했다.

"아니. 저런 사람들한테는 사장님 같은 분들도 따끔하게 말을 해 줘야 하는 거예요. 억울하지 않으세요? 집 몇 채 갖고 있는 게 대체 뭐가 대수라고 우리가 저런 소리까지 듣습니까?"

그래도 분이 안 풀리는지 매도인은 다 작성한 계약서를 넘기는 은주 씨에게까지 성토했다. 은주 씨의 매수인도 그 이야기를 듣고 있었다. 좀 말려 줬으면 싶어 은주 씨는 삐죽사장을 쳐다보았지만 그녀는 계약서를 확인하느라 여념이 없었다.

"어디야?"

부동산에서 나오자마자 은주 씨는 호석에게 제일 먼저 전화를 걸었다. 이번 주 주말은 호석이 오기로 한 날이었다. 에어컨 실외기 사건 이후 호석은 주말에 빼놓지 않고 초월시에 들르려고 했다.

— 응. 나 도착했어. 8동 앞에 주차하려고.

"여보, 우리 오늘 외식할까?"

— 그래. 알았어. 나 근데 잠깐만.

왜 갑자기 전화를 끊지, 무슨 일이 있었나 싶어 호석이 주차했다던 8동 앞으로 서둘러 가 보기로 했다.

"제가 먼저 대고 있는데 갑자기 엉덩이를 들이미시면 어떡합니까."

끊을 때 들린 호석의 노기 띤 음성이 마음에 걸린다 싶더니 옆에 있던 승합차 운전자와 싸움이 벌어져 있었다.

"아빠!"

지안이가 오랜만에 보는 아빠를 반가워하며 달려가 안기는데도 호석은 싸우느라 정신이 없어 보였다. 초월시 아파트들이 대부분 그렇듯이 공작성운도 지상 주차장밖에 없어 원래 주차 자리 때문에 말이 많기는 했지만 이렇게 자기 가족이 싸움이 날 거라 생각하지는 못했던 은주 씨가 자리에 멈춰 섰다.

"너 언제부터 여기 살았어? 나 여기 토박이야, 이 새끼야."

급기야 상대가 멱살을 쥐자 호석이 금세 뿌리쳤다.

"토박이든 붙박이든 무슨 상관입니까? 주민이 주차장에 차

한 대 대는 건데."

덩치가 큰 호석이 험악하게 인상을 쓰며 다가서자 남자는 당황한 듯 한 발 물러섰다. 경찰을 불러야 하는 상황이 올까 봐 은주 씨가 얼른 둘을 뜯어말렸다.

"같은 동네 사람들끼리 왜 이러세요. 같이 살아야죠."

이내 비가 다시 쏟아지기 시작했다. 남자가 운 좋은 줄 알라는 듯 침을 한번 뱉고 자기 차로 돌아갔다.

비가 오니 어디 나가기도 애매해서 결국 치킨을 시키고 식탁에 둘러앉았다. 꽉 차 버린 거실을 보며 호석이 정말 이 집에 들어와도 될까 심각하게 고민해 보는 은주 씨였다. 호석이 돌아와서 좋기는 했지만 한편으로는 더 비좁아진 느낌에 빨리 가 줬으면 싶기도 했다.

"세상에 뭐 이런 데가 다 있어. 아니, 주민이 차 한 대 댈 공간도 없으면 어떻게 하자는 거야."

아내나 아이에게 먼저 양보할 만도 하련만 아무에게도 먼저 권하지 않고 냅다 닭 다리를 집어 뜯어 먹는 호석이 미련해 보이면서도 안쓰러웠다.

"오늘은 그래도 운이 좋은 거야. 평일은 7시, 주말은 6시만 되면 꽉 차 버려서 이중 주차도 못 해."

지안이에게 남은 닭 다리를 쥐여 주고 닭 날개를 뜯던 은주 씨가 대답했다.

"다음에 와서 자리 없으면 괜히 사람들이랑 실랑이하지 말고 도로에 주차해."

"그거 불법 주차 아니야?"

"주말에는 단속 안 해. 공무원들도 쉬어."

세대 대비 주차 대수가 0.5대 정도밖에 안 되는 공작성운아파트였다. 은주 씨야 차가 없어 큰 불편을 느끼지는 못했지만 주민들이 주차 자리 때문에 매일 눈치 싸움을 한다는 건 잘 알고 있었다.

이중 주차는 기본이라 어딜 나가려면 남의 차를 있는 힘껏 밀어야 했고 그러다 보면 힘 조절을 잘 못해 접촉 사고가 날 때도 있었다. 그것도 밀 수 있으면 양반이었다. 이중 주차한 차가 사이드 브레이크를 단단히 채우고 나가기라도 하면 전화를 해서 주인이 나올 때까지 기다려야 했다.

"여긴 관리사무소가 관리를 어떻게 하는 거야? 차단기도 설치 안 되어 있던데. 외부 사람들도 마구 주차해 놓고 나가는 거 아니야?"

"그래도 주민 스티커는 줘. 관리하는지 안 하는지는 나도 자세히 안 봐서 모르지만."

"은주야. 여기 어떻게 사니. 이사 가자."

닭을 뜯던 호석이 깊게 한숨을 내쉬며 칭얼거렸다.

"어디로 이사 갈 건데? 지안이 초등학교 졸업할 때까진 여기서 버티자며. 지금 집값이 다 올라서 이사 가기도 힘들어."

알아볼 생각은 하지도 않으면서 속 편하게 이건 이래서 싫고 저건 저래서 싫다며 투정하는 호석이 곱게 보일 리 없었다. 이 집도 은주 씨가 애써 찾은 집 아니던가. 부루퉁한 호석의 얼굴을 애써 무시했다.

"좀만 참아. 나 이번에 돈 벌었어."

"돈?"

호석이 투덜대는 것이 보기 싫어 꺼낸 말이었지만 오늘 치킨을 시킨 이유이기도 했다. 은주 씨는 은근한 자부심이 가슴에 차오르는 것을 느꼈다.

"이번에 집 샀다 팔면서 좀 벌었어."

호석이 달라고 할까 봐 구체적인 액수는 말하지 않았지만 은주 씨의 얼굴에 간만에 핀 미소가 그 규모를 알려 주고 있었다.

"진짜야? 대체 어떻게 한 거야? 그거 돈 버는 게 쉬운 일이 아니라던데."

호석이 눈을 가늘게 뜨고 의심스러운 얼굴로 은주 씨를 바라보았다.

"뭐 이상한 거 하고 다니는 거 아니지?"

"믿기 싫으면 믿지 마."

은주 씨의 표정이 진지한 것을 보고 거짓말이 아니라는 걸 알아챈 호석의 눈이 커졌다.

"얼마 벌었는데?"

"다음에 다른 집 투자할 거야. 못 줘."

은주 씨가 콧방귀를 뀌었다.

"누가 달래? 이야, 백은주 성공했네, 응?"

흥분한 호석이 손에 쥔 치킨을 놓고 아내를 일으켜 끌어안은 뒤 제자리에서 빙그르르 돌았다. 호석의 행동에 꿍해 있던 은주 씨가 까르르 웃음을 터뜨렸다. 오랜만에 사이좋은 엄마 아빠의 모습을 지켜보던 지안이의 얼굴도 모처럼 밝아졌다.

"이야, 백은주. 현모양처네, 현모양처. 응? 이제 우리 집안도 일으키는 건가?"

"설레발치지 마."

호석이 자신을 내려놓자 은주 씨가 웃으며 남편의 가슴을 툭 쳤다. 그러면서도 남편의 너스레가 싫지 않았다. 오히려 당연히 받아야 할 훈장같이 느껴졌다.

주머니에서 부르르 떠는 핸드폰을 꺼내자 메시지가 도착해 있었다. 휴지에 대충 기름기를 닦은 은주 씨가 화면을 밀어 열었다.

— **인증 완료되었습니다. 초월시 공작성운아파트 소유주 단톡방에 오신 것을 환영합니다.**

미리 1층 로비에서 찍어 두었던 QR코드를 통해 가입했던 소유주 단톡방에서 온 답장이었다. 아파트 소유자임을 증명하는 등기부등본과 매매계약서를 인증하느라 조금 시간이 걸린 모양이었다. 이미 팔고 난 집의 계약서였지만 운영자가 그런 것까지 따질 것 같지는 않았다. 곧 다음 집을 살 테니 여차하면 그걸 들이밀어도 된다.

앞으로 공작성운 집을 사고팔려면 집주인들의 동향을 알아 두는 게 좋을 것이다. 은주 씨는 이제야 단톡방에 들어온 것을 후회했다. 집주인들이 어떻게 하는지를 알면 조금이라도 매수인에게서 더 받아 냈을 수도 있었을 테니까.

— 안녕하세요. 잘 부탁드립니다.

은주 씨가 재빨리 핸드폰을 쥐고 인사를 하자 여기저기서 안녕하세요, 반가워요 하는 등의 인사말들이 날아왔다.

— 위에 공지 사항 확인하세요~

— 동의서 받고 주민 설명회 진행하는 건가요?

— 이번에 더올림 건설도 참여하나요?

— 현수막은 붙어 있던데요.

— 현수막이야 다들 붙이죠. 주민들 눈에 한 번이라도 들어야 하니까.

— 저는 한평건설이 좋던데.

— 브랜드는 더올림이 낫죠.

— 지난번에 친구 집들이에 가 보니까 르메이어 쪽도 구조 잘 빠졌던데요.

— 일단 리모*인지 재건축인지부터 결정이 나야 할 텐데……

누군가 그 말을 꺼내자마자 화기애애하게 흘러가던 단톡방에 티슈에 불을 붙인 듯 화르륵 설전이 일어났다.

— 무조건 리모죠.

— 아니죠, 재건축이죠. 조금 기다리더라도.

— 늦으면 경쟁에서 뒤처집니다. 빨리 갈 수 있는 리모델링으로 가야 해요.

— 안 돼요. 재건축을 해야 사업성이 있죠. 안 그래도 용적률도 높은 데……

— 초월시 아파트치고 용적률 안 높은 데 있나요? 그러니까 더더욱 리모로 가야 하는 거예요.

결국 네가 낫네 내가 낫네 하며 단톡방에서 싸움이 붙었다. 난 어차피 곧 던지고 나갈 건데 싶어 리모델링이나 재건축 중 어느 쪽에 입을 대야 할 것인가 고민하던 찰나에 누군가 지금의 싸움과는 전혀 상관없는 말을 꺼냈다.

— 그건 그렇고 요즘 아파트에 이상한 소문 돌던데 들으셨어요?

마치 찬물을 끼얹듯 과열되었던 단톡방에 싸한 분위기가 감돌았다.

— 뭐가요?

— 이상한 사람 돌아다닌다는 소문 돌던데. 밤에 검은 옷 입은 사람.

---

* 리모델링의 줄임말.

─ 헐 저도 검은 티셔츠 자주 입는데 ㄷㄷ

─ 무슨 일 있었대요?

─ 저도 잘은 모르는데……

사람들이 궁금해하자 그가 긴 말을 꺼내려는 듯 텀이 길어졌다.

─ 사담 자제해 주세요. 여기 그런 거 얘기하는 방 아닙니다.

아, 혹시…… 은주 씨도 물어보려 깜박이는 커서를 누르는데 방장이 엄숙한 말투로 경고했다.

─ 네. 알겠습니다.

제지당한 것이 못내 기분이 나빴는지 그가 뾰로통한 태도로 답하고는 방을 나가버렸다.

그렇다고 해도 나갈 것까지 있나 했던 은주 씨도 다시 리모델링과 재건축 사이의 말싸움으로 화제가 옮겨 가자 단톡방 알림을 끄고 메신저 화면에서 빠져나왔다. 뭔가 정보를 좀 얻어 보려 했는데 싸움 구경만 실컷 하다가 나온 느낌이었다. 금세 피곤해진 은주 씨가 손바닥으로 부어오른 눈두덩을 꾹 눌렀다.

"뭐가 그렇게 재미있어?"

지안이를 안고 함께 어린이 영화를 보던 호석이 하품을 길게 했다. 장거리 운전을 하고 와 피곤한 데다 배까지 불렀으니 이제 30분 내에 잠을 자겠다는 신호였다. 은주 씨가 옆에 앉아 다음에 살 갭 투자 물건을 보는 것이 신기한지 말을 던졌다.

"아파트 좀 보고 있어. 나 요즘 투자하잖아."

"영화 볼 거면 같이 좀 보지."

이제 애는 네가 맡으라는 말이었다. 은주 씨는 하루 종일 애를 돌보는데 고작 2시간짜리 영화도 같이 못 봐 주면서 툴툴대는 것이 얄미웠다.

"나 바빠."

"야, 당신 이렇게 보니까 꼭 복부인 같다?"

호석의 신호를 모르는 척 돌아앉으니 호석이 이제는 새롱새롱 은주 씨를 놀리기 시작했다.

"뭐 하는 거야? 지금 나 놀려? 아까는 돈 벌었다니까 현모양처라더니?"

"아니, 자기 하는 짓이 그러니까……."

발끈한 은주 씨가 핸드폰을 내려놓고 버럭 하자 호석이 입술을 삐죽였다.

"엄마, 아빠아……."

부모가 싸움이 날 것 같으니 불안한지 지안이가 영화를 잠시 멈춰 놓고 양옆으로 부모의 옷자락을 잡아당겼다.

"넌 오랜만에 남편을 보는데 무슨 말도 못 하게 하냐?"

"내가 나 혼자 살자고 이래? 저번에 지안이 학원 다니고 싶어 한다고 했잖아. 지금 사는 집 이사를 가고 자시고 하기 전에 애 교육은 똑바로 시켜야 할 거 아니야. 그래서 내가 돈 좀 벌겠다고 하는데 그게 그렇게 우스워?"

"엄마아……."

지안이 안절부절못하며 은주 씨의 낡은 티셔츠가 목이 휜히 드러나도록 잡아당겼다.

"무슨 말을 그렇게 하냐? 그럼 나는 뭐 회사 놀러 다녀? 나도 돈 벌어다 줄려고 열심히 일하잖아. 나 혼자 명주시에 떨어져 가지고 혼자 밥해 먹고 빨래하고 청소하고 하면서……. 누군 안 외롭고 재미나게 사는 줄 알아?"

"아빠아……."

지안이는 얼굴이 발개져서 이제 거의 울고 있었다.

"그렇게 외로우면 당신이 애 데리고 가서 같이 있든가."

"야, 백은주. 너 말이 너무 심한 거 아니야?"

결국 호석이 자리에서 일어서 허리에 손을 짚었다. 안 그래도 신경이 날카로워져 있던 은주의 눈에서 불이 났다.

"왜, 치려고? 도와주지는 못할망정 와이프 놀리는 게 그렇게 재미있니? 어디 한번 쳐 봐. 쳐 보라니까?"

은주 씨도 자리에서 일어서 호석의 가슴에 머리를 들이댔다. 지안이가 둘 사이에서 말리려고 발바닥에 불이 붙은 것처

럼 방방 뛰었다. 세상의 모든 물을 모아 퍼부으려는지 빗줄기
가 바람을 타고 창문을 때리는 소리가 더욱 거세졌다.

7

비비추 사이에서

이제 9월이 다 되어 가는데도 비는 그칠 기미가 없어 보였다. 굵은 빗줄기가 쏟아지자 고양이들은 비를 피할 수 있는 지붕 아래를 떠나려 하지 않았다. 1층 베란다 아래에 앉아 부서진 시멘트 벽돌 사이에 웅크린 고양이들이 고개를 빼고 빗방울이 커튼처럼 내려오는 모습을 바라보고 있었다. 나무 위에 앉아 서로 말을 건네며 지저귀던 새들도 어디로들 떠났는지 흔적이 없었다.

　"엄마, 저기 봐."

　우산을 펴 들고 막 공동 현관 계단을 지나려는데 지안이가 계단 아래 비비추가 한창인 화단을 가리켰다. 무성한 초록빛 비비추 잎 사이에서 고양이가 얼굴을 퐁 하고 내밀었다가 지안이가 자신을 가리키자 쑥스러운지 잎 아래로 쏙 하고 사라졌다. 노란 우비를 입은 지안이가 까르르 웃으며 박수를 쳤다. 오랜만에 보는 행복해하는 얼굴이었다. 그래도 여름 방학이 끝나고 친구들을 많이 만나 밝아진 것 같아 다행이었다.

얼마 전 은주 씨는 아파트 상가 내의 카페에서 이상한 소문을 하나 주워들었다. 지안이의 개학 날이었다. '카페 코코'는 작고 오래되어 혼자 생각을 정리하기 좋은 장소였다. 프랜차이즈 카페처럼 음악이 크게 나오지도 않고 자리도 몇 개 없어 사람이 많이 오지 않았다. 무엇보다 좋은 것은 커피 값이 싸다는 거였다. 동네 카페이니만큼 오래 앉아 있으면 눈치가 보였지만 지안이가 학교에 가거나 친구 집에 갔을 때 잠깐 앉아 있기에는 딱이었다.

그날도 그렇게 카페에 앉아 핸드폰을 켜고 다음 매수 목록에 든 아파트들을 훑어보고 있는데 기둥 너머로 아는 목소리가 들려왔다.

'민율이 요즘 중학교 수학 배운다며? 잘해?'

지안이와 같은 반인 성희 엄마 목소리였다.

'그냥 그렇지 뭐. 처음 배우니까. 일단은 진도 따라가는 거에 만족하려고.'

아니나 다를까 민율 엄마 특유의 거들먹거리는 목소리도

기둥 너머로 들려왔다. 1군 건설사 '양동'에 다니는 애 아빠 재력을 바탕으로 아직 초등학생인 아이를 낮에는 학원에 보내고 밤에는 과외를 돌리는 민율 엄마였다. 그런 극성 덕분에 각종 사교육 정보에 밝은 그녀였기에 성희 엄마를 비롯한 다른 엄마들이 학원 정보를 물어보러 그녀의 뒤를 시녀처럼 졸졸 쫓아다니곤 했다.

'지안이는 학원 안 다녀요?'

하교하는 아이들을 기다리며 성희 엄마가 물어왔을 때 네하고 심상히 대답했던 은주 씨는 곧 민율 엄마 앞에서 그 대답을 한 것을 후회했다. 팔짱을 끼고 대답을 듣던 민율 엄마가 명백한 조롱의 눈빛을 쏘아 보내며 콧방귀를 뀌고 있었기 때문이었다.

'뭐, 아직 어리니까.'

민율 엄마는 단지 그 한마디를 한 뒤 은주 씨에게서 등을 돌렸지만 은주 씨는 그 뒷모습에서 '어리다'는 표현이 지안이의 나이가 어리다는 것이 아닌 자신이 어리석다고 말하는 것임을 느꼈다.

그 후로 민율 엄마는 물론 그녀와 친한 성희 엄마와도 아파트 단지 내에서 마주칠 때 어색한 눈인사를 나누는 게 전부였다.

민율 엄마 쪽에서는 은주 씨가 기둥에 가려 보이지 않았고 성희 엄마는 평소처럼 민율 엄마만을 쳐다보느라 기둥 옆에 은주 씨가 앉아 있는 줄 모르는 듯했다.

이대로 나갔다가는 눈에 띌 게 뻔했다. 일단 저들이 나갈 때까지만 버티자. 은주 씨는 조용히 몸을 웅크렸다. 그때였다.

'그거 들었어? 까치6단지 이제 재건축될 거라는데.'

빨대로 커피 빨아올리는 소리와 함께 민율 엄마 특유의 거만한 목소리가 들려왔다.

'와, 진짜? 작년에 한다고 듣긴 들었는데. 빠르네.'

'거긴 워낙 단합이 잘 되니까. 이번에 양동이 맡을 건가 봐.'

누가 자기 남편 양동에 다니는 거 모를까 봐. 은주 씨는 기둥 너머에서 몰래 입술을 삐죽였다.

'세상에, 잘됐다. 그럼 이름도 바뀌는 거야?'

'그렇겠지?'

'아, 부럽다. 요즘엔 새 아파트 지으면 이름이 엄청 길게 바뀌던데. 우리 아파트는 재건축 안 되나? 나도 이름 지을 수 있는데. 초월피콕……'

'시청이 근처에 있으니까 센트럴 붙여야지.'

성희 엄마가 아파트 이름을 짓기 시작하자 민율 엄마도 거들었다.

'앞에 나무 많은 언덕 있으니까 힐?'

'그건 너무 짧아. 포레스트 어때?'

서로 주거니 받거니 하며 아직 지어지지도 않은 아파트 이름을 이러쿵저러쿵 지어 붙이는 모습이 창문에 비쳤다.

'성운을 영어로 바꾸면 네뷸러니까……'

'초월피콕센트럴포레스트네뷸러11단지?'

그녀들이 한숨에 다 부르지도 못할 긴 이름에 와하하 웃음을 터뜨렸다. 문득 공작이라는 이름이 낡은 아파트에 비해 터무니없게 화려하다는 생각이 들어 은주 씨도 조금 웃었다.

'아이고, 길다. 택시 한번 타면 이름 불러 주는데 하루 다 가겠네.'

배꼽을 잡던 민율 엄마가 휴우 하고 한숨을 내쉬더니 갑자기 조용해졌다. 설마 여기 있는 걸 들킨 건가. 은주 씨는 보이지 않는 민율 엄마의 시선을 더듬으려 흰색으로 칠해진 콘크리트 기둥만 쳐다보았다.

'성희 엄마, 여기 집 자가지?'

다행히 자신이 여기 있는 걸 알아챈 건 아닌 것 같았다. 화제가 다른 곳으로 넘어가자 은주 씨가 겨우 코로 숨을 내뱉었다.

'응. 근데 왜?'

'이 말, 아무 데도 하지 마. 알았지?'

몸을 잔뜩 성희 엄마 쪽으로 기울인 채 얘기하고 있는 듯 목소리가 한층 작게 들렸다.

'왜. 무슨 일인데 그래?'

'자기 우리 애 아빠 양동 다니는 거 알지?'

'응. 파트장까지 한다며. 능력 좋잖아.'

'그래. 근데 이번에 양동이 초월시로 올 거래.'

'진짜?'

예상치 못한 소식에 성희 엄마의 목소리가 커졌다. 쉿 소리를 낸 민율 엄마가 카페 안을 확인하는 듯 정적이 이어졌다.

'이제 며칠 안으로 발표 날 거야. 집 절대 팔지 말고 꼭 붙들고 있어. 적어도 몇천은 오를 거니까.'

'알았어. 고마워. 민율 엄마.'

놀란 성희 엄마가 입을 막은 채 고개를 끄덕이는 모습이 창문 위로 비쳤다. 은주 씨의 심장도 덩달아 쿵쾅거렸다.

그게 벌써 사흘 전이었다. 이렇게 가도 되는 걸까. 겨우 이 정도 얄팍한 정보로.

부동산으로 향하던 은주 씨의 걸음이 조금 느려졌다. 이런 걸로 승부수를 던져도 되는 거야? 스스로에게 묻는데 문득 민정의 얼굴이 떠올랐다. 넓은 집과 민정의 여유로운 웃음이 지난번의 만남 이후로 은주 씨의 머릿속에서 떠나지 않았다.

나도 그렇게 되고 싶다.

그러려면 수단과 방법을 가리지 말아야 했다. 의문이 들어도 이미 마음먹은 이상 가는 수밖에 없었다. 은주 씨가 걸음을 아까보다 더욱 빨리했다.

"안녕하세요."

"아, 사장님. 오셨어?"

펠리컨부동산의 문을 열고 들어가자 TV를 보던 고개를 돌려 얼굴을 확인한 삐죽사장이 익숙한 듯 은주 씨를 맞아들였다.

아이러니하게도 지난번 펠리컨부동산 앞에서의 소동을 계기로 여기로 찾아오게 된 은주 씨였다. 공작성운에 열두 채의 집을 가진 남자를 보고도 아무렇지 않게 받아들이는, 오히려 그를 보호해 주는 삐죽사장의 모습을 보고 마음을 굳혔다. 샘사장이라면 분명 갭 투자를 하려는 은주 씨를 말릴 게 뻔했기 때문이었다. 그리고 자신이 집을 팔거나 임대를 줄 때는 세입자 입장만 챙겨 줄 것 같아서였다. 자신이 세입자일 때는 샘사장이 좋았지만 집주인이 되고 나니 가두리를 당하는 것 같다는 생각에 샘사장이 눈에 거슬렸다.

"오늘은 무슨 일로 오셨어요?"

"저 공작성운 몇 채 더 사 놓으려구요."

"그래요?"

아니나 다를까 삐죽사장이 은주 씨를 웃으며 반겨 주었다. 집을 산다고 하니 그녀의 태도가 한여름 아스팔트 위의 아이스크림처럼 살살 녹는 것이 보였다.

"아유, 잘 생각하셨어요. 일단 갭 끼고 사 놓으면 오르는 건

시간문제라니까. 하여간 영리한 분이셔."

계약을 부추기는 삐죽사장이 미리 나와 있던 물건을 보여 주었다. 대충 삐죽사장이 보여 주는 핸드폰 화면 속의 집을 확인한 은주 씨는 실제로 가 보지도 않은 채 그 자리에서 집을 계약했다.

"조금 있으면 조 사장님이랑도 어깨를 나란히 하시겠네."

멀리 사는 집주인과 통화를 끝낸 후 계약서를 갈무리하던 삐죽사장이 홍홍 웃었다.

"조 사장님이요?"

삐죽사장이 말하는 것이 누군지 몰라 은주 씨가 물었다. 파일에 계약서를 끼워 넣던 삐죽사장이 은주 씨를 쳐다보지도 않은 채 대답했다. 오늘 은주 씨 건만 해도 섭섭지 않게 수수료를 챙긴 상태였다.

"왜요, 일전에 여기서 만났었잖아요. 조치훈 사장님. 공작성운 열두 채 가지신……."

"아……."

삐죽사장이 그 사람에게 하는 걸 보고 이리로 오긴 했지만 세입자들의 황망해하던 얼굴이 떠오르자 은주 씨의 배 속이 쿡쿡 쑤셨다. 그래, 책임만 질 수 있으면 돼. 자본주의 사회에 내가 내 돈으로 물건 산다는 데 뭐가 어때서. 은주 씨는 가슴을 폈다.

민율 엄마 말대로 양동의 본사 이전이 확정만 된다면 집값이 뛸 것은 자명한 일이었다. 만약 생각대로 일이 굴러가 주기만 한다면 돈을 버는 거야 어렵지 않을 것이다.

다음엔 초월시 대장 아파트인 호크톱클래스를 살 수 있을지도 모른다. 그 생각을 하니 절로 가슴이 부풀었다. 어쩌면 지안이를 차도를 건너지 않고도 학교에 다니게 해 줄 수 있을지도 모른다.

전세금으로 폭탄을 돌리고 있는 거나 마찬가지였지만 어쨌든 소유자 명의는 은주 씨로 되어 있었다. 계약서만 보고 있으면 밥을 안 먹어도 배가 부른 것 같았다. 입이라도 맞출 듯한 태도로 계약서를 들여다보던 은주 씨가 씩 웃으며 가방 안에 계약서가 들어간 클리어 파일을 집어넣었다.

"사모님 한창 힘 받으신 것 같은데 이왕 하시는 거 이번에 과감하게 써 보시는 거 어때요? 9동 사신다 그랬죠? 거기 살던 분도 저랑 같이하고 돈 많이 벌었어."

은주 씨를 지켜보던 삐죽사장이 붉은 입술 사이로 상앗빛 이빨을 드러냈다.

"혹시 탑층 사시던 분 얘기하시는 거예요?"

얘기가 잘 통하겠다 싶었는지 삐죽사장의 얼굴이 밝아졌다.

"네. 아세요?"

"그분 얼마 전에 돌아가셨잖아요. 빚 때문에 돌아가신 거 아니냐는 얘기도 있던데."

웃는 얼굴로 은주 씨의 말을 듣던 삐죽사장이 아차 하는 표정으로 얼굴이 확 붉어졌다.

"아니, 난 연락이 없길래……."

낭패다 싶었는지 삐죽사장답지 않게 횡설수설이었다. 이참에 물어봐야겠다 싶었던 은주 씨가 그 틈을 파고들었다.

"그분 왜 돌아가셨는지 아세요?"

"나야 모르죠. 물건 팔 때만 연락했으니까."

그러나 삐죽사장은 재빨리 거북이 등딱지처럼 단단한 가면을 쓴 채였다.

"뭐 이상한 거 못 보셨어요?"

"글쎄요. 사람들이 요즘 뭐가 돌아다니네 마네 하긴 하더니만. 헛것을 봤나 보다 했지 뭐."

답답해진 은주 씨가 캐물었지만 삐죽사장은 평소처럼 뻔뻔한 얼굴로 잘 모른다는 듯 얼버무릴 뿐이었다.

누가 자기가 죽였다고 했나. 은주 씨가 부루퉁하게 입술을 내밀었다. 그래도 그만두겠다는 생각은 들지 않았다. 겨우 그거 가지고 돈이 걸린 일을 망치고 싶지는 않았다. 자리에서 일어선 그녀가 계약서가 든 가방을 옆구리에 착 붙였다.

"오늘도 그대와 장미꽃 인생."

삐죽사장의 정성 어린 배웅을 받고 콧노래를 부르며 아파트 현관에 돌아와 우산을 터는데 누군가 1층 베란다 아래에서 웅크리고 앉아 있는 것이 눈에 띄었다.

검은 우비였다.

은주 씨는 순간 자신이 꿈을 꾸는 줄 알았다. 자칫 모르고 지나갔을 수도 있었다. 비에 젖어 검게 번질거리는 등을 내려다보던 은주 씨가 이내 빠른 손놀림으로 우산을 갈무리하고 걸음을 옮겼다.

그건 그냥 악몽이었을 뿐이야. 난 헛것을 본 거고 저 사람은 화분을 거두거나 빗물 받는 사람이겠지. 아니면 이번에도 내가 헛것을 본 걸 수도 있고. 헛것을 본 것인지 아닌지는 그에게 다가가 보면 알 일이었지만 어쩐지 발이 떨어지지 않았다. 가능한 한 빨리 그 장소에서 벗어나고 싶었다.

턱.

그렇게 자리를 떠나려 두어 발짝 옮기던 은주 씨는 다시 홱 몸을 돌려 계단 난간 아래로 손을 뻗었다. 어쩌면 지금이 아니면 검은 우비를 잡을 수 없을지 모른다. 집값 떨어지는 일이 생기기 전에 자신의 손으로 막아야 한다는 생각에 순간 겁이 없어졌다.

"으악!"

그러나 비명은 검은 우비의 것이 아닌 은주 씨의 것이었다. 무작정 붙잡긴 했지만 반쯤은 그가 귀신일 거라고 생각했다.

그러나 얇은 우비 아래로 느껴지는 것은 인간의 체온이었다. 깜짝 놀란 은주 씨가 손을 뗐다. 온몸에 소름이 돋았다.

검은 우비가 몸을 일으켰다. 이어 날카로운 고양이 울음소리와 함께 있는지도 몰랐던 고양이가 어둠 속을 뛰어 달아나는 것이 보였다.

고양이 울음소리에 정신을 차린 은주 씨가 아파트 현관 계단을 내려가 화단을 나오는 검은 우비를 붙잡았다. 깊게 눌러 쓴 모자 아래로 얼굴이 보이지 않았다. 당장이라도 손을 뻗어 모자를 벗기고 싶었지만 지금의 자신으로서는 팔의 옷깃을 붙잡는 것이 최선이었다. 머릿속으로는 CCTV가 어디 있는지 생각하며 눈으로는 주변에 도와줄 만한 사람은 없는지 끊임없이 찾고 있었다. 왜 하필 이런 때에 경비실에는 아무도 없고 귀가하는 이웃들조차 없는 걸까.

퍽.

"악!"

그때 검은 우비가 그녀의 손을 뿌리치고 어깨를 밀쳤다. 그 바람에 젖은 바닥에 나동그라진 은주 씨가 비명을 질렀다.

"내 계약서!"

은주 씨는 가방 안에서 쏟아진 계약서가 비에 젖을까 재빨리 파일을 끌어안았다. 그 순간만큼은 눈앞에 검은 우비가 있다는 공포도 거의 느껴지지 않았다.

마치 신줏단지 모시듯 가방을 끌어안은 채 주저앉아 있자 검은 우비가 이쪽으로 한 걸음 다가왔다. 일어나고 싶었지만 다리에 힘이 들어가지 않았다. 그의 손에 들려 있던 동그란 과자 같은 것이 한 움큼 바닥에 쏟아졌다. 그것은 개나 고양이 같은 동물에게 먹이는 사료였다. 사료 알갱이들이 빗속에서 녹아 금세 바닥에 달라붙었다.

"조심하는 게 좋을 거야."

빗줄기가 점점 굵어지고 있었다. 검은 우비의 목소리가 지직대는 옛날 TV 속 소음처럼 들렸다. 어디선가 들어 본 것 같기도, 아닌 것 같기도 했다.

"아줌마도, 딸도."

하지만 그가 누굴 위협하는 것인지는 똑똑히 들렸다. 멀어지는 그를 붙잡아야 한다고 머리로는 수십 번 생각했지만 몸이 움직이지 않았다.

"엄마, 왜 그래?"

여느 때같이 졸린 눈을 반쯤 뜨고 귀로는 뉴스를 들으며 얼굴은 시리얼 그릇에 파묻고 있던 지안이가 고개를 들었다.

엄마가 숨이 턱 막힌다는 표정을 짓고 있으니 걱정이 된 모양이었다.

"아냐. 너 만화나 봐."

지안이에게 일일이 설명할 필요도, 그럴 수도 없는 은주 씨가 손을 뻗어 다시 태블릿 화면을 켰다. 보통 때 같으면 숙제를 다 하고 난 저녁에야 만화를 보게 허락하는 은주 씨였지만 지금은 지안이보다도 자신이 어린이 애니메이션을 더 원했다.

교육 방송 채널을 찾아 지안이가 좋아하는 만화를 틀자 화면 속 주인공들이 환하게 웃음을 터뜨렸다. 저번에 띄엄띄엄 보았을 때는 곤경에 처해 있는 것 같았는데 어느새 수렁에서 빠져나온 모양이었다. 그 웃음소리를 들으니 아까보다 한결 마음이 놓이는 것 같았다. 방금까지만 해도 눈치를 보던 지안이도 어느새 화면 속으로 빠져들어 있었다.

경찰에 바로 신고했어야 했나. 지금이라도 할까. 멍하니 화면을 들여다보던 은주 씨의 머릿속에 검은 우비에 대한 생각이 떠올랐다. 아냐. 신고한다 해도 뭐라고 말할 건데. 비 오는 날 검은 우비 입은 남자가 화단에 앉아 있는 걸 봤어요? 미친 사람이라고 하겠지.

적어도 검은 우비가 귀신이 아니라는 건 알았잖아. 그러나 검은 우비가 귀신이 아니라 사람이라는 것이 좋은 것인지 나쁜 것인지 알 수 없었다. 사실 사람인 쪽이 더 무서웠다. 게다가 직접 경고하지 않았는가. 조심하라고, 아줌마도 딸도……. 그가 지안이를 해칠 수도 있다는 생각을 하니 치가 떨렸다.

그래, 신고해야겠어. 그녀의 손이 태블릿 옆에 두었던 핸드폰으로 향했다.

아니야. 화면을 켜고 비밀번호를 입력하는 손가락이 느려졌다. 소란을 피우면 이상한 소문이 나서 집값에 영향을 줄지도 몰라. 양동의 본사 이전이라는 대형 호재에 배팅했지만 사람 일이야 어떻게 될지 모르니 약간의 리스크도 허용할 수 없었다. 은주 씨는 지금 공작성운에 모든 것을 걸고 있었다.

아냐. 부동산은 불패야. 금리가 그렇게 빨리 오를 리도 없고 오른다 해도 아파트는 무조건 우상향인걸. 은주 씨는 핸드폰을 뒤집어 다시 테이블 위에 놓은 채 마치 더러운 것을 씻어 내듯 눈을 감고 검은 우비의 모습을 머릿속에서 지워 내려 노력했다. 그리고 다시 눈을 떠 화면 속 주인공들의 당당하고 여유 있는 환한 웃음이 자신의 것이 되기를 바라며 뚫어지게 노려보았다.

내내 비가 오다가 해가 난, 정말 드문 날이었다. 모든 게 쾌청하게만 보였다. 사람들도 다 밖으로 나와 걷고 싶어 하는 것 같았다.

날씨가 좋은 데다 토요일이라 다들 어디로 나들이를 가는지 차 트렁크에 캠핑용품을 챙기는 가족들이며, 돗자리를 들고 공원에 가는 사람들이 보였다. 부러워하는 기색을 감추지 못하는 지안이의 시선이 또래 여자 아이의 분홍색 치마끈을 길게 따라갔다.

아이와 함께 가까운 곳에 소풍이라도 갈까 잠시 생각했지만 은주 씨는 이번 외출에도 부동산에 들러 공작성운 안에서 적당한 매물이 없는지 또 찾아볼 작정이었다. 전화로 할 수도 있었지만 중개사들도 사람이다. 전화 한 통만 해 버리고 마는 사람과 얼굴을 보여 주면서 얘기를 나누는 사람이랑은 대우가 다를 수밖에 없었다. 좋은 먹이를 찾으려면 자주 돌아다녀야 했다.

점심시간 막 식사를 하고 나온 것인지 관리사무소 옆 풀밭에 해바라기 할머니들이 나와 있었다. 오랜만에 보는 얼굴들이었다. 원래 놓여 있던 의자가 없어져 할머니들은 보행기를 끌고 나오거나 작은 돗자리를 펴 옹기종기 앉아 있었다.

"여기가 원래 새 무덤이었잖아."

"새 무덤?"

"그래. 7동에 민아 할머니 알지, 이번 봄에 요양원 들어간. 그 사람이 여기 토박이였잖아."

늙어서 이제 털이 부숭부숭 빠진 몰티즈를 안은 할머니가 기밀이라도 된다는 듯 고개를 기울이며 속닥거렸다.

"글쎄 들어보니까 여기가 늪이었다는구먼그래. 보통 늪이 아니라 연고도 없는 사람들 시체 걷어다가 아무렇게나 던져 놓는 곳이었대잖아. 그래서 새들이 그거 뜯어 먹으려고 달려들었다가 늪이 어찌나 깊은지 내려앉는 족족 가라앉아 버렸대."

때로는 숨기고 싶은 사람들 시체도 가져다 놨겠지. 할머니들의 이야기를 엿들으며 은주 씨는 몰래 입을 비쭉거렸다.

뚜껑을 따 오렌지주스를 한 모금 마신 몰티즈 할머니가 남들이 모르는 이야기를 해 주는 것이 재미있는지 입맛을 쩍쩍 다셨다.

그래서 이 아파트에 유난히 새가 많은가. 지금 딛고 있는 발아래가 질척질척한 늪이었을 것을 생각하니 어쩐지 으스스했다.

"난 그런 얘기 들어 본 적 없어."

갈색 푸들을 안은 할머니가 말하자 몰티즈 할머니가 어깨를 으쓱했다.

"빈 땅이 있으니 그냥 내버려 둘 수가 있나. 싹 밀고 아파트 지어 버린 거지. 그때 굿을 한판 시원하게 했어야 했는데."

그러자 할머니들이 웅성거렸다.

"그렇게 입 싹 씻으면 되나."

"그러니까. 원래 없었던 척 모르는 척한다고 있던 사실이 없어지냐구. 누굴 닭대가리로 아나……."

"그래서 그 이후로 여기 원혼이 떠돈대. 그럼 그 혼백을 잡아가려고 저승사자가 돌아다니는겨?"

"그럼 좋게? 흥, 저승사잔지 원혼인지 어떻게 알아."

한낮인데도 등골이 오싹해지는 이야기였다. 화제를 돌리려 일부러 은주 씨가 먼저 인사했다.

"할머니. 안녕하세요."

할머니들이 나누는 이야기를 못 들은 것인지 아니면 들어도 별로 무섭지 않은 것인지 지안이가 할머니들에게 씩씩한 목소리로 인사했다.

"애기 안녕, 잘 지냈어?"

지안이를 알아본 할머니들이 몸을 굽히며 인사를 받아 주었다.

"애기엄마. 얼굴이 많이 상했네."

뒤에서 멀찌감치 떨어져 지안이가 귀여움받는 모습을 바라보고 있는데 할머니 중 하나가 은주 씨에게 말을 걸었다.

"아, 네……."

예전 같으면 웃으며 말을 받아 주었을 은주 씨였지만 이제는 그런 가벼운 관심조차도 부담스럽게 느껴졌다. 아직 습기가 가시지 않은 날씨 때문인가. 은주 씨는 이상하게 요즘 들어 세상이 자신을 비난하는 것 같이 느껴졌다.

할머니들에게 뭐라도 말을 걸어야 할 것 같은 기분이 들은 은주 씨는 주위를 돌아보다 항상 관리사무소 벽에 기대어져 있던 의자들이 사라진 걸 발견했다. 동대표가 명령하고 간 이후로 치운 모양이었다.

"의자가 없어졌네요?"

마치 전혀 몰랐던 일인 양 은주 씨가 물었다.

"그러게. 우리가 앉아 있는 게 꼴 보기 싫어 그런가. 그래서 사람들도 다 안 나왔어."

그러고 보니 예전보다 숫자가 확연히 줄어든 것이 느껴졌다.

경로당도 있는데 왜 저러나 몰라. 은주 씨는 의자가 사라진 것이 속으로 은근히 쌤통이라고 생각했다. 경로당이 관리사무소 안쪽에 있어서 빛도 안 들어오고 퀴퀴한 냄새가 난다는 건 아는 사실이었지만 노인네들이 눈에 띄어 봐야 집값만 떨어지지 하는 생각에서였다.

"네, 그럼……."

이만하면 됐다 싶어 대충 고개를 숙여 보이고 지안이의 손을 잡아끌고 가려 하는데 황색 포메라니안을 안은 할머니 하나가 말을 걸었다.

"애기엄마, 조심해."

"네?"

"요즘 이 근처에서 이상한 소문이 돌더라고……."

백내장에 걸린 듯 약간 흐릿한 눈빛을 가진 포메라니안이 은주 씨를 쳐다보는지 아니면 허공을 쳐다보는지 알 수 없는 표정으로 올려다보고 있었다. 순간 개가 사람 말을 하는 듯한 착각을 느낄 정도였다.

"무슨……."

은주 씨는 자기도 모르게 미간에 힘을 주었다. 할머니가 자기 험담을 하려 하는 줄 알고 화가 났던 것이다. 하지만 할머니의 입에서 나온 말은 전혀 다른 것이었다.

"9동에 귀신이 있대."

품에 안은 개와 마찬가지로 멍한 얼굴이 중얼거렸다.

"원혼이…… 저승사자 같이 차려입은 사람이 눈이 벌게 가지고 집을 찾아가려고 하는데 자기 집을 못 찾아간대. 가족들이 이사를 갔는지 아니면 집을 잘못 찾아왔는지. 천둥 번개 치는 밤에 문 위에 붙어 있는 호수를 읽으면서 걸어 다닌다는 거야."

"할머니……."

당황한 은주 씨가 할머니를 말려 보려 했지만 속사포처럼 쏟아지는 말의 폭포를 막을 수는 없었다.

"1604호를 그렇게 찾는대. 그런데 알지? 우리 동에는 15층까지만 있는 거. 그러다 문이 열린 집을 발견하면,"

침을 잘못 삼켰는지 잠시 사레가 들린 할머니가 기침을 했다.

"찾았다. 우리 집…… 하면서 들어간다는 거야."

말을 마친 할머니는 마치 고장 난 인형처럼 그대로 살짝 입을 벌린 채 은주 씨를 올려다보고 있었다. 할머니의 모든 말이 황당하면서도 오싹했다. 노망이라 치부하려 했지만 당장 충격받아 놀란 가슴을 진정시키기가 쉽지 않았다.

"아이, 이 사람 또 시작이구먼. 어디서 주워들은 이야기 가지고 젊은 사람 놀리지 말어."

"그래. 당신이 이러면 우리만 욕먹어."

넋이 나간 할머니와 시선이 마주친 은주 씨의 얼굴이 심각한 것을 알아챈 다른 할머니들이 포메라니안 할머니를 감쌌다. 은주 씨를 위해 주는 척하지만 포메라니안 할머니를 보호하는 것 같다는 생각이 들었다.

"애기엄마, 미안해요. 애기야, 얼른 가라."

다른 할머니가 지안이에게 누룽지 사탕을 쥐여 주며 등을 밀어 쫓아 보냈다.

살짝 멍해진 은주 씨가 부동산을 향해 터덜터덜 걸어갔다. 지안이도 말이 없기는 마찬가지였다.

문득 할머니들이 이 아파트에서 일어난 일들을 얼마나 알고 있을지 궁금해졌다. 아파트 단지의 중심에 있는 관리사무소 옆에 매일 앉아 지나가는 사람을 보고 떠도는 풍문을 들을 것이다.

은주 씨는 경비원들만큼이나 주민들에 대해 속속들이 잘

알고 있을 할머니들이 두려워졌다. 그들의 머릿속에 있는 파일에 대체 자신은 어떤 문장으로 기록되고 있을까. 불길한 예언자 같던 황색 포메라니안의 뿌연 눈을 떠올리며 은주 씨는 몸서리쳤다.

"에잇, 더러운 놈의 동네. 빨리 돈 벌어서 이 동네 뜨든가 해야지."

액땜으로 침을 뱉듯 은주 씨가 욕을 입 밖에 냈다. 별거 아닌 일로 치부해 보려 하지만 뒷맛이 찝찝했다.

왈왈왈왈, 왈왈왈왈.

마침 개 짖는 소리가 들려왔다. 평소 같으면 배경 음악쯤으로 생각했을 소리도 평소보다 몇 배는 예민하게 다가왔다.

집에서 부동산까지 그리 먼 거리도 아닌데 오늘따라 유난히 길게 느껴졌다. 다시 비를 내릴 모양인지 날씨가 꾸물거리기 시작했다. 이제 가을이 올 때도 됐는데 왜 날씨가 이 모양인지 알 수 없었다.

"다음에 다시 연락 드릴게요."

"그래요. 안녕히 가세요."

펠리컨부동산 앞에 다다르자 삐죽사장이 손님을 배웅하는 모습이 보였다. 웃는 낯이었지만 손님이 뒤돌아서자마자 떨떠름해지는 삐죽사장의 표정을 보아하니 수수료가 얼마 안 되는 손님인가 보았다.

검은색 골프 우산으로 몸을 반쯤 가리고 가는 손님의 뒷모습이 어딘가 낯익었다. 회색 서머울 원단의 정장을 보니 어디선가 마주친 중개사이거나 이 동네 학원가의 강사인 듯했다.

"어서 오세요."

"네."

손님의 뒷모습을 유심히 쳐다보던 은주 씨가 삐죽사장의 재촉 같은 인사에 발걸음을 옮겼다.

"지구 온난화, 지구 온난화 하더니 이제 진짜 우리나라가 열대우림이 되려나 봐."

삐죽사장이 책상 앞에 앉아 신축 아파트 판촉용 부채를 얼굴에 대고 흔들었다. 아직 삐죽사장이 상대하는 손님이 있어 은주 씨는 차례를 기다려야 했다.

사무실 한 편에는 삐죽사장이 자주 보는 채널의 뉴스가 틀어져 있었다. 지안이는 이제 익숙한 듯 미리 챙겨 온 문제집을 꺼내 아파트 팸플릿이 잔뜩 끼워진 유리 테이블 위에 펴놓았다.

애써 정신을 돌리려 TV를 올려다보았지만 도무지 관심이 가지 않았다.

이게 뭐하는 짓인가 싶기도 했다. 처음에 아이 교육을 시키겠답시고 시작한 일이었는데 이젠 부동산 사무실에 앉아 공부하는 게 익숙해져 버린 딸을 보니 마음이 약해졌다. 돈도 어느 정도 벌었는데 그만둘까 싶은 은주 씨였다. 지안이를 언제까지고 이런 환경에 둘 수는 없지 않은가. 삐죽사장이 자신을 기다리게 하지만 않았어도 이런 생각을 하지는 않았을 텐데 자꾸만 다른 생각이 났다.

"계속된 물가 상승으로 미국 연방준비제도에서 금리 인상 기조를 유지할 것이라는 전망이 뚜렷해지며 한국은행도 금리 인상 압박을……."

화면 너머로 전해지는 좋지 않은 소식에 은주 씨의 목이 타들어 갔다. 안 그래도 대출을 했던 은행에서 어제 오후에 전화가 와 대출 이자 금리가 올라갈 거라는 안내를 받은 상태였다. 변동 금리로 대출을 받은 게 화근이었다. 아직까지는 버틸 만했지만 언제 폭탄이 떨어질지 알 수 없었다.

"지안아……."

이것도 할 짓이 아니다 싶어 집에 돌아가자고 하려는데 갑자기 뉴스 화면이 바뀌었다.

"오늘 오후 3시 주식회사 양동의 이전 계획이 발표되었습니다. 본사를 초월시로 옮기겠다는……."

은주 씨가 선 채로 고개를 돌렸다. 지안이의 손목을 잡아끌려던 참이었다. TV 속 남자 앵커의 입에서는 믿을 수 없는, 너무 좋아서 믿을 수 없는 말들이 흘러나오고 있었다. 이에 양동은 공장도 함께 초월시로 옮기기로…… 음절 하나하나가

꿀처럼 달았다.

"엄마!"

마치 누가 한 대 때리기라도 한 것처럼 은주 씨의 눈앞에서 별이 번쩍였다. 천장이 멀어진다 싶었는데 은주 씨는 저도 모르게 뒤로 넘어가고 있었다.

엄마가 갑자기 쓰러지자 놀란 지안이가 전기에 감전된 것처럼 파드득 자리에서 일어났다. 그 바람에 넘어진 의자가 뒤로 나뒹굴었다. 쿠당탕 하는 소리에 놀란 삐죽사장과 손님이 어리둥절한 표정으로 뒤를 돌아보았다. 모든 것이 느리게 보였다.

바닥에 누운 은주 씨가 TV 화면을 보며 저도 모르게 아! 하고 소리를 질렀다. 고통에 찬 비명인지 환희의 감탄사인지 분간하기 힘든 목멘 소리였다.

"애기엄마, 괜찮아요?"

다행히 은주 씨는 금방 자리에서 일어났다. 가벼운 쇼크였을 뿐이었다. 한 번도 이런 적은 없었지만 불안하지 않았다. 오히려 기분이 좋아 가슴이 터질 것 같았다. 은주 씨는 계약하려던 집을 제대로 가 보지도 않고 그 자리에서 계약했다. 이전 소식 때문에 집주인이 그 자리에서 계약금을 더 올렸지만 은주 씨는 일단 집주인이 계약을 거둬들이지 않아 그 집을 살 수 있다는 것만으로도 감사했다. 집주인에게 급히 아파트를 정리해야 할 사정이 있어서 천만다행이었다. 남의 위기는 자신의 기회니까.

자신이 이렇게 운이 좋은 걸 보니 뭔가 있는 게 아닐까 싶었다. 승리자의 운명이야. 벅찬 가슴을 안고 은주 씨는 지안이와 잡은 손을 앞뒤로 마구 흔들었다. 새로운 계약서가 따끈하고 하얀 종이에 인쇄되어 검은 가죽 가방에 담겨 있었다.

"지안아. 좀 더 비싼 거 시키라니까."

"난 이거면 괜찮아."

기분이 좋아 야식으로 맛있는 걸 사 갈까 했던 은주 씨였다. 더 좋은 것을 사 주고 싶은 마음이었는데 지안이는 동네 학원가 앞의 작은 분식점의 떡볶이만을 고집했다. 싸구려를 먹게 하는 것 같아 떨떠름했지만 애가 뭘 알겠나 싶어 내버려 두었다. 저 나이 때는 이런 가벼운 것들이 당기기 마련이니까.

떡볶이를 사서 나오는데 비가 내리고 있었다. 마치 처음 공작성운에 왔던 때처럼 쏟아지는 비였다.

핸드백 안에 있던 작은 우산만으로는 둘이 쓰기 힘들었지만 일단은 머리라도 안 적시는 게 어딘가. 은주 씨는 계약서가 젖을까 봐 떡볶이 봉지를 지안이에게 들리고 우산을 자신 쪽으로 좀 더 기울인 채 핸드백을 앞으로 당겨 꼭 끌어안았다.

가로등이 거의 켜져 있지 않은 아파트 단지는 처음 공작성운에 왔던 때처럼 무섭지는 않았다.

어둠 속에서 걸어가면서도 머릿속에서는 파스텔톤의 희망찬 상상들이 둥둥 떠다녔다. 은주 씨는 허공을 보며 웃었다. 그녀가 보는 환상 속에는 민정의 집만큼이나 크고 멋진 역세권 신축 아파트도 있었고 원하는 사교육을 다 받으며 학교에서 선생님들의 온갖 칭찬을 독식하는 지안이의 모습도 있었고 회사에서 승승장구하는 호석의 모습도 있었다.

— 사장님, 사겠다는 사람이 있는데 내일 5천 더 받고 파실 생각 있으세요?

부동산을 나선 지 얼마 되지도 않았는데 삐죽사장으로부터 문자가 와 있었다. 흥, 어림도 없지. 대기업 본사 이전 호재에 앞으로 치솟을 집값 그래프를 생각하면 1억은 더 가야 팔까 말까였다. 남 좋은 일 시킬 수 없지. 오히려 집을 몇 개 더 사 두지 못한 게 원통할 지경이었다. 은주 씨는 이제 공작 성운에 자신의 모든 걸 걸고 배팅하고 있었다.

자신의 손안에 들어온 집들이 늘어나 있었다. 순간 불안감이 파도처럼 밀려왔다. 만약 다음 세입자를 못 구해서 보증금을 못 돌려주게 되면 어쩌지? 그때 전세 사기를 당했다던 친구 장미의 얼굴이 눈앞에 떠올랐다. 나도 장미네 집주인처럼 나쁜 놈일까?

'그런데 그런 소리쯤 들으면 어떻습니까? 그런 사람들 말 듣고 가만히 있으면 하늘에서 집이 떨어집니까? 누가 땅 파서 돈 가져다 주나요?'

동시에 눈이 단춧구멍만 하던 경매 학원 강사의 목소리도 함께 귓가에 울렸다.

그래. 그런 소리쯤 들으면 어때.은주 씨가 좌우로 고개를 털었다.

원래 이삿날 비가 오면 부자가 되는 거라던데. 그날 비가 쏟아진 것도 다 하늘의 계시 아니었을까? 모든 것이 이유 없이 그럴듯하게 느껴졌다.

"다 왔다. 들어가자."

곧 9동 공동 현관에 덩그러니 켜진 불을 보고 은주 씨가 발걸음을 재촉했다. 곧 씻고 쉴 수 있을 것 같았다.

"엄마!"

등 뒤로 비명이 들려왔다. 어느새 우산 아래에서 지안이가 사라져 있었는데, 그것도 몰랐던 것이다. 순간 지안이에게 무슨 일이 생겼나 하는 낭패감보다 왜 남들 쉬는 시간에 시끄럽게 소리를 지르냐고 타박을 하려던 은주 씨는 그런 자신에 놀랐다.

"왜 그래?"

딱딱하게 굳은 지안이가 차마 입도 열지 못한 채 손끝으로 가로등 아래를 가리켰다. 희미한 불빛에 아이가 빗줄기를 맞는 것이 그대로 보였다. 은주 씨가 접으려던 우산을 다시 들고 금방이라도 울 듯한 표정의 지안이에게로 천천히 다가갔다.

제 위로 우산이 씌워지는 것을 느낀 아이가 축축해진 몸으로 엄마의 허리를 끌어안았다. 은주 씨가 가로등 아래 비비추 줄기가 꺾여 노란 모래가 드러난 곳을 발견하고 멈춰 섰다.

5동 고양이가 비비추 사이에서 자는 듯 죽어 있었다.

8

새가 될 것 같아서

"밑에 조심해!"

공작성운아파트에서 가장 오래된 느티나무 아래서 사람들이 아침부터 분주했다. 비가 온 탓에 검게 젖은 나무에 사다리를 기대어 놓고 위태위태하게 올라간 경비원들이 누구의 집인지도 모르면서 전기톱으로 나뭇가지를 잘라 내기 시작했다. 요란한 전기톱 소리에 놀란 새들이 날개를 퍼드덕대며 나뭇가지가 추락하기 전에 일찌감치 나무를 떠났다.

"애기야. 안녕."

지안이와 손을 잡고 아파트 상가 편의점에서 음료수를 사가지고 나오는데 샘사장이 인사를 했다.

"안녕하세요."

"응, 그래. 엄마랑 어디 가니? 애기엄마, 안 그래도 전화하려고 했는데."

지안이에게서 대답을 듣는 게 목적이 아니었던 듯 대충 받아넘기고는 샘사장이 은주 씨에게로 몸을 돌렸다.

"7동 401호 오늘 매수인 하나 올 것 같은데. 파실래요?"

산 지 며칠 안 되어 다시 나무부동산에 집을 내놓았을 때 은주 씨는 더 이상 샘사장이 자신의 거짓말을 믿지 않을 거라는 걸 알았다. 은주 씨는 가족과 같이 들어가 살 집이 아니라 적당히 오르면 팔아 치울 수 있는 집을 원했다. 하지만 샘사장도 결국 부동산 중개인이었다. 거래가 활발할수록 돈을 번다. 매수인과 매도인의 의도가 어떻든 간에 거래 수수료는 같았다. 그리고 돈 앞에는 장사가 없었다. 주위의 다른 중개사들도 다 돈을 버는데 샘사장이라고 가만히 있을 수는 없을 테니까.

"얼마 생각한대요?"

"2천 더 주겠대."

하지만 아직 양동 본사 이전 호재로 가격이 계속 오르고 있었다. 은주 씨는 조금 더 집을 들고 있을 작정이었다.

"아직 좀 더 생각해 보구요. 임차인은 없나요?"

"으응, 글쎄……. 내가 좀 더 찾아볼게요."

은주 씨의 물음에 샘사장이 말끝을 흐렸다.

"그럼 생각해 보고 연락 주세요. 애기야, 잘 가."

"안녕히 가세요."

샘사장이 손을 흔들고 사라지자 지안이가 얌전히 고개를 숙였다.

"지안아. 요즘 8호 아줌마랑 노는 거 괜찮아?"

분위기를 환기시키기 위해 일부러 밝은 척 맞잡은 손을 흔들며 지안이를 쳐다보았다. 끝집여자에 대한 애기를 하는데도 지안이의 얼굴은 여전히 시무룩했다. 가슴이 답답해진 은주 씨가 손을 들어 티셔츠 목둘레를 당겼다. 9월인데도 여전히 날씨가 덥고 습했다.

"……응."

지안이가 뒤늦은 대답을 했다. 일주일 전 그 일이 있고부터는 계속 저 상태였다. 말도 없어지고 표정도 없어졌다. 이제는 은주 씨를 따라다니려고도 하지 않고 끝집여자와만 놀고 싶어 했다.

일부러 시간을 내어 단둘이 산책을 하는 지금도 지안이는 빨리 벗어나고 싶은지 걸음을 재촉하는 모습이었다.

학원에 보내 주겠다고 해도 지안이는 이제 싫은지 고개를 흔들었다. 억지로라도 학원에 보내야 할까 싶었지만 아직 고양이 때문에 충격이 큰 것 같아 은주 씨는 강요하지 않기로 했다.

고양이를 좋아하던 사람들끼리만 나눌 수 있는 슬픔 같은 게 있는지도 몰랐다. 은주 씨는 지안이에게 대충 맞장구만 쳐줄 뿐이었으니까.

고양이 건은 검은 우비의 짓이 틀림없었다. 조심하는 게 좋을 거야, 아줌마도 딸도…… 귀를 찢을 듯 거세게 내리는 빗속에서 그 음산한 목소리만은 분명하게 들렸다. 어쩌면 이건 은주 씨에 대한 경고일 수도 있었다. 만약 검은 우비의 타깃이 자신이나 지안이가 된다면? 상상하기도 싫은 생각에 은주 씨가 고개를 세차게 흔든 뒤 일부러 밝은 목소리로 어린 딸에게 말을 걸었다.

"지안아. 우리 다음에 이사 가는 집에서는 고양이 키울까?"

"……."

은주 씨의 물음에 잠깐 고개를 든 지안이는 뭔가 생각하는 듯하더니 이내 고개를 저었다. 아이가 너무 축 처진 것 같기에 은주 씨가 선심을 쓴 것인데도 지안이는 목석 같았다.

괘씸한 생각이 들기는 했지만 혹시 엇나갈까 봐 혼내지도 못했다. 은주 씨가 할 수 있는 일은 지안이를 끝집여자에게 데려다주는 일뿐이었다.

"안녕하세요."

14층에 도착하자 지안이를 앞세워 아파트 복도를 걸어가는데 지안이가 올 것을 미리 알기라도 한 듯 8호의 문이 열려 있었다. 끝집여자를 보자 종일 우울해 있던 지안이의 얼굴이 조금 밝아졌다. 잠시나마 웃는 딸의 표정을 보며 은주 씨는 마치 지안이와 끝집여자가 자신을 따돌리는 것 같은 기분이 들었다.

"아유, 남편이랑 주말에 오랜만에 쉬는 걸 텐데 미안해서 어째요."

"아니요. 괜찮아요. 남편도 일이 바빠서 늦게나 와요."

끝집여자가 요즘 들어 거의 매일 지안이와 함께 있어 주었다. 지안이는 방과 후에 집에 오는 대신 끝집여자네 가는 것이 일과였다. 은주 씨는 질투심 비슷한 것을 느끼며 끝집여자에게 어제 사 두었던 간식거리를 건넸다.

"고맙습니다. 잘 먹을게요."

처음엔 뭘 이런 걸 다 주시냐, 우리도 있으니까 괜찮다 하며 사양하던 끝집여자도 이제는 자연스럽게 받아들였다. 그 모습까지 예뻐 보여 더 화가 났다. 끝집여자는 지안이에게 새로 생긴 어린 이모 같았다.

"엄마 갔다 올게."

은주 씨가 손을 흔들며 인사했지만 지안이는 잠깐 고개를 끄덕여 보이고는 8호로 쏙 들어가 버렸다. 오히려 민망한지 끝집여자가 은주 씨를 정성껏 배웅했다. 은주 씨가 애써 입꼬리를 끌어올려 웃어 보였다.

엘리베이터에 올라타니 저절로 어깨에 힘이 빠졌다. 지안이를 끝집여자에게 맡기니 다니기 훨씬 편해진 것은 사실이었지만 그래도 마음이 쓰이는 것은 어쩔 수 없었다.

이내 엘리베이터가 8층에서 멈춰 서고 아주머니 둘이 올라탔다. 은주 씨가 애써 표정을 정리했다. 그들은 누가 타고 있건 말건 은주 씨에게는 눈길도 주지 않은 채 자기들끼리의 대화에 여념이 없는 모습이었다.

"아파트에 망조가 들었나 봐. 전엔 누가 본드 든 음료수를 돌려서 할머니가 마시다 쓰러졌다고 하지를 않나."

"그러게……."

힘없이 대답하는 한 아주머니의 얼굴은 금세 알아볼 수 있었다. 아랫집 남자의 엄마였다.

"할머니들한테 본드 든 음료수를 돌렸다구요?"

"그래. 몰랐어요?"

은주 씨가 놀라 묻자 얘기할 상대가 한 명 더 늘어 신이 났는지 아주머니의 목소리가 커졌다.

그러고 보니 더운 여름날 할머니들이 모두 같은 주스 병을 들고 있었던 게 기억났다. 그때도 무슨 행사가 있었나 하고 고개를 갸웃거렸었다.

"그때 그래서 구급차 오고 난리 났었다니까. 경찰도 오구.

못 봤구나?"

은주 씨가 놀라 말을 잇지 못하자 아주머니가 자신의 어깨를 감싸 안으며 호들갑을 떨었다.

"그나마 빨리 뱉어서 안 죽었으니 망정이지. 하여간 망조야, 망조. 본드에, 고양이에. 어휴, 무서워. 길가에 참새 한 마리 죽어 있는 것만 봐도 겁이 나는데 고양이는 어떻게 죽었나 몰라."

"고양이?"

아랫집 아주머니가 화들짝 놀라 고개를 들었다.

"여기 앞에 고양이 죽어 있었다며. 무슨 사료에 독약이 묻어 있었다던가. 경찰이 왔다 갔다던데. 동물 학대로."

"……."

"이런 건 요즘에 사람들이 심각하게 생각하니까 경찰도 왔다 갔다 하는 것 같던데……. 그런 건 빨리 잡아 줘야지. 바늘 도둑이 소 도둑 된다고 죄 없는 동물 잡는 놈이 나중엔 사람도 해코지한다고 하던데."

"그래? 범인을 잡았대?"

아랫집 아주머니가 유독 눈을 빛냈다.

"아니. 그랬으면 좋게. 어두운 데다가 거기가 또 CCTV 사각지대라서 찾기 어렵대. 장갑까지 끼고 사료를 갖다 놨는지 지문도 없고."

정말 안타까운 것인지 아니면 신이 난 것인지 흥분한 아주머니의 목소리가 좁은 엘리베이터 안에 가득 찼다.

"진짜 저승사자 짓일까?"

"저승사자?"

"응. 여기 옛날부터 소문이 있었잖아. 저승사자가 돌아다닌다고…….요즘 워낙 분위기가 흉흉하니까 또 사람들이 그 얘기를 하나 봐."

아주머니가 은주 씨 쪽을 흘긋거리며 아랫집 아주머니에게 속닥거렸다. 그런 노력이 무색하게도 아주머니의 말 한마디 한마디가 은주 씨의 머릿속을 후벼 팠다. 은주 씨는 눈을 질끈 감았다.

저승사자 같은 소리 하고 있네. 은주 씨는 5동 고양이를 죽인 것이 저승사자가 아니라 검은 우비라고 확신하고 있었다.

그리고 불행하게도 그는 귀신이 아니라 사람이었다.

어쩌면 이곳 주민들은 검은 우비를 보고 저승사자라고 착각하는 게 아닐까?

열성적으로 떠들던 아주머니가 아랫집 아주머니의 얼굴을 살폈다.

"진호 엄마, 또 잠 못 잤어? 엄청 피곤해 보이네."

"그래? 애랑 아빠랑 또 싸워서…….그거 말리느라 혼났지 뭐."

그러고 보니 어제 뭔가 쿵쿵대며 큰 소리가 난 것 같기는 했다. 고함과 소음이 뒤섞여 내려가 볼까 하다가 괜히 싸움에 휘말릴까 봐 무서워서 몸을 사렸던 은주 씨였다.

"에구……. 아저씨도 아저씬데 아들이 부모 속을 그렇게 썩여서 어째……. 어디 밖에라도 좀 돌아다녀야 되는데."

아주머니가 혀를 찼다. 아랫집 아주머니가 죄인이라도 된 듯 고개를 푹 숙였다.

철제 박스가 1층에 내려앉고 엘리베이터 문이 열리자마자 은주 씨는 도망치듯 그곳을 빠져나왔다.

"조금 더 대출받을 수는 없을까요? 집을 샀는데 아무래도 이자랑 관리비랑 하려니 생활비도 좀 어렵고 해서……."

은주 씨가 사정했지만 은행 창구의 직원은 곤혹스러운 듯 이마를 찡그리며 억지로 웃어 보였다.

"고객님께서 이미 받으신 대출이 많으셔서요……. 혹시 많이 어려우시면 집을 정리해 보시는 게 어떨까요?"

그건 안 될 말이었다. 집을 팔다니. 아직 은주 씨가 생각해 둔 목표치까지 올라오지 못했다. 조금만 더 들고 있으면 될 것 같은데……. 팔고 나면 더 오를 것 같아 아직 붙잡고 놓아 주지 못한 상태였다.

"조금만 더 오르면 팔려고요. 그럼 싹 갚을 수 있을 것 같은

데. 일단 버티는 동안 이자랑 생활비가 좀 필요해서 그래요. 세입자만 구하면 해결할 수 있거든요. 그때까지만 조금 더 빌려주시면……."

"그럼 세입자를 빨리 구해 보시는 편이 나을 것 같아요. 저희쪽에서는 더 도와 드리기가 어려울 것 같습니다."

"그래도 융통성을 조금만 발휘해 주세요. 네?"

"죄송합니다. 저희도 도와 드리고는 싶은데……."

"와, 대박."

은행원이 사정하는 은주 씨를 상대하느라 쩔쩔매는 사이 등 뒤의 대기석에 앉아 있던 누군가가 외치는 소리가 귀에 들려왔다. 사람들이 뭔가를 보고 수군대기 시작했다. 은행원의 시선이 그쪽으로 향하자 은주 씨도 몸을 돌렸다.

사람들이 은행 한구석에 켜진 TV를 바라보고 있었다. 평범한 뉴스채널이었다. 오후 뉴스가 흘러나오고 있었다. 스피커를 꺼둔 화면 위로 자막이 흐르고 있었다.

— 주식회사 양동 본사 이전 계획 취소…… 비용 문제와 내부 반발에 부딪쳐.

순간 머리가 띵 하니 아파 오며 고장 난 형광등을 바라보고 있는 것처럼 눈앞이 깜깜해졌다가 밝아지기를 반복했다. 화면 속 앵커가 양동의 본사 이전 계획이 취소된 이유를 읊고 있었지만 은주 씨의 눈에는 그것이 세상이 자신을 향해 죽어라, 죽어 하고 고함을 지르는 것처럼 보였다.

"세상에. 저렇게 손바닥 뒤집듯 해도 되는 거야?"

"다들 집값 오른다고 난리들이었는데 에휴, 좋다 말았네."

"어차피 한 채 있는 사람들은 이러나저러나 똑같아."

뉴스를 보고 사람들이 한마디씩 얹었다. 그러나 은주 씨의 귀에는 어느 것도 들어오지 않았다.

"고객님, 고객님?"

화면이 최근 서울에서 일어난 화재 뉴스로 넘어가자 은행원이 등 돌린 은주 씨를 불러 댔다. 은주 씨는 여전히 벽에 붙은 화면을 향해 망부석처럼 앉아 있었다.

"어떡해. 사모님. 타이밍을 놓쳤네. 지난번에 뉴스 나오고 나서 바로 팔았어야 됐는데."

삐죽사장이 정말 아쉬워하는 것인지 아닌지 잘 모를 말투로 은주 씨를 건너다보았다. 은행에서 바로 달려와 집을 팔아 달라고 했지만 뉴스를 확인한 매수자들이 가격이 더 떨어질 거라는 걸 예감했는지 손가락 사이로 모래가 빠져나가는 것처럼 순식간에 사라져 버렸다. 생각보다 일이 쉽게 풀릴 것 같지 않았다. 며칠 전까지만 해도 장밋빛 미래를 생각했던 은주 씨였다.

양동이 초월시로 오지 않는 것이 거의 확실시된 데다 설상가상으로 초월시 주변의 공급량이 늘어났다. 초월시 인근의 오래된 아파트들이 재건축을 마치고 신축 아파트로 변신해 입주민을 맞아들이려고 하고 있었다. 어느 정도 시기가 맞아떨어질 것이라고 예상은 했지만 그럼에도 초월시의 구축 아파트가 이렇게 안 나갈 줄은 몰랐던 은주 씨는 당황했다.

"천떼기라도 어떻게 안 될까요?"

은주 씨가 지푸라기라도 잡는 심정으로 물어보았지만 삐죽사장은 고개를 저었다. 이익이 천만 원 이상만 되면 팔아넘기는 천떼기라도 해 보려 했지만 전체적으로 가격이 떨어진 상태라 별 도리가 없었다. 지난번에 연락이 왔을 때 바로 팔았어야 했는데. 발표가 나자 호재는 썰물보다 빠르게 빠져나갔다.

"그럼 일단 급매로 내놔 보시죠. 정 불안하시면."

지금도 산 가격에서 더 오르지는 않았고 언제라도 가격이 하락해 손해를 봐도 이상하지 않았다. 초조한 표정의 은주 씨가 고개를 끄덕였다.

"일단 살 만한 사람들한테 전화를 돌려 볼 테니까 집에 가서 좀 기다리세요. 여기 앉아 있는다고 일이 해결되는 것도 아니고. 요즘엔 집 보러 온다는 사람이 없어서 원."

삐죽사장이 마치 파리를 쫓듯이 은주 씨를 일으켜 세웠다.

삐죽사장의 말만 철석같이 믿고 있을 수는 없었지만 달리 뚜렷한 방도가 있는 것도 아니었다.

— 주문하신 택배를 경비실에 배송하였습니다. 확인해 주세요.

택배를 가져다 둔 뒤 간단하게 점심을 해결한 은주 씨가 다시 집을 나섰다. 양손에는 무겁게 청소 도구들을 든 채였다.

얼마 전 공작성운에서 새로 계약한 집은 4층이었다. 처음에 계약할 때는 모든 게 좋았다. 급매라 싸게 나와 있었고 위치도 좋았고 권리 관계도 깨끗했다. 계약하고 나서 실물을 봤을 때도 좋다고 생각했다. 나무로 가려진 창문은 초록 뷰로 칠 수 있었고 누렇게 변색된 벽지는 해가 지기 시작한 오후에는 잘 안 보였다. 유행 지난 싱크대와 욕조는 고풍스럽다고 생각했다. 철제 새시도 아직 수리 안 된 집이 많으니 별로 문제 될 게 없다고 생각했다.

착각이었다.

자랄 대로 자란 벚나무가 가린 창문은 빛이 잘 들어오지 않아 낮에도 불을 켜야 할 만큼 어두컴컴했고 이 때문에 늘 습기가 가득 차 있었다. 종종 수목 소독을 할 때는 창문을 닫아 놓아야 했다. 벌레도 어찌나 기어 들어오는지 벌레 전용 입구가 따로 있는 게 아닌가 의심이 들 지경이었다.

차도 앞이라 직장인들 출근하기엔 위치가 그만이라는 생각이 들었으나 반면 밤만 되면 도로 위를 쌩쌩 달리는 차량들 때문에 시끄러워 창문을 열어 놓고 있기가 어려웠다.

아늑하다고 생각했던 내부도 뜯어 보면 하나하나 다 엉망이었다. 유행 지난 꽃무늬 시트지로 발라 놓은 현관문은 송곳으로 찍은 건지 아니면 칼로 찢다가 만 것인지 군데군데 구멍이 나 있었다.

유행 지난 와인색의 싱크대와 상부장은 그야말로 답이 없었고 줄눈에 때가 낀 욕실 하며 옥색 세면대와 욕조는 시대착오적이었다. 이걸 고풍스럽다고 생각하다니. 그땐 기분이 좋아서 머리가 어떻게 된 게 틀림없었다. 철제 새시도 직접 살아야 하는 세입자 입장에서는 마음에 안 들 것이 분명했다.

리모델링해야 할 것이 한두 가지가 아니었다. 부분부분 셀프로 진행하고 아무리 업체에 가격을 후려쳐도 3천은 들 것 같아 보였다. 이 집도 겨우 대출로 막은 집이라 더 이상 집에 돈을 들일 수는 없었다. 그저 한숨만 나왔다. 차라리 양동 이전 뉴스가 나오고 샘사장이 2천을 더 받아 주겠다고 했을 때 팔 걸 그랬다는 생각이 들었다. 하지만 이미 버스는 떠났다.

"아니야. 정신 차려."

청소 도구를 현관에 내려 놓고 멍하니 집을 둘러보던 은주 씨가 혼잣말을 하며 볼을 착착 때렸다. 적어도 입주 청소는 직접 할 수 있으니 돈을 아낄 수 있었다. 집을 화려하게 꾸미지는 못해도 깔끔하게 만들어 볼 작정이었다.

일단 창문을 열어 쿰쿰한 냄새를 빼야 했다. 욕실에 락스를 잔뜩 뿌려 두고 극세사 걸레로 천장부터 먼지를 털었다.

"웬 머리카락이 이렇게 많아……."

지난번에는 잘 보이지 않던 길고 검은 머리카락들이 곳곳에 있었다. 집을 보러 왔을 땐 그리 더럽다는 생각은 안 들었는데 그것도 자신의 착각이었던 모양이다. 욕실이며 방 곳곳에 떨어진 남의 머리카락을 줍고 있자니 욕이 절로 나왔다.

밀대와 걸레로 천장부터 바닥까지 먼지를 닦은 은주 씨가 주방 세제를 물에 떨어뜨리고 수세미로 거품을 냈다. 싱크대부터 시작해 장판에 낀 묵은 때를 닦으려면 일일이 손으로 하는 수밖에 없었다.

"아, 힘들어."

팔을 둥글게 돌려 가며 바닥을 문지르던 은주 씨가 구정물이 배어 나오는 수세미를 내던지고 신음했다.

지금 살고 있는 집과 똑같은 크기의 집이라 별문제 없을 거라 생각했는데 거실까지도 채 가지 못한 채 체력이 방전됐다. 그래도 그만둘 수는 없어서 은주 씨는 다시 수세미를 주위 들고 뻐근한 팔을 움직였다.

"안녕하세요. 오늘 집 보러 온 사람 없었나요?"

안방까지 닦고 겨우 숨을 돌린 은주 씨가 나무부동산에 전화를 걸었다.

— 그러게. 요즘에 집 보러 오는 사람이 없네요.

수화기 너머의 샘사장이 안쓰러운 듯 말했다.

"조금만 더 신경 써 주시면 안 돼요? 정말 급해서 그래요. 깨끗하게 입주 청소도 마쳤고……."

며칠째 부동산 사장들에게 전화를 걸어 애걸복걸하는 은주 씨였다.

— 사모님. 미안한데 집이 어지간해야 들어오죠. 요즘엔 임차인들도 그냥 막 들어오려고 하질 않아요. 다 집 상태 요모조모 뜯어보고 괜찮아야 들어오죠. 어느 정도 투자를 하셔야 돼.

결국은 돈을 들여 리모델링을 하라는 얘기였다. 돈을 들여야 임대도 잘 나간다는 건 은주 씨도 알았다. 하지만 당장 들일 수 있는 돈이 없는 걸 어떻게 하겠는가. 그래도 샘사장은 은주 씨를 생각해 친절하게 말해 주는 편이었다. 삐죽사장은 집이 거지 같은데 사람들이 세를 들려고 하겠냐고 직설적으로 얘기했다. 모두 다 아는 얘기였지만 어떻게 할 수가 없어 한숨만 나왔다.

— 사모님. 정 안 되실 것 같으면 도배라도 새로 하시고 현관문에 시트지라도 새로 한번 발라 보세요. 일단 집 분위기가 밝아야죠.

샘사장이 은주 씨를 딱해 하며 나름 최소한이라고 생각하는 것들만 추려 조언해 주었다. 은주 씨는 알겠다고 하고 전화를 끊었다.

　온몸에 알이 배도록 집 안을 쓸고 닦고 독한 냄새를 참아가며 욕실을 빡빡 문질렀지만 그런다고 헌것이 새것으로 바뀔 리 없었다. 청소를 끝내고 나온 은주 씨는 9동 뒷문 쪽 벤치에 앉았다. 엘리베이터 버튼을 누를 힘조차 남아 있지 않았다. 벌써 다 늦은 오후였다.

　자신은 한다고 했지만 청소 전문가들이 보기에는 헛웃음이 나올 상태인 것은 분명했다. 왜 사람들이 돈을 받고 일을 하는지 알 것 같았다.

　"오라이, 오라이."

　벤치에 등을 길게 기대어 앉아 넋이 나가 있던 은주 씨가 분리수거장 쪽에서 들리는 소리에 시선을 돌렸다. 경비원 할아버지가 집게발 포크레인을 향해 신호를 하고 있었다. 운전석에 앉은 기사가 평온한 표정으로 천천히 포크레인을 움직였다. 조금씩 나아갈 때마다 포크레인 팔 끝에 달린 집게발이 달랑거렸다.

　어제 주차장에서 주민들이 짜증을 내던 포크레인이었다. 안 그래도 좁은 주차장에 자리를 차지하고 있으니 주차가 힘

들어서 주민들이 저게 왜 여기 서 있냐고 투덜거리자 내일 기
사가 와서 고칠 거라고 퉁명스럽게 경비 아저씨가 설명해 주
던 것이 생각났다.

"잠깐만 기다려요. 내가 갈무리해 줄 거니까."

포크레인 방향 유도를 하던 경비 할아버지가 빨간 고무장
갑을 끼고 분리수거장으로 다시 달려가고 있었다. 바닥에 내
려와 포크레인 이곳저곳을 살펴보던 기사가 경비 할아버지
가 오자 이야기를 나누는 것이 보였다.

문제가 해결된 것 같자 운전기사가 다시 운전석에 올라타
고 경비 할아버지가 포크레인 아래에서 여기저기 흩어진 종
이 상자를 주워 모으기 시작했다. 경비 할아버지가 미리 종이
를 모아 놓은 쪽부터 작업하기 위해 포크레인이 팔을 들어 올
렸다.

평소와 다를 바 없는 움직임이었다. 뭐야, 별거 아니네. 은
주 씨가 바닥에 놓인 천 가방 손잡이를 끌어당겼다.

그리고 집게가 할아버지 머리 위를 지나가는 순간 집게가
뚝 떨어졌다.

은주 씨는 쿵 하는 소리를 직접 들은 것인지 아니면 순간 자
신의 심장이 멈춰서 환청을 들은 것인지 분간이 가지 않았다.

눈 깜짝할 사이에 일어난 사고에 주위를 지나던 사람들이
모두 비명도 지르지 못한 채 멈춰 섰다. 장을 보러 보행기를

밀고 가던 할머니도, 아이의 손을 잡고 마트를 향하던 아이 엄마도, 벤치에 앉아 담배를 피우던 남자도 모두가 분리수거장을 향한 채 얼음처럼 굳어 버렸다.

　도망치듯 집으로 돌아온 은주 씨가 현관문에 등을 대고 쓰러지듯 죽 미끄러졌다. 경비원 할아버지가 구급차에 실려 가는 것까지 봤으면서도 여전히 실감이 나지 않았다. 눈앞이 희게 번쩍거리고 계속 꿈을 꾸는 것만 같았다. 계속 사이렌 소리가 불길하게 귀에 맴도는 듯했다. 은주 씨는 화장실로 비척비척 걸음을 옮겨 대충 찬물로 세수해 얼굴의 땀을 씻어 냈다. 그게 끝이었다. 더 이상 몸을 움직일 수 없어 은주 씨는 수건을 찾다가 그대로 바닥에 눕듯이 쓰러졌다.
　얼마나 잔 것일까. 기절했다가 그대로 잠이 든 것 같았다. 은주 씨가 눈을 뜨자 반쯤 열린 베란다 창문 밖이 어둑어둑했다.
　몇 시인지도 가늠이 잘 되지 않았다. 지안이를 데려와야 하는데. 그 생각을 하니 눈이 번쩍 떠졌다.
　저녁을 먹기 위해서라도 이 시간이면 집에 벌써 돌아와 있어야 할 아이였다. 순간 검은 우비가 생각이 났다. 제 엄마가 찾으러 오지 않아도 끝집여자와 잘 놀고 있겠지만 지안이가 안전하다는 걸 두 눈으로 확인하고 싶었다. 아이가 걱정이 된 은주 씨가 몸을 일으켰다. 아니, 일으키려 했다.

손목이 묶여 있었다.

손으로 더듬어 핸드폰을 찾으려 하는데 손목에 묶인 끈 때문에 팔을 뻗을 수 없었다. 순간적으로 몰려오는 공포에 몸이 굳은 은주 씨가 주위를 살폈다.

테이블 다리에 운동화 끈으로 오른손이 묶여 있었다. 반사적으로 팔을 안쪽으로 잡아 당겼지만 끈은 풀리지 않았다. 가위나 칼을 찾아야 했지만 방이 어두워 그것도 쉽지 않았다.

"엄마……. 일어났어?"

희미한 어둠 속에서 주위를 더듬는데 어디선가 딸의 목소리가 들려왔다. 아니, 딸과 비슷한 목소리였다.

목소리가 난 곳을 돌아보니 멀리 떨어지지 않은 곳에서 등을 벽에 붙이고 쪼그려 앉은 작은 형체가 보였다.

"지안아?"

딸의 이름을 부르자 구부린 무릎 위에 얹힌 희끄무레한 얼굴이 은주 씨를 향했다. 검고 큰 눈동자가 자신을 돌아보자 얼굴에 솜털이 오소소 일어나는 것이 느껴졌다.

지금 내가 보고 있는 것이 딸일까, 귀신일까.

"지안아……."

딸의 이름을 한번 더 불렀지만 어둠 속에서 희게 빛나는 형체는 은주 씨의 얼굴을 바라만 볼 뿐 다가오지도, 대답을 하지도 않았다.

숨이 멎을 것만 같은 정적 속에서 손목을 움직여 봤지만 끈에 묶여 옴짝달싹할 수도 없었다.

그렇다면 뭔지 제대로 확인이라도 하자. 은주 씨는 비명을 질러 대고 싶은 걸 겨우 참으며 손을 뻗었다. 진짜 귀신이라도 자기한테 잘해 주는 사람에게 해코지는 안 하겠지 싶어서였다.

"이리 와. 괜찮아."

그러자 돌처럼 굳어 있던 형체가 천천히 은주 씨에게로 다가왔다. 이리 오라고 한 게 정말 잘한 일인가. 저리 가라고 소릴 질렀어야 하나. 작은 아이의 형체가 다가오는 걸 보면서도 확신이 없었다.

"엄마······."

차게 식은 팔이 은주 씨의 목에 감겼다. 말랑하고 부드러운 감촉이 피부에 와 닿았다.

지안이였다.

익숙한 섬유유연제 냄새를 맡으며 은주 씨는 그제야 안심했다. 그와 동시에 분노가 밀려왔다.

"너 이게 뭐야. 빨리 불 켜."

엄마의 착 가라앉은 목소리에 지안이가 스위치를 눌러 불을 켰다. 불을 켜자 오른쪽 손목에 묶여 있던 끈을 쉽게 풀 수 있었다. 이제 와서 보니 어린아이들이 쉽게 매는 매듭을 두 번 묶은 것뿐이었다. 아까는 놀라서 허둥대느라 심각하게 느껴진 것 같았다.

일이 쉽게 해결되자 지안이가 자신을 놀리는 것 같아 은주 씨는 더 화가 났다.

"너 제정신이야?"

"엄마……."

은주 씨가 일어서서 지안이의 어깨를 잡고 소리쳤다. 겁먹은 아이가 엄마의 팔을 떼어 내려 붙잡았다.

"왜 이랬어."

"무서워……."

"왜 그랬냐구, 말 안 해?"

그 미약한 저항에 더 화가 난 은주 씨가 소리 지르며 지안이의 어깨를 마구 흔들었다. 작고 여린 어깨가 엄마의 두 손 안에서 구겨졌다. 이러면 안 된다는 걸 자신도 알고 있었다. 그만둬. 어린애야. 엄마로서 부끄럽지도 않아? 마음속의 누군가가 소리쳤지만 아이한테 놀림당했다는 것이 창피하고 스스로에게 화가 났다. 결국 분에 이기지 못한 은주 씨가 금방이라도 뺨을 때릴 듯 손을 치켜들자 겁에 질린 아이가 주저앉았다. 누군가가 본다면 당장 경찰에 신고할 일이었다.

"엄마도 새가 될 것 같아서 그랬어!"

방어하기 위해 반사적으로 머리를 감싸 쥔 지안이가 울며 소리 질렀다. 순간 그 절규 위로 지안이의 순진무구한 물음이 겹쳤다.

'엄마, 저 아저씨도 새가 되고 싶었나 봐. 그치?'

그제야 정신이 든 은주 씨의 팔에 힘이 빠졌다. 한껏 치켜 올라갔던 오른팔이 허벅지 옆으로 털썩 내려앉았다. 얼굴이 새빨개진 지안이가 울음을 터뜨렸다.

황망해진 은주 씨가 무언가를 찾는 사람처럼 주위를 둘러 보았다. 테이블 위에 놓여 있던 거울 속에는 전혀 모르는 얼굴이 들어 있었다.

지안이의 악을 쓰는 긴 울음소리만이 텅 빈 공간을 채웠다.

9

색연필

"오늘은 남부 지방을 중심으로 형성된 거대한 비구름이 시간당 최고 180밀리미터 이상의 많은 비를 뿌릴 것으로 예상됩니다."

이번 비가 지나가면 날씨가 좀 시원해지려나. 어느새 달력은 9월로 넘어간 지 꽤 되었는데도 습하고 더운 공기에 진절머리가 났다. 날씨 뉴스를 대충 흘려듣던 은주 씨가 핸드폰을 끄고 가방에 챙겨 넣었다.

"엄마 갔다 올게."

"응."

은주 씨가 현관에 주저앉아 신발을 신으며 말하자 등 뒤에서 있던 지안이가 대답했다.

"8호 아줌마네 놀러갈 거지? 못 데려다줘서 미안. 엄마 급하게 부동산에 가 봐야 해서."

"괜찮아. 내가 알아서 갈 수 있어."

개교기념일이라 월요일인데도 학교에 가지 않은 지안이가 토스터기에 구운 식빵을 입에 물고 고개를 끄덕였다.

"알았어. 재미있게 놀고 와. 그래도 아줌마 너무 귀찮게 굴면 안 돼."

"응. 잘 다녀와. 엄마."

빵을 오물거리며 대답하는 딸을 한번 안아 주고는 은주 씨가 손을 흔들며 현관을 나섰다.

평소 같으면 새들끼리 나누는 이야기들로 귀가 따가워야 할 아침인데 마치 새들이 한 번에 떠나 버리기라도 한 것처럼 아파트가 조용했다.

"아니, 우리가 항상 쓰레기장에서 일한다고 해서 사람이 쓰레기인 건 아니잖우."

월요일마다 경비원들끼리 모이는 아침 청소에서 한 사람이 울음이 섞인 목소리로 입을 열었다. 아직 9동 경비 할아버지 사건의 범인이 밝혀지지 않았다. 집게와 포크레인 팔을 연결하는 접합 부분의 나사가 풀려 있었다고 했다. 이제껏 아무 일도 없었던 포크레인에서 사고가 난 것을 보니 누가 미리 풀어 둔 게 틀림없다는 것이 경찰 쪽 의견이었다.

운전기사는 자기는 절대 범인이 아니라고 부인하는 중이었고 조사한 바로도 특별한 원한 관계는 없다는 것 같았다.

그렇다면 대체 포크레인을 누가 건드린 것인가. 포크레인이 서 있던 자리는 분리수거장 CCTV의 사각지대라 범인이 찍히지 않았다. 주변 차량의 블랙박스를 돌려 봐야 했지만 과연 어느 차량 블랙박스에 그 모습이 찍혀 있을지 몰랐다. 게다가 공작성운은 외부 차량 출입 차단기가 설치되어 있지 않아 인근의 모든 차량이 도둑 주차를 하러 드나드는 곳이었다.

"그 소문 들었어? 아파트에 저승사자가 있다는…… 사고 전날도 시커먼 저승사자가 포크레인 근처에 왔다 갔다 하는 걸 누가 봤대."

"저승사자 같은 소리!"

경비원 중 하나가 답답하다는 듯 소리쳤다.

"분명 입주민 중에 있어. 다 우리가 포크레인이 도는 동안 분리수거장 정리를 한다는 걸 알고 그 짓을 벌인 거지."

경비원들은 대부분 경비 할아버지와 비슷한 또래였다. 이렇게는 못 산다, 돈은 한 푼 안 올려 주면서, 아니 오히려 줄이려고 하면서 이런 사고까지 생기니 감당하기 힘들 지경이라는 것이었다. 사람 취급은 애초에 포기했어도 숨은 쉬고 살아야 하지 않겠냐는 거였다. 궁지에 몰린 경비원들의 인심이 흉

흉했다.

지금까지 다들 버틴 것도 용하지. 은주 씨가 우울한 표정의 경비원들이 모인 샛길을 지나치며 생각했다. 감정으로는 이해할 수 있었지만 지금 자신의 상황으로는 한숨 나오는 일이었다. 안 그래도 집값이 곤두박질치고 있는데 귀신 들린 아파트라는 소문이 알음알음 퍼지고 있었다.

저승사자라니. 누런 포메라니안 할머니의 말처럼 자꾸만 이상한 일들이 일어났다. 나는 그런 거 본 적 없다, 구축 아파트라면 다 있는 일 아니냐는 댓글을 달면서 은주 씨도 나름 소문을 진정시키려고 해 봤지만 사람들 사이에 떠도는 형체 없는 말을 모두 잡아낼 수는 없었다.

펠리컨부동산으로 향해 걷던 은주 씨가 옆머리를 만지작거리다 손가락을 빼냈다. 뱅글뱅글 말린 머리카락 몇 가닥이 감겨 있었다. 요즘 들어 두피를 더듬다 모근까지 머리카락을 뽑아 내는 것이 버릇이 된 은주 씨였다. 그 탓에 관자놀이 위쪽으로 10원짜리 동전만 한 구멍이 생겨 있었다.

이게 도박판이래도 99명은 먹는 거라고 생각했다. 폭탄을 끌어안는 1명이 자신이 될 거라고는 상상도 해 본 적 없는 은주 씨였다. 아예 시작을 말았어야 했나. 작은 목소리가 마음속에서 튀어나왔지만 캐리어에 여행 짐을 꾹꾹 눌러 넣듯 온힘을 다해 쓸데없는 생각을 지웠다.

"펠리컨부동산 사장! 펠리컨부동산 사장 어디 갔어!"

"뭐야? 닫혔어요? 불도 꺼져 있네!"

펠리컨부동산 앞은 은주 씨보다 먼저 삐죽사장을 찾아온 사람들로 이미 아수라장이 되어 있었다. 평소 같으면 환하게 불을 켜고 큰 모니터에 뉴스를 띄워 놓은 채 책상 앞에 앉아 있거나 고객과 통화를 하며 사무실 안을 서성이고 있어야 할 삐죽사장이 보이지 않았다. 가게 안의 불은 꺼져 있었고 유리문은 잠겨 있었다. 사람들이 열리지 않는 문을 흔들어 대고 주먹으로 유리를 퉁퉁 두들기자 마치 절규하는 원혼의 얼굴처럼 하얗게 손 기름 자국이 남았다.

"여기 통화되는 사람 있어요?"

핸드폰을 귀에 댄 남자가 주위의 사람들을 돌아보며 소리쳤다.

"뭐야, 사기만 하면 책임지고 팔아 준다더니!"

"난 집주인이랑 연락이 안 돼요. 집주인도 부동산 사장도 연락이 안 되면 어쩌자는 거야."

매수인, 세입자 등 기다리는 사람들의 입장도 가지각색이었다.

"무슨 일이에요?"

은주 씨가 묻자 부동산 앞에서 불안한 표정으로 서성이던 사람들이 저마다 한마디씩 했다.

"사기만 하면 오른다고 다 팔아 준다길래 샀더니 지금 봐요. 양동 이전 취소되고 내 생피 같은 돈 다 날리게 생겼어요!"

야구 모자를 쓴 아저씨가 수염도 채 깎지 못한 채 와서 울분을 토했다.

"그 정도면 양반이죠. 나는 전세 계약 당일에 집주인이 저당권을 설정했어요. 세상에 이런 양아치들이 대체 어디 있습니까?"

부부인 듯 옆에 남색 원피스를 입은 여자와 함께 온 젊은 남자가 말했다.

"지금 다른 데서도 전세 사기 치고 날랐다는 얘기가 있던데요."

초조한 표정으로 계속 누군가에게 전화를 하던 여자가 중얼거렸다.

"뭐라구요?"

"오피스텔 건축주한테 리베이트 받고 세입자 전세 보증금 나눠 가졌대요."

장미가 당한 것과 같은 케이스였다. 눈앞이 아찔했다.

"대체 어떻게 된 거야. 펠리컨부동산 사장 다른 번호 아시는 분 없어요?"

우왕좌왕하는 사람들의 모습을 보니 갑자기 등에 식은땀이 나기 시작했다. 다른 부동산에 물건을 팔아 달라고 부탁해 볼 수도 있었지만 이미 거래처가 하나 줄어든 셈이었다. 그러나 삐죽사장의 도망이 단순히 거래처가 하나 줄었다는 데에서 그치는 것이 아니라 뒤에 더 큰 파도가 기다리고 있는 것처럼 느껴지는 건 왜일까.

마치 한 줌 쌀에 달려드는 비둘기 떼 같이 모여서 웅성거리는 사람들을 지켜보던 은주 씨가 혹여 자신의 세입자를 마주칠까 비틀거리며 뒷걸음질 쳤다.

대체 그 아줌마가 어딜 갔을까. 야반도주라니. 그래도 이 동네에서 장사를 할 정도면 오래 한 거 아닐까? 그런데 이렇게 하루아침에 도망간다고? 은주 씨는 순간 자신이 한번도 삐죽사장의 이력을 확인한 적이 없다는 것이 기억났다. 몇 달 전 초월시에 이사 오려 할 때쯤 처음 본 사람이었다. 여기서 25년을 영업했다는 샘사장 또래의 여자였기에 삐죽사장도 당연히 그럴 거라 생각했었다.

혼란스러운 얼굴로 아파트로 돌아온 은주 씨의 발길이 저절로 투자해 둔 집으로 향했다. 마치 낭떠러지로 떨어지지 않기 위해 썩은 동아줄이라도 부여잡아야 할 것 같은 기분이었다. 그녀의 손끝에 7동 엘리베이터의 버튼이 짓이겨졌다. 엘리베이터 버튼엔 금세 위로 향하는 삼각형의 붉은 불이 들어왔지만 정작 자신은 파랗게 질려 한없이 아래로 가라앉는 듯했다.

세입자가 정 없다면 이 집도 급매로 내놔야 할 것이다. 아니야. 아직 포기하지 말자. 손해를 본다는 생각을 하니 마음이 다급해진 은주 씨가 이를 악물고 고개를 흔들었다.

"아이고, 세상에!"

엘리베이터에서 내려 오른쪽 복도로 꺾어 드는데 갑자기 비명과 함께 쿠당탕 소리가 들리더니 현관문을 열고 누군가 빠져나왔다. 뒤를 돌아보니 반대편 복도에 누군가 엉덩방아를 찧은 채 나자빠져 있었다. 샘사장이었다.

"사장님……?"

샘사장을 알아본 은주 씨가 난데없는 상황에 눈을 의심하며 천천히 그녀에게로 다가갔다. 차마 팔을 치켜들 힘도 없는지 샘사장이 크게 뜬 눈으로 은주 씨의 얼굴을 한번 쳐다보더니 집 안을 쳐다보았다. 저것 좀 보라는 듯했다. 귀신이라도 본 게 아닐까 싶었지만 반쯤 열린 현관문 사이로 보인 풍경은 그보다 더 무서운 것이었다.

현관의 신발 벗는 곳 바로 앞에 핏기 없는 손 하나가 던져져 있었다. 오른손이었다. 바닥에 흐른 몇 개의 핏방울들이 창백한 손과 대조를 이루었다.

"사장님, 어떻게 된 거예요?"

순간 멍해져 있던 은주 씨가 재빨리 정신을 차리고 112에 전화를 걸었다. 요즘 들어 왜 이런 일들이 많은지 몰랐다. 아파트에 돌아다닌다는 귀신이 자신에게 와서 붙은 것은 아닐까 걱정될 정도였다.

"여, 여기 조치훈 사장님 물건인데. 나보고 하, 한 번씩 와서 체크 좀 해 달라고 해서……."

은주 씨가 어깨를 부축하며 묻자 샘사장이 더듬거리며 말했다. 조치훈. 어릿어릿한 기억에 은주 씨가 물었다.

"여기 집 열두 채 가지고 있는 그분이요?"

"맞아요, 맞아!"

샘사장이 어떻게 아냐는 듯 은주 씨를 쳐다보았다. 지난번 펠리컨부동산 앞에서의 일이 하도 인상 깊어 은주 씨도 기억을 하고 있었다. 조 사장님, 조 사장님 하면서 입안의 혀처럼 굴던 삐죽사장의 모습이 떠올랐다.

"그분한테 한번 연락해 보세요."

은주 씨의 독촉에 이제야 정신이 난 듯 샘사장이 아차, 그렇지 하는 표정으로 핸드폰을 꺼내 들었다. 전화번호부에서 조 사장의 번호를 찾은 샘사장이 계속 전화를 걸었지만 조 사장은 받지 않았다.

"내가 사모님한테도 걸어 볼게요."

조 사장이 전화를 받지 않자 샘사장이 다른 곳에 전화를 걸기 시작했다. 긴 통화 대기 끝에 상대방이 전화를 받았는지 샘사장의 표정이 조금 밝아졌다. 하지만 그것도 잠시 다시 얼굴에 먹구름이 꼈다.

"이상하다."

"왜요?"

영 찜찜한 얼굴로 전화를 끊은 샘사장이 고개를 절레절레 흔들었다.

"어제부터 조 사장님 연락이 안 된다는데요?"

그럼 저 손은 누구의 것이란 말인가. 은주 씨가 섬뜩한 기분을 느끼며 다시 현관 안의 오른손을 바라보았다. 순간 조 사장을 처음 만난 날의 기억이 떠올랐다.

'난 여기 동네가 하도 공기도 좋고 살기가 좋으니까 내가 살려고 여러 채 사 둔 거지. 남이사 집을 열두 채를 사든 백 채를 사든 무슨 상관이야?'

'살려고 사신 거라고요? 무슨 분신술이라도 쓰시는 겁니까? 투기 아니에요?'

정말 저 손이 조 사장의 것이라면 한 사람이 어떻게 열두 집에 동시에 있을 수 있느냐는 임차인의 질문에 대한 음울한 비웃음 같은 대답이 될 것이었다. 저것이 가짜가 아니라 진짜 손이라면 나머지 부분들은 모두 어디 있는 것일까. 그 생각을 하자 눈앞이 아득해졌다.

대체 이런 짓은 누가 벌이는 것인가. 눈을 감자 잊고 있었던 검은 우비와 회색 귀신의 모습이 아른거렸다. 이 아파트에는 해결되지 못한 위험들이 너무 많았다. 끔찍했다.

곧 도착한 경찰도 은주 씨나 샘사장과 별 다를 바 없는 얼굴이 되었다. 그들이 묻는 말에 아는 대로 대답을 해 주고 나오니 벌써 점심시간을 훌쩍 넘어 있었다.

이대로는 안 된다. 사건이 계속 일어나고 있었다. 경찰이 조사한다지만 사태가 빨리 진정되어야 집도 더 잘 팔릴 것이다. 은주 씨는 창백해진 얼굴로 아파트 1층으로 내려갔다.

포크레인 집게발 사건이 있기 전날 블랙박스를 돌려 봐야 했다. 경찰도 할 수 있고 그들이 해야 하는 일이었지만 아파트에 주차된 차들을 매일 보는 은주 씨였다. 그 전날 밤에 사고 현장 방향으로 주차된 차들이 어떤 것인지는 은주 씨가 더 잘 알았다. 조금이라도 빨리 범인을 알아볼 수 있다면 좋은 것 아닌가.

분리수거장 근처에 주차된 차들을 돌아보며 며칠째 움직이지 않던 차들을 골라 블랙박스를 좀 볼 수 있겠냐고 문자를 보내 두었다. 당신이 뭐냐고 되물으면 할 말은 없었지만 일단 할 수 있는 일은 다 하고 싶었다. 5동 고양이 사건 때처럼 아무것도 못 하고 또다시 검은 우비를 놓칠 수는 없었다.

검은 우비를 생각하니 지안이가 잘 있는지 문득 걱정이 된 은주 씨가 집을 향해 발걸음을 옮겼다. 지안이를 너무 오래 끝집여자에게 맡겨 두는 것도 좀 그렇기도 하고 지난번의 일 이후 지안이와 서먹해진 것이 마음에 걸려 오늘은 좀 일찍 데려와야겠다 싶었다. 일단은 무엇보다 딸이 좋아하는 것을 먹이고 하고 싶다는 것을 같이 해 주며 웃는 모습을 보아야 은주 씨 자신의 마음이 좀 풀릴 것 같았다.

"안녕하세요. 저 지안이 엄마예요."

조심스럽게 초인종을 누르며 끝집여자를 불렀다. 아무것도 없는 빈손이었지만 뭔가를 사 올 정신이 없었다. 신경줄이 다 타 버린 것 같은 상황에서 지안이를 챙기는 것만 해도 오늘은 버거웠다.

"네."

안방에 앉아 있는 듯 힘껏 대답하는 것 같은데도 소리가 멀었다.

"안녕하세요?"

평소의 깔끔한 모습과는 다르게 자다가 막 일어난 듯 머리가 약간 헝클어져 있었다.

"네. 지안이 좀 데려갈 수 있을까요? 매번 신세 져서 미안해요."

예의를 차릴 새도 없이 은주 씨가 지안이의 행방을 물었다.

"지안이요? 오늘 안 왔는데요?"

아직 잠에서 덜 깬 얼굴이 약간 부어 있는 여자가 애써 눈을 뜨려고 하면서 물었다. 은주 씨는 순간 발끝으로 온몸의 피가 빠져나가는 듯한 기분을 느꼈다.

"네? 그럴 리가……."

오늘도 끝집여자네에 간다고 했던 아이였다. 마음이 급했던 은주 씨가 먼저 집을 나오고 구운 식빵을 오물거리던 아이는 알아서 갈 테니 엄마 먼저 가라고 배웅까지 해주었다. 심장이 입 밖으로 튀어나오려는 걸 억누르며 은주 씨가 지안이에게 전화를 걸었다.

받지 않았다. 길고 긴 통화 대기음만 울려 퍼질 뿐이었다.

"애가 없어졌어요?"

창백해진 은주 씨의 얼굴을 보고 상황을 파악한 끝집여자가 현관문을 열고 밖으로 나왔다. 혹시나 하는 마음에 신호음이 가는 동안 은주 씨가 집으로 달려가 문을 열었다.

"지안아, 지안아!"

— ……삐 소리가 난 후…….

전화를 끈 은주 씨가 집 안을 샅샅이 뒤졌지만 지안이는 없었다. 먹다가 접시 위에 두고 간 듯 이빨 자국이 난 귀퉁이만 남은 마른 식빵 하나만이 지안이가 있었던 흔적을 보여 주고 있었다.

오늘은 끝집여자의 집에서 색칠 놀이를 할 거라며 색연필과 컬러링 북을 넣어 두었던 가방도 보이지 않았다. 그래, 어쩌면 친구 집에 갔을지도 모른다. 진정하자. 은주 씨가 숨이 거칠어지려는 걸 참고 심호흡하며 전화번호부를 뒤졌다. 끝집여자는 은주 씨네 집 앞까지 따라와 있었다.

"안녕하세요. 지안이 엄만데요, 혹시 지안이……."

"응. 안녕. 나 지안이 엄만데 혹시 지안이 너랑 같이 있니?"

은주 씨의 전화를 받는 사람도 있었고 안 받는 사람도 있었다. 받지 않는 사람들도 각자 사정이 있겠지만 이 순간만큼은 너무도 야속하게 느껴졌다. 전화를 받는 사람들도 지안이가 어디 있는지 모른다고 말하기는 마찬가지였다. 아무 도움이 안 됐다.

"지안이 못 찾으셨어요?"

은주 씨가 현관 밖으로 나오자 걱정스러운 표정으로 문가에 서 있던 끝집여자가 물었다.

"네. 다들 지안이 안 왔다고……."

순간 은주 씨의 머릿속에 불길한 상상이 펼쳐졌다. 지안이는 엄마 몰래 다른 곳에 갈 아이가 아니다. 원체 지안이가 말을 잘 듣는 아이기도 했지만 은주 씨도 지안이가 어디로 가는지 말만 하고 간다면 대부분 쉽게 허락을 해 줬기 때문이었다.

그러니 지안이가 작정하고 은주 씨를 속일 일은 없었다. 적어도 자신이 아는 한에서는. 지난번에 지안이가 머리를 싸쥐며 절규하던 장면은 잊어버리려 애썼다.

지안이는 친구 집에도 가지 않았다. 학교는 오늘 개교기념
일이다. 학원도 다니지 않는 아이였다. 끝집여자와 노는 것
외에 따로 약속이 없는 아이가 제 발로 어디로 떠났을 리는
없다. 그렇다면 남은 가능성은 누군가 아이를 억지로 붙잡아
은주 씨의 눈에 띄지 않게 숨겨 두고 있는 것이다. 그렇다면
아이를 꾀어내기 적합한 사람이 필요하다. 똑똑한 아이니 모
르는 사람이 말을 붙인다 해도 그대로 따라가지는 않을 테니
까. 아이가 의심 없이 따라갈 정도로 친밀하면서도 아이를 감
춰 둘 만한 공간을 가지고 있는 사람.

"당신, 우리 애 숨기고 있는 거 아니야?"

은주 씨가 끝집여자를 쏘아보았다. 끝집여자가 난데없는
공격에 황당한 얼굴로 그녀를 쳐다보았지만 지금 은주 씨의
눈에는 그것도 가증스러운 연기로 보일 뿐이었다. 마침 아직
8호의 현관문은 열려 있었다. 은주 씨가 끝집여자의 집을 향
해 달려갔다.

정말이지 눈에 뵈는 게 없었다. 아이를 찾을 수만 있다면,
지안이를 찾을 수만 있다면 다른 것은 아무것도 상관없었다.

"지안이 어머니! 왜 이러시는 거예요!"

현관에서 신발을 벗고 들어간 것은 은주 씨의 마지막 남은
맨정신이었다. 남의 집에 쳐들어간 은주 씨는 함부로 작은 방

의 문을 열고, 잡동사니가 널린 화장실 문을 열고, 이불이 흐
트러져 누군가 자고 있던 흔적이 역력한 안방의 침대를 뒤지
고 작은 베란다에 맨발로 내려가 자질구레한 물건들로 꽉 찬
창고 문을 열었다.

하지만 지안이는 없었다. 짐도 딱히 많지 않았기에 보이는
그대로였다. 지안이는 없었다. 은주 씨가 뒤따라 들어온 끝집
여자의 팔을 잡고 흔들었다. 눈이 벌겠다.

"우리 딸 어디 갔어! 어디다 숨겼어!"

어쩌면 그간 쌓여 있던 질투심의 표현인지도 몰랐다. 은주
씨가 끝집여자를 향해 괴물처럼 소리 질렀다.

"무슨 소리 하시는 거예요! 지안이는 여기 없어요!"

당황한 끝집여자가 새된 목소리로 소리쳤지만 은주 씨의
광기는 멈추지 않았다. 마치 먹이를 앞에 둔 맹수 같았다.

"당신이 우리 애 훔쳐 갔지! 당신 애도 잃고 집도 잃었다고
남의 애한테 그래도 되는 거야?"

짝!

끝집여자가 은주 씨의 따귀를 갈겼다. 매서운 손길이었다.
은주 씨는 찬물을 맞은 듯 그제야 정신이 들었다. 테이프를
되감듯 지난 몇 분간의 추태가 생생히 눈앞에 떠올랐다.

고개를 들자 여전히 흥분을 주체하지 못해 숨을 쉭쉭 내
뱉는 은주 씨와는 다르게 끝집여자의 건조한 표정이 거기 있

었다.

"……애가 없어지면 정신이 없어질 수 있어요. 저랑 같이 찾아봐요."

그야말로 초인적인 인내심이었다. 은주 씨로부터 아무 말도 듣지 못했다는 듯 무표정한 얼굴이었지만 그 속에는 은주 씨가 아무렇게나 휘두른 발톱 자국이 깊게 패어 피가 철철 흐르고 있을 것이다.

아마 지안이가 없었더라면 이런 호의는 받지 못했겠지. 은주 씨는 직감했다. 말이 없어진 은주 씨가 순순히 끝집여자를 따라 나와 현관에서 벗어 둔 신발을 꿰어 신었다.

끝집여자의 도움으로 경찰에 신고하고 관리사무소에도 사정을 알린 뒤 아파트 전체에 방송을 할 수 있게 해 두었다. 평소에는 듣기 싫게 쩌렁쩌렁 울리는 것 같던 소리가 오늘따라 왜 이리 모기만 하게 들리는지 모를 일이었다.

"연락해 볼 만한 데는 다 해 보신 것 맞죠?"

오늘만 해도 경찰을 만나는 게 벌써 두 번째였다. 언제부터 경찰을 만날 일이 이렇게 많았던 걸까. 또 당신이냐고 할까 봐 지레 겁먹어 있던 은주 씨였지만 다행히 출동한 경찰들은 그런 말을 하지 않았다.

"조금만 기다려 보세요. 별일 없을 거예요."

경찰은 짜증내거나 귀찮아하는 기색 없이 일단 겁에 질린 은주 씨를 안심시켰다. 대여섯 명 정도 되는 다른 경찰들도 어디를 찾아봐야 할지 모여서 애기하는 중이었다.

"혹시 아이 핸드폰 위치 추적은 해 보셨나요?"

아, 왜 그게 있다는 걸 생각을 못 했지. 은주 씨는 그제야 지안이에게 핸드폰을 사 주면서 미리 깔아 두었던 위치 추적 앱의 존재를 기억해 냈다. 그만큼 평소에 쓸 일이 없었다.

"네, 있어요. 여기…… 앗."

당황한 은주 씨가 앱을 열다가 땀 때문인지 손이 미끄러져 핸드폰을 놓쳤다.

"괜찮아요. 제가 봐 드릴게요."

경찰이 손을 덜덜 떠는 은주 씨를 보고 대신 앱을 켜서 화면을 확인해 주었다.

"아직 핸드폰이 꺼지진 않은 것 같네요. 근데……."

화면을 들여다보던 경찰이 얼굴을 찌푸렸다. 무슨 일이 생긴 것일까. 은주 씨의 심장이 덜컥 내려앉았다.

"아파트 안에 있다고 나오는데요?"

14층. 은주 씨의 집이 있는 층이었다. 끝집여자의 집이 있는 층이기도 했다. 엘리베이터가 14층에 도착하자 은주 씨가 총알처럼 튕겨져 나갔다. 분명 핸드폰은 집에 없었는데…….

안 그러려고 해도 끝집여자에 대한 불신이 다시 스멀스멀 기어 올라왔다.

"이쪽에서 울리는 것 같은데요."

지안이에게 전화를 거는데 은주 씨 뒤를 따라오던 경찰이 계단참을 가리켰다. 수화기를 귀에서 떼자 크기는 작지만 분명히 핸드폰 벨소리가 울리는 것이 들렸다. 지안이가 좋아하는 신인 걸그룹의 발랄한 댄스곡이었다. 지안이가 집에서 뮤직비디오를 틀어 놓고 신나게 따라 추던 모습이 떠올랐다. 왜 아까는 몰랐을까.

"여기 있네요."

계단을 내려간 경찰이 13층으로 내려가는 중간 계단 구석에서 지안이의 핸드폰을 찾아냈다. 모서리에 처박힌 것이 마치 아무렇게나 버려 두고 간 것 같아 보였다. 그새 뽀얗게 먼지가 묻은 핸드폰을 받아든 은주 씨가 통화를 끊었다. 불안감이 엄습했다. 누구든 그렇겠지만 특히나 지안이는 이렇게 핸드폰을 버려 두고 갈 아이가 아니다.

까만 ㄴ

은주 씨가 통화를 끊자 밝은 빛을 뿜으며 '엄마♡'라는 귀여운 글자를 띄우던 핸드폰이 순식간에 빛을 잃고 꺼졌다. 그리고 이내 핸드폰 표면에 있던 손자국이 드러났다. 손끝으로 글씨를 쓰다 만 것 같았다. 계단의 먼지를 뒤집어쓴 덕분에 지안이의 손 기름 자국이 더욱 선명하게 보였다.

ㄴ. '까만 ㄴ'이 뭘까. 까만 네모? 까만 노루? 까만 나사? 머 릿속에 떠오르는 대로 대입해 보려 했지만 어느 것도 말이 되는 것은 없었다. 경찰들에게 아이 사진을 보내고 은주 씨와 끝집여자도 함께 9동 밖으로 나왔다. 핸드폰만 여기 있을 뿐 아이는 다른 어디에든 있을 수 있었다.

계단에는 CCTV가 없다. 혹시나 해서 엘리베이터가 아닌 계단으로 1층까지 내려오며 샅샅이 찾아봤지만 그 이상 지안 이의 흔적은 없었다. 혹시 아직 범인이 9동을 빠져나가지 못 했을 경우를 대비해 1층 공동 현관의 앞문과 뒷문에 경찰을 배치하고 CCTV를 돌려 보는 중이었다.

끝집여자가 혹시 모르니 단지 내 놀이터를 찾아보겠다며 나서고 혹시 연락이 온 게 없는지 알아보기 위해 은주 씨도 관리사무소로 향했다. 아무렇게나 떠오르는 생각들로 마음 이 번잡스러운데 문득 아파트 상가의 부동산이 눈에 들어왔 다. 나무부동산. 그리고 샘사장. 뭔가 스쳐 지나가는 게 있어 은주 씨는 자석에 이끌리듯이 부동산으로 달려갔다.

아파트 상가로 달려가는 그 짧은 순간에도 오만 생각이 파 도처럼 밀려왔다. 오늘 아침에 그런 일을 겪었는데 샘사장이 이런 끔찍한 일을 저지를 수 있을까. 자신에게 혼비백산한 모습을 보여 준 것은 다 계획된 일이었나. 샘사장이 그렇게 치밀한 범죄자가 될 수 있을 것 같지는 않았는데. 하지만 사람은 겉으로만 봐서는 모르는 일이지 않은가.

"사장님!"

문가에 선 은주 씨가 부르자 컴퓨터 화면을 들여다보던 샘사장이 고개를 돌렸다. 은주 씨가 뭐에 쫓기는 사람처럼 들이닥치자 적잖이 놀란 것 같았다. 오늘 아침에 토막 난 손을 본 사람이 저렇게 태연하게 업무를 할 수 있을까? 뭐 눈엔 뭐만 보인다고 하지만 은주 씨로서는 물불을 가릴 처지가 아니었다.

"애기엄마?"

뭐라고 말을 걸어야 할까? 만약 샘사장이 범인이라면 뭐라고 물어야 한 번에 잡아낼 수 있을까? 은주 씨는 마치 프로파일러라도 된 것처럼 머리를 굴렸지만 그게 도깨비방망이 휘두르듯 뚝딱 나올 리가 없었다.

"사장님 오늘 언제 출근하셨어요?"

"나? 오늘 평소같이 문 열고 우리 직원 오자마자 8동으로 바로 갔지. 애기엄마도 봤잖우. 나 거기 있는 거. 그치?"

샘사장이 의아한 얼굴로 문가에 앉아 있던 직원에게 동의를 구했다. 직원도 어리둥절한 표정으로 고개를 끄덕이는 것을 보니 거짓말을 하는 것 같지는 않았다.

"무슨 일 있어요?"

자신이 신도 아니고 한 번의 질문만으로 모든 것을 알아낼 수는 없다. 은주 씨는 이렇게 된 이상 솔직하게 얘기하고 도움을 청하기로 했다.

"아이가 없어졌어요."

"네?"

아파트가 소문이 빠르다지만 아직 여기까지 소식이 퍼진 건 아닌 모양이다. 고맙게도 샘사장은 부동산 문을 닫고 지안이를 찾는 것을 도와주겠다고 했다. 의심한 것이 민망해질 정도였다.

"어차피 나도 아침 일 때문에 싱숭생숭해서 영 집중이 안 되더라고. 막 집에 들어가려고 하던 참인데."

들어가서 좀 쉬시라고, 괜히 저 때문에 신경 쓰실 필요 없다고 말하고 싶었지만 쉽게 말이 나오지 않았다. 고양이 손이라도 빌리고 싶다는 말이 괜히 있는 게 아니었다.

샘사장을 의심한 것은 아무래도 실수인 것 같았다. 샘사장의 자주색 원피스가 검은색으로 보일 리는 없었다.

"고맙습니다."

순간 눈물이 터져 나왔다. 이런 사람을 의심하다니 자신이 나쁜 사람같이 느껴졌다.

"괜찮아요. 괜찮아."

샘사장이 은주 씨의 등을 토닥였다.

"관리사무소에는 가 봤어요? 방송을 한번 더 해 달라고 할까?"

아, 맞다. 관리사무소 가려다 여기 온 거였지. 정신이 없어 왜 자신이 1층에 내려왔는지도 잊고 있었다.

"마침 연락 온 거 없는지 확인하러 가 보려던 참이었어요."

"그래. 나도 사람들한테 연락해 보고 아파트 돌아볼게요. 얼른 가 봐요. 뭐 이상한 거 있으면 바로 연락을 줄게요."

"고맙습니다."

꾸벅 인사한 은주 씨가 나무부동산을 나섰다.

관리사무소에 가 봤지만 아직 별다른 소득은 없었다. 방송을 몇 번 했지만 아무도 발견한 사람이 없는지 연락이 오질 않았다. 혹시 제보가 있으면 바로 자신의 핸드폰으로 전화해 달라는 말을 남기고 나와야 했다.

그래. 다시 9동에서 시작해야 한다. 은주 씨가 아파트로 돌아갔다. 이번엔 15층부터 아래로 내려오기로 했다. 마침 끝집 여자에게서 전화가 왔다.

— 놀이터에는 없어요. 1층부터 한번 찾아볼까요?

"저는 15층부터 찾아서 내려갈게요. 무슨 일 있으면 연락 주세요."

끝집여자가 신경 써 주는 것이 고마웠다. 하지만 아직 여유

있게 감사를 표시하기엔 일렀다.

"저기요, 계세요?"

평일 낮이라 그런지 회사에 나가고 집에 없는 사람들이 많았다. 범인이 문을 열어 줄 리도 없거니와 문을 열어 준다고 해도 지안이 여기 있소 하며 내줄 일은 없다는 걸 알면서도 은주 씨가 지금 할 수 있는 일은 이것뿐이었다.

방송을 들은 주민들이 드문드문 문을 열어 주기는 했지만 어떤 이상한 낌새도 찾을 수 없었다. 눈이 벌건 채로 어깨 너머 집 안을 집요하게 살펴보는 은주 씨를 거칠게 쫓아내지 않은 것만으로도 다행이었다.

"혹시 이런 아이 못 보셨어요?"

15층, 14층, 13층을 다 도는 동안에도 수확은 없었다. 13층에서 만난 청소 아주머니도 안쓰러운 얼굴로 고개만 저을 뿐이었다.

"선생님, 죄송하지만⋯⋯."

12층 왼편 복도를 돌고 오른편 복도를 향해 가는데 엘리베이터 앞에 누가 서 있는 것이 보였다. 아이를 잃을지 모른다는 공포감에 사로잡힌 은주 씨가 울먹이며 핸드폰 안에서 웃고 있는 지안이 사진을 먼저 들이밀었다.

"아니요. 못 봤습니다. 미안합니다."

은주 씨가 할 말을 이미 알고 있는지 상대가 손을 내저었다.

"네. 죄송합니다."

곧이어 엘리베이터가 도착하고 회색 정장을 입은 여자가 작은 캐리어를 끌고 움직였다. 바퀴 끄는 소리에 묘한 기시감이 든 은주 씨가 바퀴를 쳐다보던 고개를 들었다. 순간 눈앞의 사람과 기억 속 이미지들이 머릿속에서 겹쳐졌다. 회색 고급 정장. 같은 층 집주인이 입주 청소를 하러 왔다가 기절한 날에도, 삐죽사장의 부동산 앞에서도 스쳐 지나간.

'회색 귀신.'

사람들이 엘리베이터 안에서 수런거리던 말이 귀에 되살아났다. 그들이 말하던 그 귀신이 저 사람임이 틀림없다. 그렇다면 검은 우비도 저승사자도 모두 저 사람인 걸까?

잡아야 한다. 번개처럼 꽂히는 직감에 은주 씨가 입을 열었다.

"저기요."

은주 씨가 말을 걸자 낌새를 알아채고 표정이 돌변한 회색 귀신이 엘리베이터에 쏙 올라타고는 닫힘 버튼을 연타했다. 뭔가에 쫓기는 듯한 표정이 심상치 않았다.

"너 뭐야."

은주 씨가 팔을 뻗어 문이 닫히는 걸 막자 회색 귀신이 캐리어를 버리고 은주 씨를 밀친 채 계단 쪽으로 뛰어 달아났다. 저런 꼭 끼는 정장을 입고 어떻게 저렇게 잘 도망갈 수 있는지 의아할 지경이었다. 갑작스러운 충격에 엉덩방아를 찧은 은주 씨가 바닥을 짚고 다시 일어났다.

"범인, 범인이 계단으로 가고 있어요! 누가 좀 잡아 줘요! 불이야!"

계단 두세 개를 마구 뛰어 내려가는 귀신의 뒤를 쫓으며 은주 씨가 비명을 질렀다. 주목을 끌기 위해서 아무 소리나 주워섬겼지만 부끄럽다는 생각은 들지 않았다.

"제가 올라갈게요!"

끝집여자의 목소리가 아래로부터 올라왔다.

"으악!"

밑에서 끝집여자가 올라오는 걸 발견한 귀신이 5층쯤에서 복도로 도망쳤다. 엘리베이터가 아니면 이 계단 밖에는 외부로 나갈 수 있는 길이 없었다. 난간에서 뛰어내리지 않는 이상.

귀신은 난간에 한 다리를 걸친 채로 끝집여자에게 목덜미를 붙잡혔다.

"경찰은, 밑에 있으라고, 했어요. 혹시, 누가 나가는 걸, 놓칠 수도, 있으니까."

끝집여자가 빨개진 얼굴로 숨을 몰아쉬며 말했다. 은주 씨도 끝집여자를 도와 귀신을 난간에서 끌어 내렸다. 텅 하고 등이 부딪히며 콘크리트 바닥이 묵직하게 울렸다. 영 멀쩡하기만 한 것은 아니었던 듯 귀신의 구두가 벗겨져 까진 맨발이 드러났다.

"죄송해요. 처음부터 그러려던 건 아니었어요."

귀신이 누운 채로 싹싹 빌었다. 은주 씨가 멱살을 잡아 흔들자 귀신의 긴 생머리가 앞뒤로 출렁거렸다.

"한 명 남는 분 있으면 5층으로 와 주세요!"

끝집여자가 계단을 향해 소리쳤다.

"네가 검은 우비 입고 돌아다니던 놈이지? 고양이도 죽이고, 경비 할아버지한테 해코지하고! 맞지?"

"무슨 말씀이세요. 저 아니에요!"

당장이라도 잡아 죽일 듯한 은주 씨의 추궁에 회색 귀신이 아니라고 악을 썼다.

"됐고. 우리 지안이 지금 어디 있어. 어디 있어!"

은주 씨가 미쳐 울부짖었다. 귀신은 고개를 저었다.

"그건 제가 아니에요."

"뭔 헛소리야. 죽여 버리기 전에 말해. 빨리!"

상대가 쉽게 원하는 걸 불지 않을 작정이라는 걸 깨닫자 은주 씨가 주변에 위협이 될 만한 흉기를 찾았다. 칼 같은 걸 원했으나 갑자기 어디서 그런 게 튀어나올 리 없었다.

대신 계단 쪽 방화문을 고정하기 위해 고여 놓은 묵직한 벽돌이 눈에 들어왔다. 은주 씨가 발을 뻗어 벽돌을 끌어왔다. 지금 보니 운동화가 어느새 벗겨졌는지 은주 씨의 오른발도

맨발이었다.

"제가 그런 거 아니라니까요. 정말이에요."

"죽여 버릴 거야!"

귀신이 울상을 지으며 비는데도 은주 씨는 금방이라도 그를 내려찍을 듯 한 손에 쥔 벽돌을 치켜들었다. 이러면 안 돼. 마지막 남은 이성이 속삭였으나 곧 가루가 되어 흩어졌다.

"지안이 어머니!"

경찰이 오는지 확인하다 그제야 은주 씨가 벽돌을 쥐고 있는 것을 발견한 끝집여자가 벽돌을 빼앗으려 다가왔다.

끝집여자가 벽돌을 빼앗으려 은주 씨의 팔을 붙잡았다.

"놔."

"지안이 어머니 진정하세요. 이건 아니에요."

"이게 내 자식을 훔쳐 갔어! 당신은 몰라!"

핏줄이 터져 눈이 시뻘게진 은주 씨가 끝집여자를 향해 악귀처럼 소리 질렀다. 그런 은주 씨의 기세에 질려 잠시 멈칫하던 끝집여자가 이내 다시 달려들었다.

"지안이가 이런 꼴을 보고도 좋아할 것 같아요? 애가 돌아오면 뭐라고 하실 거예요? 적어도 저는 너희 엄마 못 말려서 미안하다는 소리는 하고 싶지 않아요."

"이거 놔!"

은주 씨가 벽돌을 빼앗기지 않으려 몸을 비틀었지만 끝집여자의 단호한 손길에 결국 벽돌을 빼앗기고 말았다.

"넌 어디 가?"

벽돌에 정신이 팔린 사이 은주 씨 허벅지 사이에서 몸을 비틀어 빼내려 했던 귀신이 사색이 된 얼굴로 그녀를 쳐다보았다.

벽돌을 빼앗겼다 해도 은주 씨는 아무래도 상관없었다. 아직 주먹이라는 좋은 무기가 남아 있었으니까.

눈이 돌아간 은주 씨가 주먹을 들자 놀란 귀신이 반사적으로 몸을 구부리며 머리를 감싸 쥐었다.

"저는 정말 아니에요! 전 그냥 부동산 사장님이 누르는 비밀번호를 외워서 빈집에서 잠만 자고 나온 것뿐이라구요!"

뭐? 귀신의 비명에 그를 깔고 앉아 주먹을 내지르려던 은주 씨가 움직임을 멈췄다. 7호 집주인. 입주 청소를 하러 왔다가 귀신을 봐 기절한 남자의 얼굴이 떠올랐다.

'뭔가 검은 게 휘날리는 걸 본 것 같기도 하고⋯⋯'

그럼 그게 우비 자락이 아니라 머리카락이었단 말인가? 은주 씨는 자신의 손등 위로 흘러내린 길고 검은 머리카락을 내려다보았다. 순간 자신이 투자한 빈집의 입주 청소를 할때 바닥에 떨어져 있던 머리카락들이 떠올랐다.

은주 씨가 잠시 멈추자 그 틈을 타 끝집여자와 뒤이어 올라온 경찰이 둘을 떼어 놓았다. 경찰들에게 억울함을 호소하듯 귀신이 엉덩이 걸음으로 물러나며 소리쳤다.

"그래요. 택배도 몇 개 훔쳤어요. 그래도 이렇게 사람을 개 잡듯이 할 건 아니잖아요? 그것도 낡고 수리 안 된 집만 골라서 잔 거였다구요. 어차피 잘 나가지도 않는 방들이잖아요. 좀 빌려주면 덧나요? 집주인도 만나고 싶어서 만난 것도 아니고 날 보고 놀라는 걸 그러면 어떡하라구요."

"닥쳐!"

엄연히 주거 침입에 절도인데 뭐가 그렇게 당당한지 알 수 없었다. 이제 아이를 찾았다 생각했는데 엉뚱한 놈이 걸려들어 궤변까지 늘어놓으니 참을 수가 없어졌다. 은주 씨가 귀신의 모가지를 잡고 흔들자 경찰들이 달려들어 그녀를 말렸다.

"어머니, 진정하세요!"

자기 입으로 술술 불었으니 더 이상 뭘 추궁하고 자시고 할 것도 없어서 경찰이 귀신을 일으켜 데리고 갔다. 끝집여자가 은주 씨를 부축했다.

"돈 없어서 빈집에서 몰래 잔다면서 옷은 왜 저렇게 잘 입고 다니는 거래요?"

귀신이 사라지자 끝집여자가 귀신이 사라진 쪽을 힐끔거리며 말했다.

"좋은 옷을 입고 다니면 사람들이 의심을 덜 하니까 그런 거겠죠."

자신도 그랬으니까. 은주 씨가 고개를 흔들었다.

"그래도 혹시 모르니 빈집은 전부 수색해 보겠습니다."

"네. 고맙습니다."

계단을 뛰어 올라온 경찰이 은주 씨를 안심시키려는 듯 말하고 돌아갔다. 은주 씨가 난간 너머의 수많은 벌집들을 바라보았다. 수많은 방들과 그 방의 개수만큼의 비밀들이 다닥다닥 붙어 있었다.

— 아파트 도착했습니다. 어디서 만나면 되나요?

— 지금 사정이 생겨 만나기가 어려울 것 같습니다. 죄송합니다. 다시 연락 드리겠습니다.

퇴근한 블랙박스 주인들에게서 하나둘 연락이 오고 있었다. 그러나 지금은 한가하게 포크레인 사건을 해결한다고 남의 블랙박스나 들여다보고 있을 때가 아니었다.

그냥 아무것도 하지 말걸. 아이를 잃어버리고 나니 자신이 했던 모든 일이 후회스러워지기 시작했다. 아니야, 지금은 그런 생각할 때가 아니야. 눈물조차 사치였다. 은주 씨가 자신의 볼을 찰싹찰싹 때렸다.

— 지금 올라갈게.

소식을 들은 호석이 바로 올라오겠다고 했지만 남부 지방에 집중된 폭우 때문에 산사태가 나서 도로가 모두 끊긴 상태였다.

"아니야. 거기 비 온다며. 지금 올라오면 위험해."

현재진행형인 폭우 때문에 철도까지 물에 잠기는 바람에 호석은 오도 가도 못 하는 신세였다. 사실 말은 그렇게 했지만 은주 씨는 당장이라도 호석이 순간 이동이라도 해서 자신의 옆에 있어 줬으면 했다.

— 안 그래도 오늘 명주시 집이 팔려서 그것 때문에 전화했었는데 이런 일이 생길 줄 몰랐네.

"집이 팔렸어?"

— 응. 서울 사는 노부부가 별장으로 사고 싶다고 해서…….

집이 팔렸구나. 그런데도 은주 씨는 기뻐할 수가 없었다. 지안이가 곁에 있었으면 치킨 한 마리라도 사 주고 같이 축하했을 일이었다. 그러나 함께 기뻐할 아이가 없었다. 어쩌면 다시는 치킨을 같이 먹지 못할 수도 있었다.

— 조금만 참아, 은주야. 비만 그치면 바로 올라갈 테니까. 무슨 일 있으면 바로 연락하구.

끔찍한 상상을 하는 은주 씨를 알아채기라도 한 것처럼 수화기 너머로 호석이 그녀를 다독였다.

"응."

풀이 죽은 은주 씨가 힘없이 대답하자 호석이 몇 마디 위로 하는 말을 더 남기고는 전화를 끊었다.

경찰이며 끝집여자며 아파트 사람들이 다 달라붙어 도와 주고 있는데도 은주 씨는 자신이 혼자인 것 같이 느껴졌다.

"못 찾았어요?"

1층으로 내려오자 끝집여자가 물었다. 은주 씨는 가만히 고개를 흔들었다. 끝집여자 또한 그게 좋은 소식인지 나쁜 소식인지 모르겠다는 얼굴이었다.

선생님이 반 아이들 전체에게 연락을 돌리고 뭔가 소식이 있으면 은주 씨에게 연락을 주기로 되어 있었다. 화단가를 거닐던 은주 씨가 초조하게 핸드폰을 들여다보았다. 화단에는 이제 제철이 지난 보라색 비비추가 빛을 잃고 시들어 가고 있었다. 지안이 소식을 초조하게 기다리는 은주 씨의 마음 같았다.

"시든 토마토."

저도 모르게 손톱을 물어뜯던 은주 씨가 중얼거렸다. 만약 지안이가 쓴 글자가 '까만 ㄴ'이 아니라 '까만 ㅇ'이라면?

까만 우비. 검은 우비. 핸드폰 화면 속에서 마치 천둥 번개 치던 날의 검은 우비가 보인 것 같아 순간 은주 씨가 소스라

쳤다.

'조심하는 게 좋을 거야.'

그때 검은 우비가 중얼거리던 목소리가 떠올랐다.

'아줌마도, 딸도……'

혹시 검은 우비가 지안이를 납치한 것일까?

"왜 그러세요?"

파랗게 질린 은주 씨를 보고 끝집여자가 다가와 물었다. 은주 씨는 귀신처럼 창백한 얼굴로 끝집여자를 돌아보았다.

"이상한 얘기 같겠지만 잘 들어요……."

은주 씨는 힘없이 울리는 자신의 목소리가 으스스하다고 생각했다.

"여기 처음 이사 왔을 때 8호 앞에서 검은 우비를 쓴 사람을 본 적 있어요. 혹시 그런 사람 본 적 있어요?"

"네."

"뭐라구요?"

끝집여자가 당연히 못 봤다고 할 줄 알았던 은주 씨는 긍정적인 대답에 더 놀라 되물었다. 그게 꿈이나 착각이 아니었다니.

"이사 온 지 얼마 안 돼서 마주쳤었어요. 계단 쪽에서요. 다행히 남편이 제 뒤에 바로 따라오고 있어서 그런가 그 사람은 금방 도망갔지만요. 너무 불쾌한 기억이라 기억하고 있어요."

"아마 지안이를 데려간 게 그 사람 아닐까요? 내 생각엔 아마 지안이가 검은 우비를 입은 남자를 봤다고 말하려고 한 것 같아요. 저희 집에 놀러왔을 때 우리 둘이 종종 그 얘길 하곤 했거든요."

끝집여자와 있는 동안 지안이는 생각보다 많은 말들을 한 것 같았다. 끝집여자가 지안이와 자신은 모르는 대화를 나누었다는 사실, 그리고 딸이 자신에게는 그런 이야기를 전혀 하지 않았다는 생각에 질투심이 날카롭게 가슴을 찔렀다. 아니야, 지금은 어설픈 질투나 하고 있을 때가 아니다. 은주 씨가 고개를 흔들었다.

하지만 모든 것은 가정일 뿐 정말 지안이가 납치된 것인지, 그리고 범인이 검은 우비인지도 알 수 없었다. 그리고 비가 쏟아지기 시작했다. 마치 처음 은주 씨가 지안이와 공작성운에 도착한 그날처럼.

남부 지방의 비구름이 빠른 속도로 치고 올라올 거라더니 정말인 모양이었다. 아침부터 바람이 거세긴 했었다. 낮에도 밤처럼 어둡던 주위가 아예 저녁이 되자 깜깜한 어둠으로 뒤덮이기 시작했다. 공동 현관 앞 가로등이 켜졌다. 아이를 찾기가 더 힘들어질 게 분명했다. 유괴 아동은 시간이 지날수록 생존 확률이 뚝뚝 떨어진다는데 그 생각만 하면 그냥 자신이 죽어 버리고 싶어지는 은주 씨였다.

"일단 들어가요."

굵은 빗방울이 후드득 쏟아지자 끝집여자가 은주 씨를 공동 현관 처마 아래로 이끌었다. 은주 씨는 자신이 과연 이렇게 한가하게 비나 피하고 있어도 되는 것인가 하는 생각이 들었다. 하지만 지금 빗속으로 들어가 미친년처럼 고래고래 소리를 지른대도 나아질 것은 하나도 없었다.

그때 어렴풋한 빛 너머로 비에 젖어 번들거리는 검은 천이 어른거리며 사라지는 것이 보였다.

"지안이 어머니!"

은주 씨가 반사적으로 놀이터 쪽을 향해 튀어 나가자 놀란 끝집여자가 은주 씨를 부르며 쫓아갔다. 놀이터와 관리사무소 샛길에 다다랐지만 놀이터에도, 등나무 벤치에도 사람은 없었다. 여기서 관리사무소 입구까지는 거리가 꽤 되니 은주 씨가 전광석화처럼 달려오는 시간에 검은 우비가 그쪽으로 사라졌을 가능성은 없었다.

검은 우비. 그래. 그건 분명 검은 우비였다. 검은 우비가 아니라 헛것을 본 것이래도 은주 씨는 쫓아가야만 했다. 문이 열린 곳은 놀이터 맞은편의 지하실밖에 없었다.

평소에는 회색 철문으로 굳게 닫혀 있던 곳이 지금은 잠금장치가 풀린 채 살짝 열려 있었다. 지하로 내려가는 계단 끝에서 희미하게 불빛이 새어 나오고 있었다. 마침 계단을 내려가는 발소리가 막 사라졌다. 우비는 저기에 있다. 은주 씨가 문을 열고 계단을 뛰어 내려갔다.

벽에 난간도 설치되어 있지 않은 어둑어둑한 계단이라 하마터면 계단을 굴러 내려갈 뻔했지만 다행히 넘어지지 않았다. 등 뒤로 끝집여자가 더듬거리며 계단을 내려오는 소리가 들렸다.

"......?"

은주 씨가 정말 계단을 굴러 내려오기라도 한 것처럼 여섯 개의 눈들이 놀란 토끼 눈을 뜨고 쳐다보았다. 지하실은 경비원들의 휴게실이자 식사 장소였다.

검은 우비를 벽에 걸린 옷걸이에 걸고 있던 경비 아저씨를 비롯해 아무런 칠도 되어 있지 않은 콘크리트 방 안에서 마주 앉아 저녁을 먹고 있던 경비원들의 머리 위로 하얗게 먼지가 쌓여 있었다. 그래. 이들도 밥을 먹고 살아야 하지. 그 좁은 경비실에서 식사를 해결하기는 어려웠을 것이다. 게다가 그런 걸 싫어하는 주민들도 있으니까. 하지만 이런 어두컴컴한 지하실이라니.

"죄송합니다."

괜한 소란을 피운 것 같아 은주 씨가 고개를 숙였다. 뒤늦게 도착한 끝집여자가 덩달아 고개를 숙여 보였다.

"아니에요. 애기가 없어졌다는데 우리는 태평하게 밥이나 먹고 있고 더 미안하죠."

그동안 주민들에게 어찌나 시달렸는지 경비원들은 은주 씨의 가벼운 인사에도 황송해하는 얼굴들이었다.

"아니에요. 그런 게……."

경비원들의 위로에 느닷없이 둑이 터진 것처럼 눈물이 줄줄 흘러나왔다. 끝집여자가 어깨에 손을 올리는 것이 느껴졌다. 다른 사람도 살아야 하는데. 세상에 자기 혼자 사는 게 아니잖은가. 그럼에도 이 불행은 자신만의 것이라는 생각이 뼈아프게 파고들었다.

"애기엄마. 너무 걱정하지 마요. 우리도 얘기해 봤는데 9동에 전혀 모르는 사람이 드나드는 건 못 봤어. 아마 곧 찾을 수 있을 거예요."

우비를 벽에 걸던 경비원이 말했다. 은주 씨가 겨우 울음을 멈추고 자신을 진정시켰다. 정말 괜찮을까, 오히려 아는 사람이 더 무서운 거 아닐까? 하는 잡생각을 손바닥으로 눈물과 함께 털어 버렸다.

퇴근 시간이 되자 베란다에 하나둘씩 불이 켜졌다. 경찰들은 아직 아파트 앞을 지키고 있었다. 민망한 일이었지만 문을 하나씩 두드려 보는 수밖에 없었다. 꼭 아파트에 있는 누가 지안이를 데려갔을 수도 있어서가 아니라 지안이를 어디서 봤다는 목격담이라도 간절했기 때문이었다.

다시 15층부터 시작해 내려가기로 했다.

문을 열어 준 모두가 진실을 말해 줄 거라는 보장은 없었지만 그래도 은주 씨는 지푸라기라도 잡는 심정으로 문을 두들겼다. 15층에 불 켜진 집은 세 개였지만 문을 열어 준 건 두 집뿐이었다. 경찰을 데려가면 아마 문을 더 잘 열어 주겠지만 사람이 부족해 1층에 있는 사람들을 데려왔다가는 또 뭔가를 놓칠 수도 있었다. 부디 협조해 달라는 관리사무소의 방송과 사람들의 호의에 기대야 하는 자신이 나약하게 느껴졌다.

문을 열어 준 것은 지난번에 보았던 15층의 50대 아주머니와 40대 직장인 남성뿐이었다. 그러나 그들마저도 아이의 행방을 묻자 잘 모르겠다며 고개를 저었다. 방금 집에 돌아와 아파트에 무슨 일이 일어났는지도 모르는 것 같았다. 아주머니는 아아, 하더니 그래서 경찰이 서 있던 거냐며 도리어 은주 씨에게 물었다. 의심하자면 끝없이 의심할 수 있었지만 끝 집여자의 집을 뒤진 것처럼 무작정 밀고 들어가 남의 집을 수색할 수도 없는 일이었다.

엘리베이터를 타러 가면서도 계단참을 확인하는 것을 잊지 않았다. 그럴 일은 없지만 혹시라도 지안이 모습이 보일까 해서였다. 핸드폰이라는 단서가 나온 이후로 계단참에서 또 무언가 나올까 하는 기대도 있었다. 난간에 기대어 아래를 내려다보니 끝도 없이 뱅뱅 돌아가는 계단에 금방이라도 쓰러질 듯 현기증이 몰려왔다.

13층은 애초에 불이 켜진 집이 한 집뿐이라 오히려 수월하다면 수월했다. 사람들이 다 돌아와 불이 빠짐없이 켜지기까지 대체 얼마나 아파트를 오르내려야 할지 감이 잡히지 않았다.

은주 씨 바로 아랫집이었다. 검은 후드를 뒤집어쓴 기분 나쁜 인상의 젊은 남자와 항상 미어캣처럼 눈치를 보던 아줌마, 고집불통의 아저씨 모습이 차례로 지나갔다. 언제부터 남의 집 식구들을 이렇게 자세히 알게 된 것일까.

딩동, 딩동.

은주 씨가 현관문 중앙에 붙어 있는 낡은 초인종을 두 번 눌렀다. 대답이 없었지만 분명 은주 씨가 초인종을 누르자 한 겹의 철문 너머로 집 안의 공기가 긴장한 것이 느껴졌다.

이상한 일이었다. 다른 곳에서는 느껴 본 적 없는 감각이었다. 집 안의 모든 사람이 움직임을 멈추고 현관문을 쳐다보는 시선이 느껴지는 것만 같았다.

"안녕하세요. 위층인데요."

은주 씨가 통통 철문을 두드렸지만 쥐 죽은 듯 고요한 집 안에서는 아무 대답이 없었다. 오히려 타닥 하는 스위치 누르는 소리가 들렸다. 지금 1층으로 내려가서 보면 분명 이 집의 불은 꺼져 있을 것이다. 은주 씨는 확신했다.

지쳐서 그래. 한참을 기다려도 아무 대답이 없자 은주 씨가 포기한 채 돌아섰다. 자신이 문을 열려 하면 할수록 상대는 더 문을 꽁꽁 닫은 채 안으로 기어 들어갈 것이다. 정 마음에 걸린다면 경찰에게 부탁해 다시 와 보는 수밖에 없다. 그렇게 판단한 은주 씨가 발길을 돌렸다.

"13층입니다."

그렇게 다시 엘리베이터를 타러 가려고 하는데 띵, 하는 엘리베이터 멈추는 소리와 함께 누군가 내렸다. 아랫집 아저씨였다.

"저기……."

은주 씨가 말을 걸려고 하는데 알아채지 못한 듯 아저씨가 척척 앞으로 걸어 나갔다. 쉽게 따라잡을 수 없는 빠른 걸음이었다. 집 앞에 다다라서야 겨우 그를 따라잡은 은주 씨가 아무것도 모른 채 도어 록 비밀번호를 누르는 그를 향해 손을 뻗었다.

"저기요……."

"나야. 문 열어."

도어 록이 고장 난 것인지 아니면 번호를 잘못 눌렀는지 도어 록이 삑삑대며 문이 열리지 않았다. 결국 아저씨가 문을 쾅쾅 두들기며 안에 있을 사람을 향해 소리를 질렀다.

"오셨어요."

"뭐야?"

현관문이 열리며 아줌마의 파리한 얼굴이 드러난 것과 그 제야 은주 씨의 존재를 알아챈 아저씨가 노기 띤 음성으로 은 주 씨를 돌아본 것은 거의 동시였다.

"엄마, 아무나 문 열어 주지 말라니까."

방금까지도 울고 있었던지 빨개진 눈의 아주머니 뒤로 불 만스러워하는 음성이 작게 들려왔다. 검은 후드를 입은 젊은 남자의 목소리라는 건 보지 않아도 알 수 있었다. 원래도 폐 쇄적인 성격이니 그러려니 했다.

"넌 애비가 아무나냐?"

아저씨가 집 안을 향해 버럭 소리 지르자 놀란 아주머니가 어깨를 떨었다. 평소에도 불안해 보이기는 했지만 그보다 더 불안해 보이는 얼굴이었다.

"안녕하세요. 불쑥 찾아와서 죄송합니다. 혹시 방송 들으셨 나요?"

"아니요. 못 들었어요."

아저씨가 집 안으로 들어가자 다시 문틈이 좁아졌다. 은주 씨와의 대화가 불편한 듯 빨리 문을 닫고 싶어 하는 기색이 역력했다.

"뭐야? 뭐 하는 여자야?"

아저씨가 뒤돌아 벌컥 문을 열었다.

"안녕하세요. 저희 아이가 없어졌는데요. 혹시 보신 적 있나요?"

"아파트 앞에 경찰 깔린 게 당신 때문이야?"

아저씨가 불만 어린 목소리로 은주 씨를 향해 눈을 부라렸다.

"네. 죄송하지만⋯⋯."

"애를 도대체 어떻게 간수했길래 동네가 시끄럽게⋯⋯."

"여보, 들어가요. 제발."

아저씨가 나서려 하자 아주머니가 그의 팔을 잡아끌며 사정을 했다. 아저씨가 집 안으로 사라지자 문이 닫히기 시작했다.

"아주머니, 한번만 봐 주세요. 사진 보여 드릴게요⋯⋯."

은주 씨가 핸드폰을 켜 지안이 사진을 보여 주려는데 문틈으로 불쑥 뭔가가 튀어나왔다. 누가 쫓아오기라도 하는지 아랫집 아주머니가 연신 뒤를 돌아보며 빨리 가져가라는 듯 손에 쥔 것을 흔들었다. 끝부분이 조금 닳은 색연필이었다. 연필의 끄트머리에는 자신이 적어 주었던 지안이의 이름이 적혀 있었다.

10

뭐든 해도 괜찮다면서요

무슨 생각으로 움직였는지 하나도 기억이 나지 않았다. 그저 눈앞에서 소란을 피우면 지안이가 다칠 수도 있다는 생각뿐이었다. 최대한 자연스러워 보여야 한다고 생각해서 색연필을 받아 들고 방해해서 죄송하다며 조용히 돌아 나왔다. 그게 과연 자연스러워 보였는지는 신만이 알 일이었다.

은주 씨는 색연필을 손에 쥔 채 무슨 정신으로 자신이 1층까지 내려왔는지 기억나지 않았다. 그저 조용히 엘리베이터를 타고 1층으로 내려와 입구를 지키고 있던 경찰의 팔을 잡아끌었다. 넋이 나간 것 같은 은주 씨의 얼굴을 본 경찰의 표정이 심각해졌다.

"어머니, 괜찮으세요?"

은주 씨는 당장이라도 쓰러질 것 같은 자신을 지탱하기 위해 안간힘을 쓰고 있었다. 손에 쥔 색연필이 부러질 듯 바르르 떨렸다.

"아이가…… 아이를 찾았어요."

은주 씨가 숨을 모아 겨우겨우 말을 끌어냈다.

"네? 지금 어디 있습니까?"

손에 들린 색연필을 보여 주며 아이의 위치와 상황을 설명하자 고개를 끄덕인 경찰이 무전으로 뭔가를 지시했다.

그 후 치킨 배달원으로 위장한 경찰이 검은 후드를 쓴 남자를 제압한 것은 채 10분도 지나지 않아서였다.

이렇게 쉽게 끝날 일을. 은주 씨는 허무했다.

"다 괜찮다고 했잖아요, 내가 뭐든 해도 괜찮다면서요!"

경찰에게 양팔을 잡힌 채 주차장에 세워진 경찰차로 끌려가면서도 검은 후드는 베란다에 우두망찰 서 있는 부모를 보며 소리 질렀다.

"그러게 내가 저놈 초장부터 내쫓아야 한다니까 싸고돌기만 하더니……. 쯧쯧."

아저씨가 허리에 손을 얹고 아주머니를 향해 손가락질을 하며 큰소리를 쳤다.

"그러는 당신은 뭘 잘했어! 애 저렇게 된 게 누구 탓인데!

만날 소리나 빽빽 지르고! 언제는 공부만 잘하면 된다며!"

아저씨의 말에 평소처럼 쥐 죽은 듯 있는가 싶던 아주머니가 고개를 팩 들더니 속사포처럼 쏘아붙였다. 예상치 못한 반격에 아저씨가 움찔하는 모습이 보였다.

"나도 이젠 두 남자 등쌀에 못 살겠어. 알아서 해요."

아주머니가 등을 돌리고 집을 향해 걸어가자 혼자 남겨진 아저씨가 황망한 얼굴로 그녀를 뒤쫓아 갔다.

무슨 일인지 궁금해하던 아파트 사람들이 베란다에 서서 목을 길게 빼고 그 장면을 지켜보고 있었다.

"많이 무서웠지? 엄마가 미안해. 안 다쳤어?"

은주 씨가 무릎을 꿇으며 지안이를 끌어안았다. 아이를 다시 찾은 것이 마치 꿈인 것 같았다. 어찌나 속을 태웠던지 말을 채 끝내기도 전에 눈물이 눈과 코를 막았다. 그저 다행이라는 생각뿐이었다. 이 얼굴을 다시는 못 보게 될까 봐 얼마나 두려웠던가. 끝집여자도 마찬가지인지 한 걸음 뒤에서 찔끔 배어 나오는 눈물을 황급히 소매 끝으로 찍어 내고 있었다.

아랫집에 억류되어 있는 동안 참았던 감정들이 한꺼번에 밀려오는지 엄마와 함께 한참을 울던 지안이가 코맹맹이 목소리로 말했다.

"엄마. 내가 핸드폰에 쓴 거 보고 찾아온 거지? 왜 이렇게 늦게 왔어?"

"응?"

"내가 핸드폰에 까만 후드라고 썼는데."

아. 핸드폰에 쓰여 있던 비밀 메시지는 까만 우비가 아니라 까만 후드였던 모양이다. 지안이가 'ㅇ'이 들어가는 글자를 쓸 때마다 그렇게 찌그러뜨리며 쓴다는 것을 깜빡하고 있었다. 이번에야말로 지안이의 글씨를 교정해야겠다 마음먹는 은주 씨였다.

"응. 맞아. 내가 늦게 알아봐서 그래. 미안해."

그래도 자신의 의도가 잘 전달되었다는 생각에 기쁜지 지안이가 살짝 웃었다.

"엄마, 내가 미안해."

갑작스러운 지안이의 말에 어리둥절한 은주 씨가 아이의 어깨에 파묻었던 얼굴을 들었다.

"무슨 소리야. 네가 왜 미안해. 엄마가 미안하지. 다 엄마 때문인데."

은주 씨 역시 눈물 때문에 목소리가 잠겼다. 퉁퉁 부은 눈 때문에 지안이가 제대로 보이지 않을 지경이었다.

"아니야. 내가 말을 못 해서 그래."

그리고 지안이가 뭔가 결심한 표정으로 말을 이었다.

"나 사실 엄마한테 말 하려고 그랬는데 엄마가 안 들을 것 같아서 말을 안 했어."

"뭘?"

"나 사실 저번에 까만 후드 아저씨가 중학생 오빠 괴롭히는 거 봤어. 벌꿀 어쩌고 하면서 1층에서 화내던 아저씨 아들 있잖아."

아마 동대표를 말하는 것 같았다. 동대표와 아들이 같이 있는 걸 종종 본 적이 있었다. 그런데 검은 후드와 동대표 아들이라니? 순간 둘의 조합이 잘 이해가 가지 않았다.

"어떻게 괴롭혔는데? 언제, 어디서 본 거야?"

놀라 되묻는다는 것이 마음이 급해져 취조하는 말투가 되어 버린 은주 씨였다. 다행히 지안이는 울거나 불안해하는 일 없이 차분히 대답했다.

"우리 같이 저기 맨 꼭대기 집 보러 간 날 있잖아. 부동산 아줌마랑."

아이가 손으로 탑층을 가리켰다. 혼자 사는 직장인 남자의 집이었다. 그날 분명 지안이가 계속 은주 씨에게 말을 걸고 싶어 하기는 했었다. 매물에 정신이 팔린 은주 씨가 지안이를 귀찮아하며 입을 막아 버렸지만.

"그날 수영장 갔다 오는 길에 그 아저씨가 주머니에 손 넣고 서 있는 거야. 무서워서 뛰어오긴 했는데 누굴 기다리는 것 같았어."

침을 한번 꿀꺽 삼킨 지안이가 말을 이었다. 그동안 어찌나 제 엄마에게 털어놓고 싶었으면 입에 침이 마르는 것도 모르고 떠들까. 한 번 더 미안해지는 은주 씨였다.

"그래서 그 집에 갔을 때 밖을 내다봤는데 아저씨가 중학생 오빠 나오는 거 보더니 다가가서 뭔가 주머니에서 꺼내 갖고 들이댔어. 그 오빠는 겁먹어서 뒤로 물러나고."

아마 칼이나 그 비슷한 흉기였을 것이다. 직감적으로 알 수 있었다. 지안이가 빈 주먹으로 허공에 들이대는 시늉을 했다. 아이가 흉내 내는 걸 보는 것만으로도 끔찍스러운데 실제로 본 아이는 얼마나 충격이 컸을지 가늠이 되지 않았다.

"왜 그때……."

바로 말 안 했어, 하고 무심결에 애를 탓하려던 은주 씨가 입을 다물었다. 그랬어도 듣지 않았겠지. 그때의 자신이라면 그랬을 것이다. 하지만 이제는 다르다. 은주 씨가 고개를 흔들었다.

"그 집 아저씨한테도 말했는데 아저씨는 나한테 화만 내고 옆에 있던 그 오빠한테도 화냈어."

은주 씨의 머릿속에 지안이가 베란다 아래를 유심히 내려다보던 모습이 떠올랐다.

"뭐라고?"

그렇다면 검은 후드의 죄목은 아동 납치뿐만이 아니다. 은주 씨가 아직까지 베란다 문을 열고 아래를 내려다보고 있는 동대표를 쳐다보았다. 상대는 은주 씨의 시선을 느끼지 못한 듯 멀리 고개를 내밀고 어딘가를 응시하고 있었다.

"……아빠가 집값 떨어진다고 말하지 말라고 했어요."

닷 발은 튀어나온 입술 새로 말이 새어 나왔다. 지안이의 말이 사실이었다. 자기 어깨에 이마가 닿을 만큼 키가 큰 중학생 남자아이 앞에서 은주 씨가 이마를 짚었다. 머리가 아팠다. 이 일을 어쩐단 말인가.

몇 걸음 떨어진 곳에서 동대표가 그들을 지켜보고 있었다. 평소 같으면 자기 아이에게 말도 못 붙이게 심하게 경계를 했을 사람이었지만 오늘 은주 씨와 지안이가 겪은 일을 알고 있기에 참아 주는 듯 보였다.

매일같이 꼭 붙어 다니기에 아들을 어지간히 사랑하는구나 했더니. 마음 같아서는 동대표를 눈알이 빠지게 노려보고 싶었지만 그랬다가는 동대표가 무슨 일이냐며 다가올 게 뻔했기에 그만두었다. 그래. 어쩌면 그것도 동대표의 자식 사랑 방식인지도 모른다. 하지만 그런 식의 사랑은 틀렸다. 은주 씨가 주머니를 뒤져 어제의 마트 영수증 귀퉁이에 자신의 번호를 적어 건넸다.

"얘기하고 싶거든 나한테 전화해. 도와줄게."

고맙다고 말하는 척 영수증을 손바닥에서 손바닥으로 건 넨 은주 씨가 눈을 쳐다보자 아이가 짧게 고개를 끄덕였다.

— 엄마 나 오늘 진돌이랑 밖에 나왔어.

아이가 보낸 사진 속에는 붉은 목줄을 맨 흰 진돗개가 웃으 며 돌아보는 모습이 들어 있었다.

"지안이야?"

"응. 강아지랑 산책하고 있나 봐."

은주 씨가 핸드폰 화면 속 사진을 보여 주자 호석의 입가에 도 미소가 그려졌다.

"그래도 지안이가 많이 힘들어하는 것 같지는 않아 다행 이다."

호석은 도로가 복구되자마자 집으로 돌아왔다. 학교에는 체험 학습이라고 얘기해 두고 며칠 지안이를 시부모님에게 보낸 은주 씨였다. 아이도 충격이 클 텐데 조금이라도 정신적 으로 거리를 둘 수 있게 해 주고 싶었다. 아이가 좀 진정된다 싶으면 다시 데려올 생각이었다.

호석이 은주 씨 대신 아이를 자신의 부모님에게 데려다주고 그녀를 토닥여 주었다. 그가 옆에 있는 것만으로도 은주 씨는 큰 안정감을 느꼈다. 지잉 하고 손 안에 들어 있던 핸드폰이 짧게 울렸다.

— 안녕하세요. 공작성운아파트 1105동 803호 세입자입니다. 조만간 이사를 가게 될 것 같아 미리 알려 드립니다…….

지안이가 또 문자를 보낸 줄 알고 웃으며 화면을 들여다보았는데 세입자의 문자가 와 있었다.

세상은 은주 씨를 가만히 내버려 두지 않았다. 갑자기 예정에 없이 세입자가 전세금을 빼 달라고 하고 있었다. 그 전세금으로 지금 다른 임대 안 나가는 집을 산 것이나 다름없는데 대체 돈을 어디서 구한단 말인가. 눈앞이 아득해졌다.

"뭐야, 뭔데 그래?"

호석이 사색이 된 은주 씨 얼굴을 보고 은주 씨가 움켜쥔 핸드폰을 보았다.

"이게 뭐야?"

아무것도 모른다는 표정의 호석을 보고 순간 어이가 없어지려 했다가 호석이 정말로 아무것도 모른다는 사실을 깨닫자 아뿔싸 하고 후회했다.

"그동안 그거 하러 다닌 거였어? 말도 없이?"

이렇게 된 바에 결국은 다 털어 놓는 수밖에 없었다. 심각한 표정으로 듣고 있던 호석이 뭔가 생각하는 듯 한참 말이 없다가 다시 입을 열었다.

"명주시 집 판 돈 나한테 있으니까 그걸로 메꿔 주고 자기는 이제 끝내. 다신 이런 짓 하지 마."

"이런 짓?"

호석의 표현에 은주 씨가 고개를 쳐들었다.

"그래. 아파트로 투기를 하던 투자를 하던 돈 벌어서 갖다주면 현모양처고 안 주면 복부인이지?"

눈이 벌게져서 달려드는 은주 씨를 보고 당황한 호석이 두어 걸음 뒷걸음질 쳤다.

"이거 왜 이래. 그런 얘기가 아니잖아."

"아니긴 왜 아니야. 하다가 망하면 투기에 미쳐 가지고 집안 말아먹을 년이고. 안 그래?"

"난 그런 말 한 적 없어. 멋대로 앞서 나가지 마."

호석이 은주 씨를 진정시키려 애썼지만 은주 씨는 어느 것도 마음에 들지 않았다.

"지안이 공부는 시켜야 할 거 아니야. 안 그래도 애가 저렇게 똑똑한데 나중에 유학이라도 가고 싶다고 해 봐. 자기 돈 있어?"

은주 씨가 속사포처럼 호석에게 쏘아 댔다. 그동안 마음에 담아 둔 말이라 그런지 굳이 생각하지 않아도 쉽게 입이 열렸다.

"그게 어떻게 지안이를 위한 거야?"

호석도 지지 않았다.

"나도."

목이 멘 은주 씨의 입에서 순간 쇳소리가 나왔다. 목을 가다듬은 은주 씨가 말을 이었다.

"나도 공부 많이 하고 싶었어. 사고 싶은 책도 마음껏 사고 먼 나라로 유학도 가고 싶었어. 근데 집에 돈이 없어서 못 했어. 난 내 자식한테는 그런 슬픔 물려주고 싶지 않아."

은주 씨의 말에 호석의 눈썹이 처졌다. 하지만 곧이어 단호한 음성이 들려왔다.

"그건 당신이고. 지안이는 지안이 인생을 사는 거야. 그게 정말 지안이를 위한 거야? 자기 과거를 위로하고 싶은 거 아니고?"

"무슨 소리야, 아니야!"

호석의 정곡을 찌르는 질문에 발끈한 은주 씨가 얼굴을 붉히며 소리쳤다. 호석이 살짝 고개를 저으며 은주 씨를 똑바로 쳐다보았다.

"자기는 그냥 돈이 갖고 싶은 거야."

"아니라고!"

은주 씨가 자리에서 일어서 소리쳤다. 지안이가 시부모님 집에 가 지금 집에 없어서 다행이었다. 이 모습을 지안이가 봤다가는 울며불며 부모의 싸움을 말리느라 진땀을 뺐을 테니까.

"이걸 어떻게 포기해? 난 포기 못 해!"

은주 씨가 결국 발까지 구르며 눈물을 흘리자 호석이 자리에서 일어나 은주 씨를 끌어안았다. 그의 가슴을 밀어내고 품에서 빠져나오기 위해 애쓰며 은주 씨가 오열했다.

"미안해, 미안해. 은주야……. 응?"

"이거 놔!"

호석이 은주 씨의 등에 얼굴을 묻으며 달래듯 중얼거렸다. 참 오랜만에 맡아 보는 아내의 살냄새였다. 신혼 때는 그렇게 포근해 보였던 아내의 등이 이제는 너무나 작고 앙상하게 느껴졌다.

"내가 미안해. 자기만 신경 쓰게 내몰아서. 그래도 우린 이거 없이도 잘 살 수 있어. 자기야. 응? 이제 놔주자."

"난 그냥 우리 지안이 남들처럼, 남들만큼만 키우고 싶었던 거야. 그것뿐이라고……."

"그래, 알아."

남편의 끈질기고 단단한 포옹에 체념한 은주 씨가 마지막 발악을 하듯 물기 어린 목소리로 힘없이 중얼거렸다. 다시 은주 씨의 정신이 돌아올 때까지 호석은 그녀를 꽉 안은 채 놓아주지 않았다.

11

그 남자는 누가 죽인 거래?

"마침 가격이 맞으니 다행이네요."

싱글벙글 웃는 낯으로 계약서를 쓰는 매수인을 보며 샘사장이 말했다. 은주 씨는 더 이상의 출혈을 피하기 위해 공작성운아파트에 가지고 있던 모든 집을 초급매로 내놓았다. 자신도 집을 살 때 저런 표정이었을까 싶게 매수인들은 웃고 있었다.

은주 씨가 낮은 가격으로 집을 내놓자 기다리고 있던 매수인들이 매가 사냥하고 난 자리에 솜털을 주워 가는 작은 새들처럼 낚아채 갔다. 새들이 그 솜털을 주워 자기 둥지에 채워넣을 때 솜털의 주인이 누구인지, 왜 죽었는지 묻지 않듯이 매수인들도 가격이 맞으니 집을 살 뿐 딱히 그 이유를 묻지 않았다. 그냥 당연한 생존 과정의 일부일 뿐이고 그것이 시장일 뿐이었다.

—나 민정인데 잠깐 통화할 수 있어?

막 계약금이 입금된 것을 확인하고 부동산을 나오는데 민정의 문자가 와 있었다. 지난번에 찾아간 이후로 한 번도 서로 연락을 한 적이 없는 사이였다. 갑자기 민정이 웬일일까. 전화를 못 받을 이유는 없었다.

전화를 걸자 몇 번 신호가 울리기도 전에 상대가 받았다. 민정도 은주의 전화를 기다리고 있던 모양이었다.

"여보세요."

—응. 자기야.

지난번과 마찬가지로 여유 있는 민정의 말투였다. 그에 비해 자신은 민정과 만난 이후로 참 많이도 변했다 싶었다.

"무슨 일 있으세요?"

—아니. 내가 무슨 일 있는 건 아니고…… 혜경이한테 얘기 들었어.

민정의 답지 않게 망설이는 듯한 말투를 듣던 은주 씨가 저도 모르게 이마를 짚었다. 집을 정리하느라 잠깐 급전이 필요해서 혜경에게 500만 원 정도를 빌렸다가 이틀 뒤 돌려주었는데 그 일을 그새 민정에게 얘기한 모양이었다. 누가 죽은 자리에 앉아 까악까악 소리 내어 우는 까마귀처럼 혜경이 민정에게 자신의 실패담을 전했다는 생각을 하니 무척 얄미웠다.

"하실 말씀이 뭐예요?"

자신을 비웃으려 이렇게 친절하게 전화까지 걸어 준 것일까. 그 생각을 하니 저도 모르게 말이 뾰족하게 나갔다.

— 아…… 지난번에 내가 너무 모질게 대한 것 같아서. 배우고 싶다고 찾아왔으면 이것저것 좀 더 알려 줄 수도 있었는데 싶고…….

결국 은주 씨의 투자 실패가 자신의 탓인 것 같아 괴로웠다는 이야기였다. 매사 분명한 민정이 말꼬리를 길게 늘여 가며 사과하자 은주 씨도 순간 울컥해 핸드폰의 수화구를 막았다. 엄마의 표정이 심상치 않아지자 지안이가 눈을 동그랗게 뜨고 올려다보았다. 딸이 걱정할까 은주 씨가 별일 아니라는 듯 헛기침을 하고 다시 핸드폰 귓가에 가져다 댔다.

— 나도 누가 가르쳐 준 건 아니지만 그래도…… 나도 처음엔 실수를 많이 했거든. 리스크 대비 같은 건 하나도 안 하고 꽃길만 걸을 거라고 생각했는데 알고 보니 그게 구멍 숭숭 뚫린 구름 다리더라고.

은주 씨가 대답을 하지 않았는데도 민정이 말을 이어 갔다. 은주 씨는 혜경에게 고맙다고 해야 할지 화를 내야 할지 헷갈렸다.

— 저기…… 괜찮으면 나랑 같이 공부 안 할래?

"네?"

— 같이 하면서 내가 아는 팁도 알려줄게.

"그러면야 좋지만……."

은주 씨는 네도 아니요도 아닌 애매한 대답으로 말꼬리를 흐렸다. 지난번엔 민정이 은주 씨에게 알쏭달쏭한 말들을 해 댔지만 이번엔 은주 씨가 알 듯 모를 듯한 대답을 하고 있었다. 그런 그녀가 안타까운 듯 민정이 말했다.

— 자기야, 이번에 실패했다고 해서 너무 주눅 들지 마. 집 값이 움직이는 게 아니야. 사람들 마음이 움직이는 거지.

민정의 말에 은주 씨는 아무 대답도 할 수 없었다.

이제 좀 살 것 같다. 빨래를 털던 은주 씨가 깊게 가을 공기를 들이마셨다. 언제 그리 더웠냐는 듯 10월이 되자 푹푹 찌던 습기도 가시고 숨쉬기가 훨씬 편안해졌다. 오늘 햇빛이 좋은 것을 보니 빨래도 보송보송하게 잘 마를 것 같았다.

"올라가요!"

빨래를 널기 위해 베란다에 나와 있던 은주 씨가 요란한 사다리차 소리에 바깥을 내다보았다. 베란다 방충망 바깥으로 긴 사다리차가 창문을 떼어 낸 베란다를 향해 올라오고 설탕 조각을 문 개미들처럼 바쁘게 차 안으로 이삿짐을 밀어 넣는 사람들이 내려다보였다. 더운 날씨를 찾아 떠나는 철새들처럼 사람들이 이사를 가기 위해 부지런히 짐을 옮기며 집을 비워 냈다. 대단지 아파트에서는 이사를 오고 가는 사람들이 매일같이 있으니 익숙한 장면인데도 이상하게 마음에 여운이 오래 남았다.

지안이네는 이사를 가지 않기로 했다. 생활이 불편했지만 이제는 거의 익숙해졌다. 트라우마 때문에라도 호석은 이사를 권했지만 손해를 보고 집들을 급매로 처분하는 바람에 자금 사정이 쪼들리는 것도 무시할 수가 없었다.

무엇보다 지안이가 지금 사귄 친구들과 함께 학교를 다니는 것을 원했기에 쉽게 이사할 수가 없었다. 물론 지안이가 말하는 '친구들'에는 끝집여자도 포함이었다.

결국 호석이 간단히 남겨 두었던 짐을 박스에 담아 차에 싣고 초월시로 올라왔다. 마침 발령 문제도 해결이 되어 다행이었다. 짧은 부재였지만 그가 없는 동안 긴 시간이 지난 것처럼 느껴졌다.

"엄마. 해바라기 예쁘지?"

지안이가 여름의 끝을 물고 놓아주지 않겠다는 듯 노랗게 빛나는 해바라기를 가리켰다. 사람 키보다 더 큰 해바라기들은 꽃을 보려면 목이 아프도록 고개를 치켜들고 있어야 했다.

"그러게."

은주 씨가 해바라기를 올려다보며 희미하게 미소 지었다. 해바라기 말고도 아파트 화단에는 금계국, 접시꽃 하며 이름 모를 작은 풀꽃들이 많이 피어 있었다. 은주 씨는 처음 공작 성운에 와서 아파트 화단을 둘러보던 날을 떠올렸다.

그사이 계절이 참 많이 바뀌었다 싶었는데 어느새 비비추가 가득 피어 있던 화단 자리가 싹 비어 있었다. 보랏빛 꽃이 지고 누렇게 잎이 변해 가는가 싶더니 아예 예초기로 화단을 다 밀어 버린 모양이었다.

아직 초록빛 작은 손을 나풀나풀 흔들고 있는 단풍나무 가지에 앉아 있던 박새가 은주 씨와 지안이를 보고 놀라 달아났다.

"엄마. 이거 봐."

드러난 자갈들로 울퉁불퉁한 진입로에 어느새 시멘트가 발려 있었다. 아마 돌부리에 걸려 넘어지는 주민들이나 바퀴 달린 것을 끌고 오는 데 힘이 드는 주민들이 자주 민원을 넣어서 깔아 둔 모양이었다. 환경 개선을 하는 걸 보니 재건축 얘기는 물 건너간 건가 싶었다.

이제는 아파트 소유주도 아닌 데다 단톡방에서도 나왔으니 소식을 알 길이 없었다. 재건축을 떠올리니 금방 생각이 동대표로, 또 그 아들에게로 옮겨 갔다. 아직 동대표 아들에게서 연락은 없었다.

"이거 보라니까."

"봤어. 길 깔려 있네."

"아니. 고양이 발자국 말이야."

지안이가 쪼그려 앉아 손가락으로 가리킨 곳에는 과연 조 그만 고양이 발자국이 톡 찍혀 있었다. 한 귀퉁이에 발자국이 찍힌 것을 보니 꼭 화가의 서명 같아서 웃음이 났다. 은주 씨 와 지안이가 서로 마주 보고 웃었다.

— 조금만 더 힘냅시다

— 하락세 언제까지 갈까요? 너무 힘드네요······

— 지금 던지시는 분들 땅을 치고 후회할 겁니다

— 급매 하시는 분들 자존심 좀 지키세요 배알도 없습니까?

뻔질나게 드나들던 부동산 카페와 아파트 후기 앱에도 게 시글이 별로 없었다. 막차를 탔다가 집값이 오르지 않는 지지 부진한 상황에 지쳤거나 은주 씨처럼 헐값에 집을 던지고 다 신 뒤도 안 돌아보는 사람들에 대해 안타까워하는 글들 일색 이었다. 그나마 조금만 더 기다리면 괜찮아질 거라는 공허한 응원글도 드문드문 있었다.

"엄마. 나 내일 친구랑 만나서 서점 갔다가 친구네 집에서 놀다와도 돼?"

"친구 어디 사는데?"

"까치마을."

"걔네……."

순간 걔네 집 자가래? 물어볼 뻔한 은주 씨가 헙 하고 입을
다물었다. 자가면 뭐. 아니면 놀지 말라고 할 건가. 남의 집 주
거 방식을 확인하는 것은 생긴 지 얼마 안 된 버릇이었지만
무섭도록 떨쳐 내기가 힘들었다. 나쁜 버릇은 생각보다 빨리
스며드는 모양이었다.

"그래. 다녀와. 엄마가 용돈 줄게."

"응. 고마워."

지안이가 즐거운지 히히 웃고는 엄마와 손잡은 팔을 흔들었
다. 웃는 딸의 얼굴을 보니 그래도 마음이 놓이는 기분이었다.

"아줌마."

"어, 그래. 왔구나."

기다리던 아이가 도착하자 경찰서 앞에서 작은 화면을 들
여다보던 은주 씨는 이내 핸드폰에서 앱을 지우고 가방 안에
집어넣었다.

"나랑 같이 가도 괜찮겠니? 아버지는?"

"제가 아줌마랑 가겠다고 했어요. 아버지가 거기서 화내고
뒤집어엎고 하면 제가 더 힘들 것 같아서요."

동대표 아들은 귀찮은 일에 휘말렸다는 듯 부루퉁한 얼굴을 하고 있었지만 바지 주머니에 숨긴 손가락이 계속 꼼지락거리는 것으로 보아 초조한 것 같았다.

"내 이럴 줄 알았지. 나무부동산 사장이죠? 가두리할 때부터 알아봤다니까."

"이번에 급매 던진 게 누구예요?"

"급매 정도가 아니라 급급매더만. 아니 그래도 시세대로 팔아야지 5천이나 낮춰 파는 사람이 대체 어디 있어요? 그것도 몇 채를."

은주 씨가 경찰서로 향하는 길에 관리사무소 앞을 지나는데 주민 몇 명이 그 앞에 모여 있는 모습이 보였다. 분기탱천한 사람들이 당장이라도 나무부동산 앞으로 몰려가려는 듯 목소리를 높였다.

"세상에 그렇게 이기적인 사람이 어딨어, 그래."

"누군지 면상이나 한번 봅시다. 9동 동대표가 일 잘한다던데 누군지 좀 알아봐요. 응?"

"그래. 한번 드잡이라도 해야 내 속이 풀리겠네."

움찔한 은주 씨가 최대한 그들과 눈을 마주치지 않으려 걸음을 재촉했다.

"아휴. 됐습니다. 지금 시기가 시기인데 어쩌겠어요. 우리 같은 사람들은 납작 엎드려 있어야지."

평소 같지 않게 누그러든 동대표의 모습에 사람들이 아연 실색했다.

"얼레? 이 사람 갑자기 왜 이래? 집값 떨어진다는 소리만 들으면 득달같이 달려 나와서 삿대질하던 사람이."

"동대표도 집 팔았수?"

"집을 팔면 제가 동대표 하겠습니까?"

그때 곁눈질을 하던 은주 씨와 눈이 마주친 동대표가 이내 고개를 돌리고 사람들을 다독였다. 잘 부탁한다는 듯 짧은 눈인사가 전부였지만 아마 그게 그가 아버지로서 할 수 있는 최대의 표현이었을 거라 은주 씨는 짐작했다.

은주 씨가 지안이의 손을 잡고 동대표 아들의 어깨를 끌어안은 채 경찰서로 걸어갔다.

일부러 지안이의 진술 날짜와 겹치게 약속을 잡길 다행이었다. 경찰서는 평소에도 올 일이 없는 곳이고 사건에 휘말렸을 땐 더더욱 오고 싶지 않은 곳이었으니까.

"형사님. 안녕하세요."

"아, 오셨어요."

아이들을 데리고 1층으로 들어가자 미리 로비에 나와 있던 형사가 은주 씨를 맞아 주었다. 지안이를 납치한 데다 아랫집 남자의 여죄가 드러나 뉴스에도 나왔을 만큼 이 사건은 꽤 큰 건이 되어 있었다. 형사들이 신경 써 주는 것이 고마우면서도 아예 이런 일이 일어나지 않았으면 좋았을 거라는 생각이 들었다.

"2층으로 올라가시죠. 지안이 진술은 여성 형사분이 도와주실 거예요."

"네. 고맙습니다."

그를 따라 계단을 올라가는데 문득 앞서가던 그가 뒤를 돌아보았다.

"그런데 아드님이세요?"

그제야 동대표 아들을 형사에게 소개하지 않았다는 사실을 깨달은 은주 씨가 화들짝 놀라 입을 열었다.

"아, 그 남자한테 피해입은 사람이 한 명 더 있어서요. 같은 아파트 사는 아이인데 경찰서에 오는 김에 신고 도와주려고 왔어요."

"그래요? 허 참, 무슨 고구마 캐는 것도 아니고 줄줄이 딸려 나오네요."

계단을 오른 뒤 회색 타일 바닥을 지나던 그가 어느 방 문앞에 멈춰 서며 말했다.

"지안이는 이 방에 들어가서 언니랑 같이 얘기하면 돼."

"혼자 괜찮겠어? 같이 있어 줄까?"

엄마의 물음에 잠시 생각하던 지안이가 옅게 미소 지으며 고개를 저었다. 아이가 의젓한 것이 뿌듯하기도 하고 이런 상황에서도 제 엄마를 안심시키려는 것 같아 안쓰럽기도 했다.

"그럼 엄마 복도에 있을 테니까 필요하면 불러. 알았지?"

"응."

형사가 문을 똑똑 두드리자 안쪽에서 부드러운 인상의 여자 형사가 나와 문을 열어 주었다.

"학생은 이쪽으로."

지안이를 진술실로 들여보내고 형사가 동대표 아들을 복도 끝의 방으로 안내했다. 불안한 얼굴의 아이가 잠시 뒤를 돌아보자 걱정하지 말라는 뜻으로 눈을 맞추고 고개를 끄덕여 보였다.

아이가 시야에서 사라지자 복도에 기댄 은주 씨가 길게 한숨을 내쉬었다. 보이지 않는 냉기가 사방에서 자신을 짓누르는 것만 같았다.

"블랙박스를 빨리 찾아 주신 덕분에 증거 수집도 쉽게 됐어요. 고맙습니다."

초조하게 발끝을 내려다보며 까닥거리는데 어느새 돌아온 형사가 은주 씨에게 따끈한 믹스 커피 한 잔을 내밀었다. 부동산을 들락거릴 때 지겹게도 먹었던 커피였다. 물렁한 종이컵 너머로 델 듯한 열기가 느껴졌지만 초조하던 터라 이거나마 감사하게 느껴졌다.

"별거 아닌데요. 뭐. 잘 먹겠습니다."

뜨거운 액체가 목을 타고 넘어가자 조금 마음이 진정되는 듯하다가 다시 울컥 치밀었다. 자신이 왜 여기 있나 하는 생각에서였다.

"어머니, 괜찮으세요?"

은주 씨의 얼굴이 일그러지는 것을 발견한 형사가 물었다.

"처음부터 제가 잘했으면 지안이가 이런 일 겪지 않아도 됐을 거예요."

"네?"

"좀 더 일찍 이상한 걸 알아채고 적극적으로 행동했으면…… 아니 애초에 여길 오지 않았으면……."

"아닙니다. 어머니. 절대 그런 생각 하지 마세요. 범죄 저지른 놈이 나쁜 거지 당한 사람은 죄 없습니다. 어디 나쁜 일이 사람 봐 가면서 찾아오나요. 작정하고 달려드는 놈을 어떻게 피합니까. 그건 신도 못 합니다."

형사가 다독여 주자 은주 씨는 끝내 눈물을 흘렸다. 잠시 울게 내버려 두자 이내 진정한 은주 씨가 핸드백에서 카페 냅킨을 꺼내 눈물을 닦고 코를 풀었다.

"요즘에 하여간 부동산 때문에 세상이 뒤숭숭해요. 지난번에 따님 유괴되었을 때 잡혔던 사람 있잖아요. 그 왜, 회색 옷 입은."

"아, 네."

분위기를 바꾸려는지 형사가 회색 귀신 얘기를 꺼냈다.

"그 사람도 주거 침입이랑 단순 절도 외에는 별거 없긴 했는데 무리하게 투자하다가 돈이 없어서 집 보러 다니는 척하고 비밀번호를 외워서 이 집 저 집 자고 다녔나 보더라구요."

은주 씨는 울부짖던 회색 귀신의 모습을 떠올렸다. 순 거짓말은 아니었나 보다. 그래도 괘씸한 마음이 가시지는 않았다.

"본의는 아니었다 해도 집주인이 그걸 보고 놀라서 쓰러졌으니…… 취조받으면서 펑펑 울더라고요. 안쓰럽기도 하고 황당하기도 하고 도대체 뭐가 뭔지……."

은주 씨에게 너무 많은 얘길 했다 싶었는지 아차 하는 표정으로 그가 다시 본론으로 돌아왔다.

"하여간 그놈 악질이더만요."

"왜요?"

"아파트에 도는 저승사자니 뭐니 하는 소문을 이용해서 자기 범죄에 써먹은 거더라구요. 사람들이 이미 겁에 질려 있으니까 자길 안 건드릴 거라 생각한 거겠죠."

"대체 왜……."

"스트레스 해소용이었대요. 참 어이없죠?"

울 만큼 다 울었겠다, 은주 씨가 생각보다 침착해 보였는지 형사가 말을 줄줄 쏟아 놓기 시작했다. 마치 은주 씨가 대나무숲이라도 된다는 듯한 태도였다.

"옛날엔 순했다는데 뭐, 그거야 부모 생각이고. 부모가 초중고대 16년에 고시 공부 시키면서 위로, 위로만 외치다가 망가진 건 맞나 보더라구요. 에휴, 한때 공부 잘하면 뭘 해요. 결국 범죄자가 되었는데."

그가 식어 가는 커피를 한 모금 마시고는 말을 이었다.

"검은 우비 뒤집어쓰고 아파트 주민들 겁주고, 어머니 따님이랑 같이 계셨을 때 에어컨 실외기가 떨어진 적 있다고 했었죠? 그것도 자백하더라구요. 아주 자랑인 듯이 술술 부는 게 지도 반쯤은 포기했나 봐요."

역시. 그때 집 안을 보여 주지 않은 이유가 있었던 것이다.

"쓰레기차 집게발 사건은 이미 증거 잡았고, 할머니들한테 본드 든 주스 돌린 건도 있었는데 그것도 곧 마무리 될 거예요."

"주스도 그놈 짓이었어요?"

"네. 그 덕에 할머니들이 증언을 많이 해 주셨어요. 그 할머니들 거의 CCTV예요. 저도 진술받으면서 조금 무섭긴 했지만 그래도 본 사람이 있으니 다행이죠. 어쩌면 아까 그 학생 사건도 증언해 주실지 몰라요."

은주 씨의 머릿속에 갑자기 어떤 생각이 떠올랐다.

"저…….. 뭐 하나만 여쭤봐도 될까요?"

"뭔데요?"

은주 씨의 물음에 형사가 남은 커피를 입에 털어 넣었다.

"혹시 공작성운에서 몇 달 전에 사람 하나 투신한 사건 아세요?"

"아…… 글쎄요. 들은 것 같기도 하고. 근데 왜요?"

젊은 형사가 구레나룻을 긁었다.

"그거 혹시 타살로 결론 났나요?"

"아아, 그거요. 자살이었어요. 주택담보대출 때문에 빚이 많았다고 하던데……. 모르셨어요?"

형사가 핏기 빠진 은주 씨의 얼굴을 의아하다는 듯이 쳐다보았다.

"조서 확인 끝났으니까 바로 데리고 가라구."

그때 맞은편 복도에서 한 무리의 남자들이 이쪽을 향해 다가오기 시작했다. 그 가운데 수갑을 찬 남자가 눈에 들어왔다. 아랫집 남자였다.

"어? 아줌마."

너무 놀란 나머지 몸이 굳어 움직이지 않는 와중에 시선은 그의 얼굴에 고정되어 뗄 수가 없었다. 후드를 벗고 있는 모습은 거의 처음 보는 데다 너무나 왜소하고 실망스러울 정도로 평범한 인상이라 어떻게 그런 범죄를 저질렀나 싶은 생각에서였다. 왜 저따위 놈에게 그렇게 겁을 먹은 것일까.

"아줌마 딸도 여기 왔나 보네? 잘 지내요?"

그 와중에 은주 씨의 얼굴을 알아본 아랫집 남자가 너스레를 떨며 아는 척을 했다. 평소 같으면 남들에게 제대로 말도 못 붙이던 놈인데 여기 와서 배짱이 커진 것인지 아니면 정말로 미쳐 버린 것인지 알 수 없었다. 분명한 것은 그의 아무렇지 않아 하는 태도가 가라앉아 있던 은주 씨의 마음에 불씨를 확 당겼다는 것이었다. 그녀의 두 눈에 불이 번쩍였다.

심상치 않은 기류를 알아챈 형사가 낭패라는 표정을 지었다.

"너 이 새끼!"

그러나 말리는 형사보다 은주 씨가 한 발 더 빨랐다. 반성 없는 아랫집 남자의 태도에 화가 난 은주 씨가 맹수처럼 달려들어 그의 멱살을 잡았다.

"왜 그랬어! 내 딸한테 왜 그랬어! 이 나쁜 새끼야!"

은주 씨가 포효하자 형사들이 달려들었지만 치솟는 분노에 초인적인 힘을 발휘하는 은주 씨를 떼어 내기란 쉽지 않았다.

"어머니!"

"빨리 떼어 내!"

은주 씨에게 멱살이 잡혀 숨통이 조여 오는 와중에도 아랫집 남자는 여유만만이었다. 은주 씨를 내려다보던 그가 피식 웃었다.

"그러게, 내가 조심하라고 했죠? 애 관리를 똑바로 하라니까. 나를 쫓지 말았어야지. 그러니까 딸이 벌 받은 거 아니야!"

발악하듯 내뱉는 그의 입에서 지독한 입 냄새가 풍겼다.

"웃기지 마! 이 찌질한 새끼!"

"어머니, 제발 진정하세요. 네?"

형사가 은주 씨를 들어 옮기다시피 해서야 겨우 상황이 끝났다. 아랫집 남자를 둘러싼 형사들이 그를 빠른 걸음으로 끌고 가는 와중에 그가 고개를 돌렸다.

"맞아요. 아줌마 탓 아녜요. 그냥 그럴 수 있어서 그랬던 거지."

복도를 울리는 그의 낄낄대는 비웃음 소리는 형사 중 한 명에게 뒤통수를 맞고서야 끝이 났다. 바닥에 주저앉은 은주 씨가 벌게진 눈으로 숨을 몰아쉬었다.

"형수, 나도 비법 좀 알려 줘요."

오랜만에 호석의 동생네와 함께 캠핑장에 놀러 온 은주 씨였다. 낮에 캠핑장 옆 호숫가를 정신없이 뛰어다니던 아이들은 저녁을 먹고는 지쳐 버렸는지 일찍 잠에 들었고 어른들만 텐트 밖 모닥불 앞에 모여 앉았다.

"뭘?"

모닥불 앞에 앉아 아이들이 남긴 마시멜로를 구워 먹던 호석이 동생 정석을 향해 고개를 돌렸다.

"형수 요즘 아파트로 돈 좀 벌었다며. 나도 어떻게 하는지 좀 알려줘 봐요. 다른 사람들도 아파트 계속 사고팔고 하면서 불려 나간다던데."

"정신 빠진 놈."

호석이 뜯어먹다 만 마시멜로가 찍힌 꼬챙이를 들고 당장이라도 동생의 정수리를 후려치려는 듯 높게 쳐들었다. 은주 씨가 손을 뻗어 남편을 말렸다. 아까 캠핑장 수돗가에서 상추를 씻으며 정석의 아내와 잠깐 근황 얘기를 한다는 것이 그렇게 흘러들어 간 모양이었다.

"아이, 왜 그래. 형은. 동생도 좀 도와주고 그래야지. 형만 좋은 거 알고 있기야? 형수 그러지 말고 나도 좀 알려 줘 봐요. 같은 집안 식구끼리 기쁨은 좀 나누고 그래야죠."

호석의 얼굴이 붉으락푸르락하는 것은 모닥불이 반사되어 일렁이는 것으로만 보였는지 정석이 나름 애교스럽게 은주 씨에게 한쪽 눈을 찡긋거렸다.

분명 은주 씨가 한 이야기는 방금 지옥 불구덩이에서 빠져나온 사람의 생존기였던 것 같은데 어째서 한 다리를 건너가니 역경을 딛고 부와 명예를 차지한 사람의 성공기가 되어 있는지 모를 일이었다.

"우리도 이제 나이가 나이인 만큼 그 레이스에 발은 들여 봐야 되지 않겠수?"

정석이 은주 씨를 종용했다. 정석의 아내도 침을 꼴깍 삼키는 것을 보니 은주 씨의 얘기를 더 듣고 싶은 모양이었다.

　망설이던 은주 씨가 그들의 열망하는 눈을 피하며 손에 들린 커피 잔에 시선을 떨구었다. 따스한 온기를 서서히 잃어 가고 있는 검은색 연못에 모닥불 불빛에 반쯤 먹힌 자신의 얼굴이 둥둥 떠 있었다.

　"여보."

　지안이와 함께 손을 잡고 아파트 단지를 산책하던 호석이 지안이가 단풍나무 위에 앉은 직박구리에 정신이 팔려 있는 사이 은주 씨에게 말을 걸었다.

　"응. 왜?"

　"자기 아파트 사던 거 말야. 우리 다시 시작해 볼까?"

　"뭐?"

　귀를 의심한 은주 씨가 호석을 쳐다보았다. 은주 씨의 격렬한 반응에 호석이 오해 말라는 듯 손을 내저었다.

　"일단 내 말 좀 들어 봐. 저번에 옆 팀 팀장이랑 얘기하는데 당신 명재 알지? 내 후배."

　"응."

　은주 씨가 여전히 호석을 의심의 눈길로 바라보며 말했다.

　"난 몰랐는데 걔가 글쎄 저번에 아파트로 2억을 벌었다더라고."

상승장 끝물에 팔아 치웠나 보군. 은주 씨는 저도 모르게 부동산 가격 그래프가 머릿속에 그려지는 걸 느꼈다. 자신은 그때 물건을 샀다.

"근데?"

차도에 무슨 시위 트럭 같은 것이 지나가는지 멀리서부터 큰 음악 소리와 격렬히 내지르는 함성 같은 것이 들려왔다.

"그래서 우리도 한 번 해 보면 좋지 않을까 싶어서."

"언제는 다 그만두라더니?"

은주 씨가 반쯤은 자조 섞인 웃음으로 비아냥거렸다.

"그건 나도 잘 몰랐을 때 얘기고. 걔가 얘기하는 거 들어 보니까 솔깃하더라고."

"내가 목에 핏대 세우면서 얘기할 땐 귓등으로도 안 듣더니 이제는 좀 들려?"

은주 씨가 팔짱 끼고 피식 웃자 호석이 뒤통수를 긁적였다.

"나도 저번에 당신 힘들어하는 거 보고 반성 많이 했어. 사람들 얘기 들어 보니까 결국 이 바닥에서 돈 벌려면 아파트밖에 없나 보다 싶더라구."

"……."

"어때?"

호석이 은주 씨의 동의를 구하듯 재차 물어왔다. 잠시 호석의 얼굴을 쳐다보던 은주 씨가 트럭 소리에 놀라 직박구리가 날아가자 실망해 돌아온 지안이의 손을 잡으며 걸음을 옮겼다.

아파트 뒤뜰에 모여 담배 피우는 남자들이 만들어 낸 너구리굴을 피해 산책로를 가로지르자 공터에 모인 할머니들의 모습이 보였다.

"안녕하세요."

"이제야 저놈의 집구석이 이사를 가는구먼."

하얀 몰티즈를 안은 할머니가 13층에서 내려오는 사다리차를 보며 중얼거렸다. 사다리차의 소음 때문에 은주 씨의 인사를 못 들었는지 할머니들은 대답이 없었다.

지독한 여름 더위에 새빨갛게 벗겨졌던 강아지의 등이 이제야 하얀 털로 눈이 내리듯 소복소복 덮이기 시작했다.

"경비한테 들으니 내일 또 누가 이사 온다던데."

갈색 푸들을 안은 할머니가 짖는 개를 무릎 위로 올려 안으며 벤치에 기대었다. 의자가 없어진 대신 번듯한 벤치가 새로 생겼다. 9동 동대표가 사다 놓은 벤치였다. 은주 씨는 과연 저 벤치가 자식의 일에 증언을 해 준 데 대한 고마움의 표시일지 아니면 의자를 치우자고 한 데 대한 미안함의 표시일지 궁금해졌다.

"집은 빨리 나가네."

"들어오는 사람은 뭔 일이 있었는지 알고 있을까?"

"아휴, 그런 걸 말해 뭐해. 긁어 부스럼이지."

해바라기 할머니들이 서로에게 뭐라고 소리 지르며 부산스럽게 움직이는 이삿짐센터 사람들을 보며 수군거렸다.

"이제야 이 동네가 드디어 조용해질란가."

"하여간 그 집 아들이 아주 숭악한 놈이여. 응? 애를 납치하고, 경비원도 죽이고. 세상에. 누굴 건드렸다던가."

"그러니까. 잡혀 가던 날 고래고래 소리 지르던 것 봤어? 그러면서도 지 잘못은 하나도 없고 그저 부모 탓이지."

"부모가 뭔 죄야."

"에구. 그래도 부모가 애 관리를 잘했어야지. 애 엄마가 늘 상 어디 나사 하나 빠진 것처럼 다니더구먼. 애비는 허구한 날 소리만 질러대고. 그렇게 시험만 잘 보면 된다고 쥐 잡듯 잡더니만 미쳐버린 거 아녀."

"처음에는 부모가 시켰어도 이런 짓까지 하라고 그랬겠어? 남 탓할 게 뭐가 있어. 다 제 탓이지."

그 주제로 해바라기 할머니들 사이에서 갑론을박이 일었다. 내년 봄까지도 씹고 뜯기 좋은 주제였다.

"그러니까 애들 싸고돌기만 하면 안 돼요. 인성 교육을 시켜야 돼."

할머니들 곁에 서서 이야기를 주워듣던 아이 엄마가 말참

견을 했다. 공작성운에 이사 온 지 얼마 안 된 가족이었다. 해바라기 할머니들의 새로운 말 상대이기도 했다.

"엄마, 그럼 나도 공부 안 해도 돼?"

엄마 곁에 서서 튜브형 아이스크림을 빨던 남자아이가 엄마 치맛자락을 당기며 물었다.

"뭔 소리야. 너 이번에 수학 점수 10점이나 떨어졌더구먼. 정신 안 차려? 뭐가 되려고 그래?"

그러자 엄마가 아이 손에 들린 자신의 치맛자락을 홱 당기며 쌀쌀맞게 쏘아붙였다.

"그런데…….7동 집주인은 누가 죽인 거래? 그 토막 난 남자 말이야."

누런 포메라니안을 안은 할머니가 중얼거렸다. 더위가 가신 뒤로 오랜만에 맑게 갠 눈동자가 반짝거렸다.

할머니들이 서로의 얼굴을 쳐다보았다.

〈끝〉

새들의 집

1판 1쇄 찍음 2024년 4월 12일
1판 1쇄 펴냄 2024년 4월 19일

지은이 | 현이랑
발행인 | 박근섭
편집인 | 김준혁
책임편집 | 정미리
펴낸곳 | 황금가지

출판등록 | 2009. 10. 8 (제2009-000273호)
주소 | 06027 서울 강남구 도산대로 1길 62 강남출판문화센터 5층
전화 | 영업부 515-2000 **편집부** 3446-8774 **팩시밀리** 515-2007
홈페이지 | www.goldenbough.co.kr

도서 파본 등의 이유로 반송이 필요할 경우에는 구매처에서 교환하시고
출판사 교환이 필요할 경우에는 아래 주소로 반송 사유를 적어 도서와 함께 보내주세요.
06027 서울 강남구 도산대로 1길 62 강남출판문화센터 6층 민음인 마케팅부

© 현이랑, 2024. Printed in Seoul, Korea

ISBN 979-11-7052-380-2 03810

㈜민음인은 민음사 출판 그룹의 자회사입니다.
황금가지는 ㈜민음인의 픽션 전문 출간 브랜드입니다.